David Coimbra

Um trem para a Suíça

Crônicas & viagens

L&PM EDITORES

Texto de acordo com a nova ortografia.

Capa: Marco Cena
Revisão: Jó Saldanha

CIP-Brasil. Catalogação na Fonte
Sindicato Nacional dos Editores de Livros, RJ

C633t

Coimbra, David, 1962-
Um trem para a Suíça / David Coimbra. – Porto Alegre, RS: L&PM, 2011.
280p. : 21 cm

ISBN 978-85-254-2514-0

1. Crônica brasileira. I. Título.

11-6586. CDD: 869.98
CDU: 821.134.3(81)-8

Rua Comendador Coruja, 314, loja 9 – Floresta – 90.220-180
Porto Alegre – RS – Brasil / Fone: 51.3225.5777 – Fax: 51.3221.5380

Pedidos & Depto. Comercial: vendas@lpm.com.br
Fale conosco: info@lpm.com.br
www.lpm.com.br

Impresso no Brasil
Primavera de 2011

Sumário

Espanha, Malásia, Coreia do Sul e Japão

Apresentação

Dez anos, dez países

Este livro foi escrito durante dez anos e por dez países. De 2001, ano em que as Torres Gêmeas se desmancharam e o mundo mudou para sempre, até 2010, ano em que o Brasil elegeu, pela primeira vez em sua História, uma mulher presidente da República, contei o que vi e vivi em crônicas e nacos de reportagens que foram selecionadas, penteadas e ajustadas para o volume que você tem em mãos. Foram textos paridos nos lugares mais diversos do planeta:

Na Colômbia, do alto das montanhas dos Andes, onde entrevistei soldados da mais antiga guerrilha do mundo.

Na Espanha, em Barcelona, a capital da Catalunha, na preparação para a Copa do Mundo de 2002.

Na Malásia, mais especificamente na futurosa e exótica Kuala Lumpur.

Na Coreia do Sul, em meia dúzia de cidades diferentes, da industrial e cinzenta Ulsan à curiosa cidade que abriga aquele que é considerado "o melhor banheiro da Terra".

No Japão, em mais um punhado de lugares para onde ia de trem-bala, a 300 quilômetros por hora.

Na Suíça, começando pela charmosa Weggis, cidadezinha chamada por Mark Twain de o lugar mais lindo do planeta.

Na Alemanha, entre chopes, salsichas e a robusta História germânica.

Na China, espantado com a Cidade Proibida, o culto a Mao e a inverossímil mescla oriental de capitalismo e comunismo num mesmo regime.

Na Venezuela, perplexo com as idiossincrasias do reino de Chávez.

Na África, onde um herói chamado Nelson Mandela conseguiu a mágica da concordância entre os homens.

E, é claro, no Brasil, em vários lugares do Brasil, de Rio e São Paulo a Santa Catarina e Rio Grande do Sul, registrando um tempo em que o país mudou tanto, fazendo com que todos nós mudássemos com ele.

David Coimbra, outubro de 2011

Olivetti Lettera 35

Eu completava treze anos. Ou catorze, não lembro bem. Cheguei em casa no fim da tarde, e minha mãe:

– Tem um presente escondido pra ti. Procura!

Ela estava esfuziante por me dar o presente, percebi pela expressão ansiosa que lhe coriscava no rosto. Minha irmã, saltitante ao lado dela, também parecia felicíssima. Natural, a mãe ganhava pouco, era desquitada, sustentava os três filhos com enorme esforço. Quer dizer: não havia dinheiro para futilidades e regalos. Mas eu era adolescente, queria ser rebelde, pouco ligava para esses sentimentos paroquiais de amor familiar e quejandos. Suspirei, enfarado – achava que pegava bem um ar enfarado e gola levantada de James Dean. Comecei a procurar o tal presente sem muito entusiasmo. Minhas preocupações eram outras, mais importantes – o absurdo da existência, as teorias anarquistas, os planos da turma para derrubar a ditadura militar.

Então, atrás do sofá, descobri o presente. Uma máquina de escrever portátil, Olivetti Lettera 35, de ferro, cinzinha, lindalinda. O que sempre quis. Desde gurizote, amava escrever. A máquina era um sonho caro que acalentava. Caro mesmo. Na época, comprar aquela máquina foi um sacrifício para a mãe.

Mas não ia me deixar comover por emoções banais, pequeno-burguesas, de amor filial. Olhei para a máquina e ergui as sobrancelhas, duas meias-luas de desdém.

– Ah – murmurei, sem grande entusiasmo. Meio que casualmente, tirei a máquina do esconderijo. Deixei-a de lado, como se não tivesse lhe dado importância alguma. Bocejei.

Aí, levantei a cabeça.

Olhei para a mãe.

E vi a decepção em seus olhos. A tristeza. Fiquei perturbado por alguns instantes, mas não entendi bem o que sentia.

Mais tarde, compreendi. E, com a compreensão, veio o remorso. Durante anos, volta e meia sonhava com aquele olhar magoado da minha mãe. Depois, até lhe ressaltei que havia adorado a máquina. Foi nela que escrevi meu primeiro livro, inclusive. Não adiantou. O mal estava feito. Ainda hoje, quando lembro daquele momento, sinto o coração encolher.

A cada dezembro, época de amigos-secretos e trocas de mimos, busco sempre uma compensação. Ao receber um presente, por singelo que seja, tento demonstrar sem reservas o quanto estou grato, tento devolver o afeto que me foi oferecido. Tento, em vão, desmanchar aquela tristeza antiga da mãe e aí penso, sempre penso: que bom seria ganhar de novo a velha Olivetti Lettera 35, de ferro, cinzinha, lindalinda.

A MOÇA SOZINHA

Quando entramos no bar, ela já estava lá. Sentada bem ereta, sozinha, na ponta de uma fileira de mesas encostadas umas às outras, formando uma única grande mesa com espaço para quinze ou dezesseis pessoas. Aguardava os convidados para comemorar seu aniversário, certamente. Os garçons haviam arrumado tudo com antecedência: pratos, copos, talheres e guardanapos diante de cada lugar, plaquinhas de "reservado" colocadas a cada metro e meio.

Vê-la ali, tão só, me inquietou. E se não viesse ninguém? Mas decidi esquecê-la e prestar atenção na conversa que borbulhava sobre a minha mesa, algo a respeito do que as mulheres realmente querem. Ouvi um pouco, ensaiei uma opinião, mas minha frase desabou na primeira vírgula – vi que a moça conversava com o garçom e capturei no ar uma fatia de frase, que ela disse com voz trêmula:

– ... já devem estar chegando...

Os garçons decerto pretendiam ocupar as mesas vazias. Natural, o bar começava a encher. Fiquei angustiado. Consultei o relógio. Por que não chegava ninguém? Ela parecia uma boa moça. Simpática. E não se podia dizer que fosse feia. Mas que droga.

O garçom veio de lá com uma bandeja e fez aterrissar uma taça de champanhe diante dela. Ela agradeceu levantando um lado da boca. Bebeu um golinho que só serviu para lhe umedecer os lábios. Cruzou duas mãos habituadas a cremes em frente à taça, muito digna, e flechou o olhar na parede do fundo. Não olhava para a porta – eu sim. Não olhava o relógio – eu sim. Esperava, apenas.

Já havia gente de pé nas redondezas do balcão. Alguns clientes falavam com os garçons, apontavam para a fila de mesas vazias. Os garçons abriam os braços, em sinal de impotência. Pensei se não deveria sentar ao lado da moça, em solidariedade. Ou quem sabe chamá-la para a nossa roda. Mas ambas as alternativas seriam encaradas com estranheza pela minha turma. A noite avançou, e nada. Ninguém. Percebi que volta e meia ela fitava o telefone celular, mudo sobre a toalha. Mas o celular não tocava e ela também não fazia menção de ligar. Achei que não devia ligar, mesmo. Se ligasse, seria uma humilhação. Eles não quiseram vir, problema deles. Miseráveis!

Um garçom retornou. Perguntou se podia apartar algumas mesas para os clientes que aguardavam em pé. Ela concordou, depois de alguma relutância. Em dois minutos, restou-lhe uma única mesa, que parecia minúscula ante sua solidão.

Não sei quanto tempo passou. Uma hora, ou menos. O certo é que foi um tempo que não acabava mais. Até que ela engoliu o conteúdo da taça de uma só vez, chamou o garçom com uma sacudida de indicador e pagou a conta. Levantou-se devagar. Fisgou a bolsa de uma cadeira. Alisou o vestido. E se foi, caminhando vacilante. Acho que vi o brilho da lágrima umedecendo-lhe os olhos, mas pode ter sido só impressão. Permaneci imóvel com o copo de chope esquentando na mão e a angústia queimando no peito. Não havia mais jeito de salvar a minha noite.

Fatos e Fotos

Tem um sebo de revistas bem aqui na Rua Marcílio Dias. A gente pisa na loja e é como se fosse sugado para 1977. Até a música do radinho de pilha no balcão usa boca de sino e anda de Karmann-Ghia:

Receba as flores que te dooouuu
E em cada flor um beijo meeeuuu...

Esta semana, fui lá. Consegui o número 1 da *Veja*, capa vermelha, com a foice e o martelo cruzados. Também escolhi uns gibis. *O Fantasma: O Mercado de Escravos de Mucar*. Uma edição dupla do Mandrake, com historinha do Flash Gordon de brinde. Mais uma *O Cruzeiro* de 68. Capa: "A biografia proibida dos Beatles". Finalmente, uma *Fatos e Fotos* de julho de 1966.

Na página 3 dessa *Fatos e Fotos*, no espaço em branco de um alentado anúncio de carpins Helanca, há uma dedicatória escrita em cuidadosa letra de curso:

"Belmiro, quando sentires saudades, lembra-te: estou pensando em ti. Anna. 17-7-66".

Uma delicadeza da Anna. Um carinho. Ela deve ter passado diante da banca de revistas, provavelmente no Centro, e imaginou: "O Belmiro vai gostar". O Belmiro certamente era um apreciador de futebol – a capa da *Fatos e Fotos* é a Seleção posada, sob o título: "Porque o tri vai mal". Então, a Anna pagou seiscentos cruzeiros pela revista, escreveu a dedicatória e a presenteou ao Belmiro. Ele a abriu e se surpreendeu. Deve ter esboçado um sorriso. Deve ter se emocionado.

E cá estou a imaginar qual terá sido o destino de Anna e Belmiro. Terão ficado juntos? Anna ainda pensa nele? Ou, quem sabe, separaram-se no fim daquele 1966, um desquite litigioso, cheio de ressentimentos? Disso duvido, porque a revista está praticamente intacta, creio que foi o afeto da dedicatória que a conservou tão bem.

Mas o fato é que a revista parou no sebo. Algo se rompeu entre Anna e Belmiro. Talvez eles nem existam mais. Seja como for, aquela dedicatória singela, num presente tão mais singelo, me comoveu. Mesmo que pressinta, com certo desconforto, que essa revista não deveria estar comigo.

Um prédio em construção

Lá de cima, da basculante do meu banheiro, posso ver a obra de um edifício que vem sendo erguido há meses ao lado do prédio onde moro. Adquiri o hábito de, durante o banho, observar o esqueleto da construção evoluir aos poucos, os andares se sobrepondo, a estatura do edifício aumentando a cada manhã.

Dia desses, entrei sob o chuveiro logo depois do meio-dia, olhei pela janela e vi que a obra estava vazia. Os operários deviam estar no almoço. Mas... ali embaixo, creio que no segundo andar, havia um homem. Um dos trabalhadores. Estava sentado no chão, as costas apoiadas numa parede de tijolos, o capacete de metal pousado junto ao joelho esquerdo. Era uma cena estranha, aquele homem solitário numa estrutura que, normalmente, está pulsante de ação.

Fiquei olhando para ele. Ele não podia me ver, óbvio. E, ao deter-me um pouco mais, tive a impressão perturbadora de que... ele chorava! Debrucei-me na basculante, concentrei-me. Será que a distância não me enganava? Não... ele de fato chorava, aos soluços, vez em quando escondendo o rosto na concha das mãos.

Aquilo me desconcertou. Um homem adulto, um rude operário da construção civil, aos prantos. E era um pranto solitário. Quer dizer: a causa da sua tristeza não era imediata, era algo de que ele se lembrava e que o comovia, que o oprimia, que lhe despedaçava a alma.

Os operários, eu os vejo rindo e assobiando nas construções, eles caçoam uns dos outros, eles gritam, eles brigam, eles bebem nos botecos e discutem futebol, eles fazem churrasquinho aos domingos e se irritam com suas mulheres. Posso imaginar um operário fazendo quaisquer dessas coisas. Não consigo imaginá-lo chorando, sozinho, sentado na pedra fria, com as costas escoradas na parede de uma construção vazia. O que havia acontecido para magoá-lo tanto?

Cogitei ir até lá e falar com ele. Às vezes, conversar com um desconhecido é o melhor consolo. Às vezes, é só isso de que um homem precisa: falar, desabafar, ser ouvido. Terminei o banho, vesti-me e saí para trabalhar. Devia ou não apresentar-me ao operário, perguntar o que ocorrera? Desviei uma quadra do meu caminho para passar em frente à construção, a essa hora já fervilhante de atividade. Fui aproximando-me do prédio, devagar, devagar, cada vez mais devagar. Em frente à obra, parei. Examinei os operários que trabalhavam na estrutura sem paredes. Todos me pareciam iguais debaixo de seus capacetes. Olhei, olhei, até que, pela roupa, reconheci o operário que, havia pouco, chorava, sozinho.

Agora ele ria.

Ria alto, brincando com os companheiros. De onde estava, não conseguia identificar se era um riso sincero ou se seus olhos estavam inchados. Mas ele ria. Segui caminho, um pouco confuso, levando no peito uma pontada de aflição que até agora não consegui explicar.

Roubei

Já fui um ladrão. Já roubei. Tinha quatro ou cinco anos e fui com minha mãe até a casa de uma vizinha. Não lembro quem era a vizinha, só que morava alguns metros rua abaixo, no Parque Minuano. Enquanto as duas mulheres conversavam, o filho da vizinha ficou me mostrando seus brinquedos, vários. Fiquei especialmente encantado com uma sacola de bolinhas de gude que ele tinha. Coloridas, brilhantes, de todos os tamanhos. Sem que ele visse, peguei umas quatro ou cinco e coloquei no bolso.

Quando chegamos em casa, mostrei as bolinhas para minha mãe, orgulhoso. Vi o rosto dela se transformar. Em um segundo, tornou-se sombrio e duro. Então, sem se exaltar, mas com gravidade, ela explicou que eu fizera uma coisa horrível, que nunca, jamais, em hipótese alguma se pega o que é dos outros e que, com aquele ato, estava me reduzindo a um mero ladrão. Comecei a me assustar. Arrependi-me. E ela disse que só havia uma maneira de me redimir: eu iria sair de casa naquele instante, desceria a rua, bateria na casa da vizinha, devolveria as bolinhas e pediria desculpas pelo meu roubo.

Jamais consegui esquecer o que senti andando sozinho por aquela rua escura. A vergonha. Mas fui. Parei em frente à casa da vizinha. Suspirei, hesitante. Abri o portão do pátio. Subi os degraus do alpendre com um paralelepípedo no peito. Vacilei alguns segundos com o indicador suspenso diante da campainha. Mas enfim a toquei. A vizinha abriu a porta. Com lágrimas nos olhos, mas sem chorar, confessei o que fizera e devolvi as bolinhas à mulher, que me olhava de cima, entre surpresa e admirada.

Foi uma grande lição. Pois ninguém nasce com alma de ladrão, mas todos sentem vontade de tomar o que desejam. E a educação é exatamente isso, é o parâmetro do ser humano para reagir aos seus próprios desejos. Fico olhando para essas crianças na rua, ganhando dinheiro nos sinais, pedindo moedas nas esquinas, alguns solicitando ajuda para o Natal. A mensagem que elas recebem, junto com a moedinha, é que têm direito a ganhar o que desejam só porque desejam. É natural deduzirem que, se ninguém lhes der de graça o que querem, elas podem tomar. Mais: devem tomar. A esmola é um ensinamento. A esmola diz à criança que ela tem certos direitos. Que o mundo tem algumas dívidas para com ela. E manda-a cobrar. Refreie sua generosidade de semáforo. Às vezes, ser duro é o melhor presente.

O tempo perdido

Na madrugada mesma da sua morte, Proust enchia páginas do último volume de *Em busca do tempo perdido*. Escrevia deitado na cama do seu apartamento em Paris, tossindo, sentindo a alma se esvair pela ação da pneumonia e da bronquite que lhe atormentavam desde a primeira infância. A pena só cessava quando ele chamava a criada Celeste para pedir um cobertor ou uma bolsa de água quente ou mais papel, mais papel.

Essa obra imortal, porém inacabada, se estende por sete alentados volumes. Você precisa ler pelo menos um deles, para sorver as delícias sutis do texto de Proust. Mas não faça isso sacudindo os ossos no T2, nem entre os comerciais de *Xuxa no Mundo da Imaginação*. Para ler Proust, você precisa estar sentado comodamente, em silêncio, de preferência com uma taça de tinto ao alcance da mão. Porque você não vai ler; vai sorver o texto. Um texto do qual, ou você avança pelo menos cinquenta páginas de um fôlego, ou deixa o livro para depois da aposentadoria.

Terrível, não há mais tempo para ler Proust. Mais terrível: hoje, Proust não conseguiria compor *Em busca do tempo perdido*. Porque Proust teria de ir ao supermercado. Teria de comprar roupas no shopping, agora se compra muito mais roupas do que no começo do século passado, quando os homens tinham dois ternos e fim. Teria de se exercitar uma hora por dia. E depois alongar. Teria de ir ao terapeuta, Proust tinha todo o jeito de quem vai ao terapeuta. Ao curso de inglês ele também iria, assim como gastaria horas respondendo os imeils. Sem contar os minutos que Proust levaria se deslocando para cá e para lá e escovando os dentes quatro vezes por dia e mandando seu carro para a revisão. Finalmente, Proust teria de... trabalhar! E, claro, ler. Se bem que, fazendo tudo isso, lhe seria difícil arrumar um bom naco de cada dia para desfrutar do *Em busca do tempo perdido*.

Imagino a aflição de Proust. Pois sei da minha. As pessoas estão todo tempo cobrando, pedindo opinião. Assistiu ao filme da Charlize? Leu a *Veja*? Aquele guri é Iruan, Irruá ou Iruá? O que tu achas da abstinência sexual do Baloubet? Viu a Tonton na *Playboy*?

Chega! Preciso de tempo para ler Proust! Onde estará meu tempo perdido?

O VENDEDOR

Era um homem já de uns sessenta anos, talvez mais. Negro tisnado, forte, os braços musculosos carregando duas caixas de isopor. Vendia água mineral na Praia Brava. Meu amigo Degô o chamou, uma mineral, por favor, quanto é? Um real. Degô levou a mão ao bolsinho da bermuda e, ué?, cadê o dinheiro? Procura, procura. Nada. Eu já estava catando minha trouxinha de notas do estojo do rayban, quando o vendedor apontou para uma coxilha de areia fervente:

– Seu dinheiro não é aquele que está rolando ali?

O Degô olhou. Era.

Fiquei encantado: o homem bem podia ter silenciado a fim de colher o dinheiro para ele mesmo, depois de fazer a venda. O Degô também se impressionou. Tomou sua garrafinha d'água e disse ao vendedor:

– Vou lhe dar dois reais, porque o senhor me avisou do dinheiro.

O vendedor:

– Não, obrigado.

O Degô, surpreso:

– Mas o senhor merece, por sua honestidade.

– Não, obrigado. Se o senhor quiser, leve duas águas.

O Degô topou. Pagou dois reais. Deu-me uma garrafinha d'água. Ficamos observando o vendedor se afastar, encurvado pelo peso das caixas de isopor. Ali estava a essência da ética: em nome de um valor impalpável, a sua própria honra, ele recusou uma vantagem que lhe era oferecida sem contrapartida, algo de que ele provavelmente precisava. Ali estava um homem com estofo moral. Algo que não nasceu com ele, isso é certo – foi-lhe ensinado. Os pais desse velho senhor, se vivos estiverem, devem ser pessoas realizadas. Porque não legaram ao filho uma sólida poupança, uma casa onde morar, nem mesmo uma profissão. Mas lhe deram dignidade. Pois aí está tudo que importa: não é preciso contracheque para se ter, ou se dar, dignidade.

Na Praia Brava, numa das pontas da Ilha de Santa Catarina, os homens revelam a totalidade de suas almas, as mulheres revelam a totalidade de seus corpos. Foi bem isso que me disseram algumas mulheres, entre um e outro torpedinho de siri do Pirata: uma mulher de biquíni mostra muito mais do que uma mulher nua. Parece espantoso; não é. Sucede que, quando nua, geralmente a mulher está protegida pela penumbra e, o mais importante, perto demais para que se lhe repare o que há em excesso ou em falta. Fascinante as artimanhas da mulher, não?

Note como é fundamental o distanciamento crítico para se fazer qualquer avaliação. Distanciamento crítico. Só assim para julgar os governos, os times de futebol, as mulheres.

A Brava. Fica-se mais sábio, por lá. E ainda se ganha água mineral de graça.

Os selvagens

Camille Paglia disse que não existe um Mozart mulher pelo mesmo motivo que não existe um Jack, o Estripador, mulher. Disse bem dito. É isso mesmo. Porque tanto o assassino feroz quanto o gênio universal são moldados com o mesmo barro: o barro da selvageria.

Nós somos selvagens, nós, homens, e esse é todo o problema da Humanidade, embora seja também toda a sua grandeza. E, quando falo em homem, refiro-me ao sexo masculino. Porque as mulheres, elas são a própria Civilização. Elas é que a criaram, há doze mil anos.

Aconteceu mais ou menos assim: as mulheres estavam nas cercanias da caverna, ou em alguma clareira, ou à beira de um rio, em um desses lugares em que as mulheres ficavam cuidando dos filhos enquanto os homens saíam pela savana para caçar, guerrear e contar piadas, que é isso que nós homens fazemos quando saímos juntos. Então ela estava lá, com as amigas, e notou que a semente, caindo ao solo, germinava e dava frutos. Foi a maior descoberta da história do planeta: a descoberta da agricultura.

Só uma mulher poderia ter feito essa observação. Pelo motivo singelo de que o que ocorre com a semente também ocorre com a mulher. Ela também é fecundada, e dá frutos.

Portanto, a mulher inventou a agricultura, e domesticou a primeira cabra e o primeiro cão e, assim, criou a Civilização. Que atendia em muito aos seus interesses – com a fixação do ser humano ao solo surgiu a família, o instrumento mais eficiente de proteção aos filhos já experimentado até hoje.

O problema é que nós, homens, tínhamos uma história de quatro milhões de anos de vida selvagem, de lutas contra tribos rivais, de caçadas a leões e javalis, de diversão e camaradagem, e de sexo livre, que na pré-história ninguém era de ninguém, a pré-história era uma festa. Isto é: durante milhares de milênios, a agressividade foi o instinto mais importante para a sobrevivência humana e, agora, recentemente, há 120 séculos, ela já não nos servia para nada. Tivemos de nos adaptar a essa criação feminina, a Civilização.

Eis o problema: nós, homens, somos inadaptados à Civilização. Nós é que matamos, brigamos e tomamos à força. Nós ainda nos ressentimos do tempo em que éramos livres. Esse desajuste nos faz boicotar a Civilização a todo momento. Com guerras, com assassinatos, com agressões, com a música rap. Mas também nos fornece o ingrediente da genialidade. Um Michelangelo, um Leonardo, um Beethoven eram mal-enjorcados no mundo, exatamente como são esses atiradores malucos que atormentam os Estados Unidos com os crimes mais estarrecedores já cometidos, porque são crimes sem motivo aparente. E que se repetem com frequência alarmante: tempos atrás, uma tragédia na Virgínia, com 33 estudantes mortos; outro dia, no Missouri, outro atirador e mais três vítimas. Já aqui, no Brasil, o que aumenta é a crueldade e, essa sim, dá a impressão de não ter razão de ser.

Mas existe um motivo. Ou, antes, uma causa: a nossa selvageria ancestral. Nossa ânsia por voltar aos tempos imemoriais em que tudo era liberdade, em que nossa agressividade tinha valor. E, pelo jeito, haveremos de conseguir. Ainda vamos voltar aos tempos dourados do tacape, da caverna, do ninguém é de ninguém.

No Rio, a miséria olha o luxo na cara

Getúlio Vargas dizia que o Rio de Janeiro era o tambor do Brasil. Era. E ainda é. Mais até: o Rio é um resumo do Brasil. Porque no Rio tudo é mais intenso e mais grave. No Rio pulsa o que há de melhor e o que há de pior no Brasil, por conta, basicamente, de questões históricas e geográficas. Por exemplo, a desigualdade social. Não é a pobreza o maior problema do país – dinheiro não nos falta. Não é tampouco a corrupção, que corrupção há em toda parte, menos na Islândia. É a desigualdade social. No Rio, basta levantar o queixo para se chocar com a desigualdade. Porque ela está exposta, as favelas são contíguas aos bairros nobres, a miséria olha o luxo na cara. Donde, a revolta e a violência. O Pan de 2007, realizado quase todo na Barra da Tijuca, conseguiu a proeza de se afastar um pouco da desigualdade, mesmo no Rio. Mas só se precisava percorrer alguns quilômetros para esbarrar no escândalo da vida em condições sub-humanas, no meio do lixo, sem assistência, sem governo, sem nada. Concordo com o velho historiador Décio Freitas, que dizia que os problemas do Brasil têm, quase todos, a mesma origem: a escravatura. O mais longo sistema escravista do planeta terra. Reproduzo agora o trecho de um texto que Jean-Baptiste Debret escreveu em 1834 sobre a Rua do Valongo, depois transformada em Rua da Imperatriz e hoje Rua Camerino, no centro do Rio. Essa rua era o entreposto comercial que recebia os escravos depois da travessia do Atlântico. Debret descreve-a assim: "Essa sala de venda, silenciosa o mais das vezes, está infectada pelos miasmas de óleo de rícino que exalam dos poros enrugados desses esqueletos ambulantes. Os ciganos, traficantes de negros, verdadeiros negociantes de carne humana, não cedem em nada a seus confrades negociantes de cavalos; por isso deve-se tomar precaução e levar consigo um cirurgião quando se quer escolher um negro nesses armazéns. Às vezes, entre esses escravos recém-desembarcados, encontram-se negros já civilizados que se fingem de xucros e dos quais é preciso desconfiar, pois dissimulam certamente quaisquer imperfeições físicas ou morais, que impediriam que fossem vendidos imediatamente. Esse exame deve ser minucioso, porquanto se escapar ao olhar do inspetor qualquer defeito físico no negro vendido, o comprador, ao sair do armazém, já não terá o direito de trocá-lo. Darei um exemplo: um belo negro, de grande estatura, conservava durante o exame uma laranja na mão, com uma aparência de desenvoltura ensinada pelo vendedor. O estratagema deu resultado e o negro, chegando à casa de seu novo dono, sempre com a laranja na mão, só a largou para mostrar um defeito na articulação de um dos braços, e o comprador, embora enganado, teve que guardá-lo."

Nasceu o Bernardo

Você está tranquilão no seu trabalho, são dez e quinze da noite de sexta-feira, você já está pensando nos chopes que hão de vir, está pensando naquelas iscas de lombinho de porco, numa noite aprazível com os amigos no bar, quando toca o telefone e a voz de mulher grita do outro lado da linha:

– Rompeu a bolsa!

WOLFREMBAER!!!, é o que você berra, enquanto joga o telefone para cima e sai correndo, atropelando a mulher da limpeza.

Foi o que aconteceu comigo. Atirei o telefone para cima, dei o grito de wolfrembaer, que é o que a gente deve gritar em momentos que tais, e voei para fora da Redação, passando por cima da Dona Filisteia. Em um minuto estava dentro do carro, zunindo pelas ruas do Menino Deus, entrando na contramão, espalhando azulzinho para tudo que é lado. Em dois minutos, bufava na sala de casa. A Marcinha:

– Já?

Eu:

– BAMO!

Nem carecia tanta pressa, como constatei em seguida. A coisa foi demorada. Quase cinco horas de tentativa de parto normal, contrações e lenta dilatação e eu ali, assistindo, pensando no que todos me dizem: que o nascimento do primeiro filho da gente é a maior emoção do mundo. Mas não sentia emoção nenhuma. O que sentia é que o pai é um inútil nessa situação. A mulher forcejando, os médicos trabalhando e o pai... olhando. Pensei em buscar cafezinho para alguém ou contar alguma piada, mas ninguém queria café e não havia clima para piada, nem para a piada da borracha. Então tentei me encaixar em um canto em que não atrapalhasse. Fiquei ali, quietinho, respirando.

Eles resolveram fazer cesariana. Foi tudo muito rápido. Em cinco minutos, lá estava eu, atrás de um lençol verde, ouvindo o ruído do bisturi cortando a carne, tzif!, tzif! Cristo!

Mais alguns minutos e:

– Aí vem ele! Aí vem ele!

Veio! Só que em silêncio. Não teve aquela coisa de ele ser posto chorando no peito da mãe, a mãe chorando também, aquela cena que a gente vê nos filmes. Levaram-no para outra sala. Fui atrás, filosofando: ué? E lá, naquela sala, envelheci uns cinco anos em cinco minutos. Porque foi esse o tempo que ele levou para respirar: cinco minutos! Que me pareceram meia hora. É normal, disse-me a médica, mas, pô, como é que eu ia saber disso???

Cinco minutos inteiros... E o gurizinho imóvel e azul.

Por toda essa aflição, não senti, na hora do parto, a tal maior emoção. Senti só alívio. Também não senti nenhuma emoção especial nas horas seguintes. Todo mundo indo ver o nenê, o nenê olhando para aquela azáfama com uns olhões arregalados, a pediatra advertindo: – Ele está agitado. Vai ser uma noite dura.

Eu com medo, muito medo, e assinando alguns cheques. Descobri ser essa a função do pai nesses primeiros dias de vida da criança. Na verdade, duas funções: assinatura de cheques e serviço de encomendas.

– Busca lá um algodão quadradinho e um alquinho?

– Me traz um bauru?

– Aproveita e compra umas revistas.

Eu obedecia. À noite, as piores previsões da médica se cumpriram. O nenê chorava e chorava. Quando não chorava, gritava. Quando não gritava, berrava. Quando não berrava, uivava. Mas o pior era quando urrava. Compreendi que a Natureza é sábia: os nenês têm essa voz estridente para que os pais os ouçam de qualquer lugar em que estejam. E os pais os ouvem, como os ouvem.

O que fazer para acalmá-lo? Nenês de um dia de vida são como torcedores de futebol ou crentes religiosos: não são suscetíveis a argumentos racionais. Nada o convencia a parar. Nem as atenciosas enfermeiras do Mãe de Deus, que são realmente atenciosas. E horas e horas de choro, e eu pensando naquela história da emoção, a grande emoção de ter um filho. Que falácia! Que mentira! Me enganaram!

Às cinco e meia da madrugada, a mãe dele começou a chorar também. Um chorava ali, outro chorava aqui, eu tentando manter a calma, mas já certo de que me haviam engrupido: não existia a tal maior emoção do mundo. Só existia dor.

Então, às cinco e quarenta e cinco, quando tudo parecia perdido, eu o tomei nos braços. Comecei a embalá-lo. E lembrei de uma música do Dorival Caymmi que o Roberto Carlos gravou nos anos 70 e que a Adriana Calcanhoto cantou na abertura do Pan. Uma música que dizia com precisão exatamente o que estava acontecendo. E eu a cantei para o meu menino:

É tão tarde, a manhã já vem
Todos dormem, a noite também
Só eu velo por você, meu bem
Dorme, anjo, o boi pega neném
Lá no céu deixam de cantar
Os anjinhos foram se deitar
Mamãezinha precisa descansar
Dorme, anjinho, papai vai lhe ninar:
Boi, boi, boi, boi da cara preta
Pega esse menino que tem medo de careta.

E ele começou a piscar os olhinhos e começou a se acalmar e me olhando sempre e sempre adormeceu nos meus braços, e nos meus braços dormiu por quatro horas e nessas quatro horas fiquei olhando para ele, tão pequeninho, tão frágil, tão sereno, e aí, aí sim, aí eu senti, senti, senti, senti, cara, aquela emoção.

Silêncio na mesa

Numa dessas noites quentes de primavera acomodei-me à cadeira de um restaurante e, antes mesmo de erguer o olhar para o queixo do garçom, já havia observado o casal sentado na mesa ao lado. Atiçaram-me a curiosidade. Pareciam pouco à vontade, não falavam um com o outro. Não se olhavam.

Verdade, essa não é uma cena exatamente incomum. Acontece, e sempre que acontece chama a atenção. Casais assim tornam-se ostentosos. Porque o silêncio que existe entre eles os separa, não os une. Não é um silêncio harmônico, aquele das pessoas que não precisam de palavras para conviver em paz. Ao contrário, é um silêncio de quem já não tem palavras a trocar, um silêncio vazio, que, por isso, é um silêncio ruidoso.

Mas o casal que vi dias atrás era diferente dos outros que já havia encontrado. Porque os dois eram muito jovens. Não combinava com eles aquele ar cansado, aquele desânimo. Não. Um casal jovem, quando fica amuado, é porque houve briga. Um está irritado com o outro, ou ambos estão irritados. Só que aqueles dois não tinham a aparência de quem está zangado. Eles simplesmente estavam desanimados.

O jantar deles transcorreu todo assim, os dois de olhar baço, sem nem se encarar. Comecei a torcer para que estourasse uma discussão entre eles. Porque, se existe raiva, se existe cobrança, existe esperança. Mas não era o caso. Eles estavam enfarados. Tão novinhos, e já desistentes.

Aquilo foi me incomodando. Tinha vontade de ir lá e sacudi-los:

– Façam alguma coisa! Briguem! Xinguem-se! Mas façam alguma coisa!!!

Porém, não fiz nada. Fiquei olhando. Eles nem notavam. Pudera: era tão densa a aragem de desalento a envolvê-los que provavelmente não notariam nem se me levantasse, puxasse uma cadeira e sentasse entre eles.

Então, quando eu mesmo ia pedir a conta, a sobremesa deles chegou. O garçom fez aterrissar na toalha um prato de bom tamanho, tendo ao centro algo que não consegui identificar, um sorvete, talvez, ou um creme qualquer. Foram postas duas colheres diante deles, mas o rapaz não fez menção de empunhar a sua. A moça, sim, ela tomou a colher e levou um bocado entre os dentes.

Aí aconteceu a transformação. Ao engolir a sobremesa, ela se aprumou na cadeira, ficou ereta, seu rosto de menina se iluminou, seus olhos brilharam e ela emitiu um som pela primeira vez na noite:

– Ah... – foi o que ela fez. Só isso: ah... E o rapaz a fitou com interesse inédito. Ficou olhando-a como se só naquele instante tivesse descoberto sua presença.

Ela olhou para ele. Ele continuava olhando para ela. Ela, de repente vivaz, arrancou com a colher um naco do doce e o ofereceu ao namorado. Ele piscou, pensou, mas recusou com um gesto de cabeça. Ela de pronto conduziu a colher à própria boca e, ao provar a iguaria, repetiu, fechando os olhos de prazer:

– Aaah...

Ele a olhava ainda mais curioso. Ela, novamente, mergulhou a colher no acepipe e, novamente, esticou a mão e a fez flutuar diante da boca do namorado. Ele vacilou, franziu a testa, jogou o corpo um centímetro para trás, mas, enfim, cedeu. Abocanhou a colher. E a mágica se fez com ele também. O garoto, mal o doce desceu-lhe pela garganta, assumiu nova postura na cadeira, arregalou os olhos de contentamento, olhou para a namorada e... sorriu! E ela sorriu para ele, e a sorrir eles ficaram, e logo estavam rindo, e um minuto depois gargalhando. A noite terminou com os dois aos beijos. Fui-me embora contente. Mas ainda me arrependo por não ter perguntado qual era o nome daquela sobremesa.

Filhos da escravidão

Uma amiga minha caiu no golpe do sequestro por telefone. Mulher inteligente, bem-informada, mas caiu. É que a filha dela já havia sido sequestrada antes. Sequestro mesmo, com arma na cabeça e tudo mais. Então, quando aquela voz chorosa de mulher ligou implorando por socorro, ela desabou. Acreditou na hora. Depois, o bandido foi monitorando-a por telefone. Tinha absoluto domínio psicológico sobre ela, conduziu-a sob seu poder até o banco, onde o gerente desconfiou. O que havia acontecido? Por que ela chorava? O gerente salvou-lhe do desfalque com uma única ligação para a filha, que estava no recôndito do lar, bela e tranquila, ouvindo um rock suave na Rádio Itapema.

Encerrado em uma cela de presídio, a três estados de distância, por telefone, um sujeito desses interpreta vozes diferentes e mantém uma cidadã com terceiro grau completo mesmerizada durante duas horas. Esse mesmo tipo, dê-lhe uma colherinha de chá e ele cava um túnel sob a cadeia, uma obra de engenharia perfeita, com vigamento, iluminação e sistema de ventilação, e por ela escapa para a liberdade. Nunca alguém ouviu falar de um túnel de presidiários que desabasse, de um fugitivo que morresse soterrado em sua obra, nunca.

São homens admiráveis, de criatividade e iniciativa. Por que estão a serviço do crime, e não produzindo para a sociedade? Por que não são eles os empreendedores do Brasil?

Durante trezentos anos, o empreendedorismo, mais do que inibido, era proibido na colônia. Os portugueses vinham cá, extraíam a riqueza que podiam e voltavam em suas caravelas para gozá-la no ultramar. Depois de o Brasil ter sido fundado como nação, em 1808, o Estado continuou ocupado pela classe dirigente portuguesa, que vivia do escravagismo e que, por isso mesmo, considerava o trabalho um ultraje. O Estado servia para que a elite se servisse dele. O escravo e o liberto, já a maioria da população, nada podiam esperar do Estado, viviam de expedientes, aprenderam que à margem da sociedade tinham mais chances do que incluídos nela. O imigrante europeu, esse, sim, com tradição empreendedora, também se desenvolvia ao largo do Estado, e apesar do Estado, abandonado que foi nos ermos do continente, em comunidades onde reproduzia seu país de origem até na língua.

E assim foi, mesmo depois da República, mesmo depois de a nobreza lusitana ter se apartado do poder. O Estado brasileiro sempre esteve tomado por um grupo, sempre atendeu a interesses de uma pequena parcela da fidalguia nacional, fossem os usineiros do Nordeste, fossem os produtores rurais de São Paulo e Minas, fosse a classe industrial forjada pelos imigrantes europeus.

Enquanto isso, os descendentes dos escravos continuavam pendurados nas franjas da sociedade, sobrevivendo de artifícios. É isso que o cidadão brasileiro aprendeu desde sempre: que viver ao arrepio da lei é mais lucrativo e é mais fácil. E é assim que se chega ao golpista por telefone, ao engenheiro de túnel de presídio. Ele exercita sua criatividade e sua iniciativa à parte do Estado, porque o Estado não lhe é atraente.

É essa criatividade, é essa iniciativa que teriam de ser aproveitadas pelo Estado brasileiro, um Estado que tem pouco tempo de legitimidade, que só passou a representar de fato o cidadão comum depois de 1989. Muito pouco tempo, claro que é. Mas talvez o suficiente para se aprender que só com Educação é que o Brasil um dia poderá contar com o talento, a força e a imaginação dos filhos da escravidão.

Certa noite de chuva

Chovia muito no último dia em que vi meu pai. Eu estava com oito anos de idade e padecia na cama com quarenta graus de febre. Amígdalas.

Meus pais tinham se desquitado havia já alguns meses. Eu, meus irmãos e minha mãe morávamos num apartamento de um quarto na Assis Brasil. Ele foi nos visitar e deparou comigo tiritando sob a coberta.

Lembro com nitidez daquela noite, dele parado à soleira da porta do quarto, de pé, olhando-me, e minha mãe ao lado, com o papel da receita do médico na mão. Ele tomou a receita e ofereceu-se para ir à farmácia. Deu as costas para o quarto, mergulhou na escuridão do corredor e foi embora. Nunca mais o vi.

Logo depois ele se mudou para outro Estado, no Centro-Oeste, e lá construiu o resto da sua vida. Um dia de 2001 alguém me disse:

– Teu pai morreu ontem.

E eu não sabia o que sentir.

Não conto essa história com ressentimento. Porque acho que entendo o que aconteceu com meu pai, naquela noite de chuva. Ao sair do apartamento, ele de fato tencionava comprar os remédios.

– Vou comprar dois de cada! – recordo que disse.

Mas meu pai era alcoolista. Na rua, deve ter cruzado pela porta de um bar, ou com um amigo, e parou para beber. Quando deu por si, era tarde para ir à farmácia e tarde para desculpar-se. Continuou bebendo, gastou todo o dinheiro e, no dia seguinte, envergonhado, preferiu não dar notícias. Assim passou-se um dia, e outro, e mais outro. De repente, havia transcorrido tempo demais para voltar atrás ou para dar explicação. Meu pai não enfrentou a própria vergonha, isso não é incomum. Acontece. É compreensível.

O que sempre me enfeitiçou nessa história, que, afinal, é parte da minha própria história, não foi o detalhe da desistência do meu pai. Não foi o abandono. Foi o momento em que meu pai decidiu entrar no bar. Uma decisão tão aparentemente irrelevante, tão fácil de ser tomada, dar dois passos da calçada em direção a uma porta aberta, e, ao mesmo tempo, uma decisão tão crucial. Fico pensando em como a vida é repleta dessas pequenas deliberações que podem alterar rumos e mover destinos. Fico pensando em todas as palavras espinhosas não ditas, nas vezes em que o sinal amarelo não foi cruzado, em que o gatilho não foi apertado, em que não liguei para ela, nas chances que deixei passar, e nas vezes em que fiz tudo isso, por bem ou por mal. Um passo, uma palavra, um gole, um pedido de perdão que não foi feito, e tudo muda. Mudou para meu pai. Mudou para mim.

Virei fumante

Decidi que vou começar a fumar. Nunca fumei, até agora, nem nunca tive vontade. Para ser sincero, ainda não tenho vontade. Mas vou começar. Por causa do ministro esse que pretende acabar com os fumódromos e a caterva de autoritários que o apoia.

Alegam que o fumante, mesmo confinado ao fumódromo, mesmo sem prejudicar quaisquer não fumantes, prejudica a si próprio, sendo isso motivo suficiente para reprimi-lo com o tacão da lei. Mas alguém aí me diga: e o ovo frito? Durante anos, quiçá décadas, diziam que o ovo frito fazia mal à saúde, e quem o dizia talvez fossem os mesmos entendidos favoráveis à repressão proposta pelo ministro. Por que não proibiram o ovo frito em restaurantes e nos xis-egg? E o açúcar? Não causa cáries e obesidade, não ajudou a dizimar índios por todo o continente? Proíbam o açúcar! Queimem quindins e Chica-Bons como se fossem feiticeiras na Baixa Idade Média! E o Big Brother? Comprovadamente, assistir ao Big Brother emburrece. Censurem-no! Mais: multem quem passar da segunda arrebentação, pois lá o pessoal se afoga; prendam os motoqueiros, que andar de moto é perigoso; metam as mulheres em burcas a fim de evitar desvios sexuais dos homens!

É uma época de fúria legiferante, esta nossa. Uma época em que se convive com a noção obtusa de que a letra da lei basta para corrigir os males da sociedade. Falar ao celular durante a aula é errado? Os deputados votam uma lei proibindo o celular em horário letivo. Um pai batizar a filha de Shana é de gosto duvidoso? Um juiz proíbe as Shanas em todo o estado. Crimes são cometidos sob influência do álcool? O secretário de Segurança quer proibir a bebida em bares e restaurantes.

Proibir, proibir, eles querem proibir. Compreensível: educar dá muito trabalho.

O que mais me impedirão de fazer, esses que arrogam ter autoridade sobre a minha saúde física e mental? Esses que só querem o meu bem.

Pois digo: mais mal causa o precedente aberto pela proibição do que a fumaça inalada. Por isso, resolvi fumar. Como um protesto em nome da liberdade. Hoje mesmo estarei sorrindo com um Minister sem filtro entre os dentes, sentindo a fumaça negra preencher calidamente os meus pulmões até então virgens de tabaco, nicotina e quejandos. Tudo contra eles. Cuidado com eles! Tenho medo dessa gente, desses legisladores fogosos, desses amantes da proibição. É assim que eles começam. Mas o pior é a forma como costumam terminar.

Viajei de Salamanca a Madri, certa feita, duas horas e meia de ônibus. Era um daqueles ônibus com janelões que não abrem, não é para ventilar, é só para olhar. Estava lotado, e todos, mas todos! os passageiros fumavam. Eu tossia, eu arfava, eu sufocava. Nunca uma viagem demorou tanto. Ao chegar, completamente defumado, sentindo o cheiro nauseabundo de cigarro nas minhas roupas, no meu cabelo, na minha pele, no meu pâncreas, comentei com um amigo espanhol que na civilização do Brasil era proibido fumar dentro de ônibus. Ele arregalou os olhos, surpreso, e perguntou com escândalo:

– Mas e os direitos dos fumantes?!!

Ri do absurdo, mas hoje penso: imagina se um tipo desses vira ministro no Brasil...

Sou contra!

Sou contra a Comissão Parlamentar de Inquérito. Qualquer CPI. O instrumento da CPI deveria ser retirado do Legislativo, antes que ela, a CPI, acabe com ele, o Legislativo.

A CPI tinha a sua função e a sua utilidade, até que uma deu mais certo do que se esperava. A do Collor. Quando Collor caiu, no começo da década de 90, todos os deputados, senadores e vereadores do Brasil se ouriçaram. Compreenderam que tinham nas mãos uma arma capaz de abater presidentes. Desde então, as CPIs têm se multiplicado como se multiplicam as ratazanas do esgoto. Nenhuma deu resultado. As CPIs não servem para nada.

Para a sociedade, a CPI é inútil por razões óbvias:

1. A apuração a que ela se propõe já foi feita pelo Ministério Público, pelo Judiciário ou pela polícia.

2. O Legislativo não tem instrumentos ou capacidade para fazer diligências tão bem quanto os órgãos de investigação.

3. O Legislativo não tem competência para investigar nem quando investiga a si próprio. Porque, neste caso, falta-lhe independência: ou o investigado é amigo, ou inimigo.

É claro que isso pouco importa aos parlamentares. O que um parlamentar pretende, ao pedir ou ao instalar ou ao participar de uma CPI, não é descobrir algo. Ele sabe que uma CPI não desvenda nada, não esclarece nada. O que o parlamentar pretende é atingir o governo. Qualquer governo, de qualquer partido, não importa. Uma CPI sempre é uma espingarda política da oposição.

Só que nem para isso a CPI serve mais. A presunção de que "os políticos são corruptos" se espargiu pela sociedade e se transformou em conceito. Ninguém se escandaliza com um roubinho eventual, ninguém mais sabe se dez milhões é muito ou pouco, porque, para o cidadão comum, não será surpresa um político roubar. Será surpresa se ele não roubar. Sendo assim, quem se importa com as CPIs que permanentemente rondam os aliados dos governos estadual e federal? As pessoas sabem que é tudo encenação, que tudo aquilo não passa de masturbação legislativa. O Legislativo não trabalha mais para a sociedade brasileira, trabalha em função de si próprio. É a política pela política, a política parnasiana, parasita, tacanha e pobre.

O Legislativo brasileiro transformou-se num aleijão por causa da CPI. As grandes questões do país estão dormindo nas gavetas, enquanto os deputados fazem pantomima diante das luzes das TVs. Chega de CPI! Proíbam CPI! Sou contra CPI!

Sou contra a gramática. O ensino da. A gramática na escola é uma das causas da estultice que grassa pelo território nacional. Exemplo é a pesquisa divulgada dias atrás sobre leitura no país. Quais são os livros mais importantes para o brasileiro? Em primeiro lugar vem a Bíblia. Não vale – ninguém lê a Bíblia. No máximo, o cristão toma um capítulo aleatório e lê dois parágrafos para se inspirar, sem entender nada. Depois seguem: *O sítio do Pica-Pau Amarelo*, *Chapeuzinho Vermelho*, *Harry Potter*, *O pequeno príncipe* e *Os três porquinhos*. Livros infantis.

O que significa isso? Que o brasileiro não lê. E por que não lê? Por causa da gramática.

O particípio. Que me importa o particípio? Não quero saber do particípio, do futuro do presente composto, da fricativa interdental sonora, dos infinitivos todos. Não quero saber. Nem as pobres criancinhas brasileiras, obrigadas a aprender gramática em seus tenros anos. Nos Estados Unidos não se aprende gramática. Aprende-se a ler, a escrever, a interpretar texto. Era o que os professores deviam fazer com as crianças brasileiras: dar-lhes livros, fazer com que escrevessem sobre os livros. Livros contemporâneos, com linguagem moderna e agradável. Nada de Machado de Assis e José de Alencar, por amor de Deus! Gramática, só algumas regrinhas básicas de acentuação e vírgula. Pronto. Chega de gramática. Sou contra a gramática!

O LIVRO, A FRASE

Tenho um velho livro, *Maravilhas do conto francês*, que é velho mesmo. A encadernação original nem existe mais, o livro foi reencapado em pano, num tecido axadrezado que bem daria um kilt escocês. Há contos que, como promete o título, são maravilhosos. De Stendhal, Balzac, Mérimée, Maupassant, Verlaine e outros de igual quilate. Não sei se o comprei em um sebo, se ganhei de presente, não sei como foi parar em minhas mãos, mas sei que o possuo há tempo. Li as histórias com prazer. Na última página da última delas, de Tristan Bernard, encontrei uma dedicatória:

"Lelê: Só queria te desejar felicidades em tudo que tu desejas alcançar. Seja pouco ou muito, o importante é que pra ti seja muito. E não te esquece da gente quando estiveres no Louvre. Até. Beto. Julho de 1961".

Embora tenha lido o livro há pelo menos vinte anos, nunca esqueci da dedicatória. Porque, sei lá, imaginava a Lelê em Paris, com aquele mesmo livro debaixo do braço, zanzando pelo Louvre, pensando no Beto que a esperava no ultramar. Tinha sua história, aquele livro. Havia emoções impressas em suas páginas, e não só as que os autores tentavam transmitir.

Outro dia lidava na minha pequena biblioteca e, sem qualquer razão consciente, tomei o livro de uma estante e reli a dedicatória. Enquanto o fazia, senti que havia algo preso sob a capa de pano. Uma saliência que talvez até tivesse percebido antes, mas que só agora se soltara. Era como se fosse um cartão ou um bilhete. Fiquei aceso de curiosidade. Fiz à faca uma pequena incisão no tecido e empurrei o papelzinho para fora.

Era uma foto.

Uma daquelas fotos antigas, do tamanho de uma caixa de fósforos, com as bordas recortadas em zigue-zague. Duas pessoas estavam retratadas, um homem e uma mulher. Posavam lado a lado em uma praia que não consegui identificar. Ela vestia um maiô que poderia remontar aos anos 50, tudo ficava pudicamente coberto por aquele maiô. Ele usava um calção que lhe subia ao umbigo. Ambos olhavam sorridentes para a câmera, os braços pendentes ao longo do corpo, relaxados. A foto, tão antiga quanto o livro, estava escurecida, desgastada, mal divisei os rostos deles e a paisagem que lhes fazia moldura.

Intrigado, pensei no motivo pelo qual alguém esconderia uma foto dentro de uma capa de livro.

Então, a virei.

No verso, alguém escreveu a lápis uma frase em letra de forma, sem ponto final. Uma frase de letras apagadas, como se fosse desenhada sem convicção. A seguinte:

"Eu era feliz".

Foi como se levasse um soco no peito. Eu era feliz. Quem teria escrito a frase? O Beto? A Lelê? Ou algum outro antigo dono do livro? Eu era feliz. Significava que, quando a frase havia sido escrita, a felicidade já se fora. E a felicidade, óbvio, existia na época em que o flagrante na praia fora colhido. E a reunião dos dois personagens da foto é que era a causa da felicidade. Assim, tornava-se lógico que a razão da infelicidade era a separação dos dois.

O que aconteceu? Um deles morreu? Romperam?

Mais: por que a parcela sobrevivente do casal costurou a foto sob a capa do livro? Por que aquele livro em especial? As possibilidades têm rondado o meu cérebro, desde então. Quem diria que, num livro escrito por tantos mestres, a melhor história seria a do seu leitor?

Caído na calçada

Dia desses saí de casa mais cedo do que o normal e a temperatura era amena de primavera e o dia estava amarelo e azul e do som do meu carro se evolava o rock suave da Itapema e eu me sentia realmente bem. Estacionei numa rua quase bucólica do Menino Deus e vi que ali perto um catador de papel puxava sua carrocinha sem pressa.

Era magro e alto, devia andar nas franjas dos cinquenta anos e tinha a pele luzidia de tão negra. Ao seu lado saltitava um menino de, calculei, uns quatro anos de idade, talvez menos. Devia ser o filho dele, porque o observava com um olhar quente de admiração, como se aquele homem fosse o seu herói. Bem, ao menos foi o que julguei, certeza não podia ter.

Já ia me afastar quando, por entre as grades da cerca de uma creche próxima, voou um brinquedo de plástico. Um desses robôs cheios de luzes e vozes, que se transformam em nave espacial e prédio de apartamentos, adorado pelas crianças de hoje em dia. Algum garoto devia ter atirado o brinquedo para cima por engano, ou fora uma gracinha sem graça de um amigo. O menino que era dono do brinquedo colou o rosto na grade como se fosse um presidiário, angustiado. O filho do catador de papel correu até a calçada, colheu o robô do chão e não vacilou um segundo: retornou faceiro para junto do pai, o brinquedo na mão, feito um troféu. Olhei para o menino atrás da cerca. Estranhamente, ele não falou nada, não gritou, nem reclamou. Ficou apenas olhando seu brinquedo se afastar na mão do outro, os olhos muito arregalados, a boca aberta de aflição.

Muito orgulhoso, o filhinho do catador de papéis mostrou o brinquedo ao pai. O pai olhou. E fez parar a carrocinha. Largou-a encostada ao meio-fio. Levou a mão calosa à cabeça do filho. E se agachou até que os olhos de ambos ficassem no mesmo nível. A essa altura, eu, estacado no canteiro da rua, não conseguia me mover. Queria ver o desfecho da cena. O pai começou a falar com o menino. Falava devagar, com o olhar grave, mas não parecia nervoso. Explicava algo com paciência e seriedade. O menino abaixou a cabeça, envergonhado, e o pai ergueu-lhe o queixo com os nós do dedo indicador. Falou mais uma ou duas frases, até que o filho balançou a cabeça em concordância. A seguir, o menino saiu correndo em direção à creche. Parou na grade, em frente ao outro garoto. Esticou o braço. E, em silêncio, devolveu-lhe o brinquedo. Voltou correndo para o pai, que lhe enviou um sorriso e levantou a carrocinha outra vez. Seguiram em frente, o pai forcejando, o filho ao lado, agora não saltitante, mas pensativo, concentrado.

Então, tive certeza: aquele olhar com que o menino observara o pai era mesmo de admiração, ele era de fato o seu herói.

O VELHO CHALEIRA PRETA

Chaleira Preta, chefe dos cheyennes, era amigo do homem branco. Tinha ganho dos ianques uma bandeira dos Estados Unidos e a promessa de que seu povo se acharia em segurança, enquanto vivesse à sombra dela. Por isso, chamou todos os índios a se postarem em volta da bandeira, quando os soldados da cavalaria americana invadiram o acampamento de Sand Creek, na manhã de 30 de novembro de 1864.

Chaleira Preta não compreendia a invasão. Os próprios americanos haviam sugerido que os cheyennes se instalassem ali. Mais: convenceram os guerreiros a deixar a aldeia e partir para os campos de caça ao búfalo. Ou seja: em Sand Creek só estavam velhos, crianças e mulheres, as *squaws*. Foram esses que se homiziaram sob a bandeira, quando do ataque.

– Não fiquem com medo! – gritava Chaleira Preta. – Os soldados não vão feri-los.

Mas os soldados começaram a disparar. Um dos americanos contou mais tarde que, nesse momento, viu Antílope Branco, um índio de 71 anos, se aproximar dos soldados com as mãos para cima, pedindo que parassem. "Parou e cruzou os braços. Até ser atingido", testemunhou o americano. Ao expirar, Antílope Branco cantou a canção de morte dos cheyennes:

Nada vive muito tempo.
Só a terra e as montanhas.

De imediato, um soldado pulou sobre o velho, arrancou-lhe os genitais e disse que ia fazer uma bolsa de fumo com eles. Outro americano relatou: "Vi uma *squaw* com a perna quebrada por um obus. Um soldado foi até ela com o sabre desembainhado. Ela levantou um braço para se proteger. Ele a golpeou, quebrou-lhe os dois braços, depois deixou-a, sem matá-la. Havia cerca de quarenta *squaws* reunidas numa caverna como abrigo. Enviaram uma menina de seis anos com uma bandeira branca num pau. Foi atingida e morta. Todas as *squaws* na caverna foram mortas. Todo mundo que vi morto estava escalpado. Vi uma *squaw* cortada com um filho ainda não nascido ao seu lado".

Morreram 105 mulheres e crianças e 28 homens no Massacre de Sand Creek. A data assinala também a introdução na América do escalpo, uma invenção inglesa.

Essa e outras histórias de igual jaez estão no comovente *Enterrem meu coração na curva do rio*, que desde a década de 70 vendeu milhões de exemplares em todo o mundo e foi relançado em livro de bolso no Brasil pela L&PM. Li o livro com sofreguidão, de um fôlego só, exatamente no dia em que aquele piloto americano foi preso por fazer um gesto obsceno para a Polícia Federal no Aeroporto de Cumbica, no começo de 2004. Resultado: festejei a prisão. São muitos séculos de arrogância americana. Alguém tinha que fazer alguma coisa. Olhei a cena da prisão e bradei para meus perplexos colegas aqui da Redação:

– Essa é pelo Chaleira Preta, pessoal! Pelo velho Chaleira Preta!

A capa do jornal

Meu avô estava morrendo. Enfisema pulmonar. Havia um mês ele jazia na cama – a primeira vez em sessenta anos que passava mais de uma semana sem trabalhar. Durante esse período, ele foi ficando paulatinamente irritado, de uma forma como nunca ficou na vida. No final, meu avô pouco falava, torturado por todas as dores e desconfortos da doença. Mas eu conseguia conversar com ele, às vezes.

Numa dessas vezes, um dia antes de ele morrer, sentei-me à beira de sua cama e, na tentativa de distraí-lo, puxei assunto:

– Viu o golaço que o Zico marcou, vô?

Ele me olhou do fundo do travesseiro. Falou baixinho:

– Eu estou morrendo. E tu vens me falar de futebol.

Foi como se tivesse levado um tapa. Ele nunca havia me censurado assim. E estava certo. Eu fora insensível. Fora estúpido. Então, compreendi o que meu avô sentia na prisão daquela cama. Ele estava morrendo, e sabia disso. O que podia ser mais importante para ele do que a própria morte? O que era mais poderoso, trágico e formidável? Nada, nada.

Mas ele sabia também que por um par de minutos daqueles mesmos dias eu me encantara com o gol do Zico. Sabia que suas filhas, seus outros netos e até sua companheira de tantos anos deviam ter sorrido, em algum momento. E que todos nós e o mundo todo continuaria a sorrir e a viver depois que sua vida terminasse. Essa compreensão foi terrível para o meu avô.

Lembrei do meu avô ao deparar com a capa do jornal de 12 de março de 2004. Porque nesta capa estava estampado o sinistro atentado na Espanha, em que bombas da Al-Qaeda mataram quase duzentas pessoas e feriram outras mil e quinhentas. Essa capa é tão tremendamente horrenda que se torna impossível explicá-la – não há ponderação filosófica capaz de lhe conceder algum sentido.

Mas, mesmo com todo fragor e sangue dessa capa, as pessoas continuarão sorrindo, amando, trabalhando e se encantando com gols. Ainda que poucos fatos pareçam tão importantes quanto os que estão nas primeiras páginas dos jornais de 12 de março. Ainda que pareça injusto e até cruel. Não é um conforto. É um fato. Outras capas virão.

Como era bom sofrer

Aos quinze anos, Marina não passava de uma pastora de ovelhas nos campos da Antióquia do século III. Mas era bela. Tanto que o governador romano ensandeceu de paixão ao vê-la. Propôs-lhe casamento. Marina recusou. Disse que seu espírito e principalmente seu corpo estavam reservados para Cristo. Fulo, o governador denunciou-a ao imperador Diocleciano, que andava empenhadíssimo em exterminar cristãos. Marina foi presa e açoitada com varas. Depois, os verdugos rasparam seu corpo com um tridente e enfiaram pregos nele. Finalmente, queimaram-na com fogo e a afogaram num barril. Marina morreu toda ruim, mas foi canonizada.

Na mesma época, também no Império Romano, vivia Cristina, que, paradoxalmente ao nome, era filha de adoradores de Zeus, Apolo et caterva. Como fosse tão linda quanto Marina, seu pai decidiu mantê-la virgem para sempre, o que também é paradoxal, embora um bom psicanalista explique. Aprisionou-a numa casa afastada, onde Cristina travou conhecimento com pregadores cristãos. Converteu-se. O pai se sentiu traído e foi ele mesmo quem comandou o martírio da filha – foi espancada, cortada com ferro, queimada no fogo, atirada numa cova de víboras e, como se não bastasse, espetada por lanças até morrer. Virou Santa Cristina.

Há dezenas de histórias de igual jaez na Idade Média. Como a de Adriano da Nicomídia, que teve mãos e pés esmagados pelos torturadores. Ou a de Vitor, mantido por seis dias sem comer ou beber numa cela de Milão, para depois ser espancado, ter suas feridas cobertas com chumbo quente e só depois acabar decapitado. Ou a de André Bobola, que no século XVI foi açoitado, esfolado, mutilado e queimado pelos cossacos. Ou a de Lourenço, que, sendo assado vivo numa grelha, não perdeu o bom humor e pediu para os algozes:

– Podem virar, que esse lado já está bem passado.

Todos esses martirizados foram elevados a santos. Porque a renúncia e a dor eram os grandes valores da Idade Média. Era bonito sofrer. A tese de que Jesus redimira os pecados do mundo na cruz encantava os medievos. Eles também queriam padecer. Ansiavam pela morte lenta e gloriosa.

Foi essa ideia que embalou Mel Gibson na construção do seu filme *A paixão de Cristo* – a sublimação pelo sofrimento. Ele pretendia mostrar o que custou a Jesus a absolvição da Humanidade. Conseguiu. Por esse ponto de vista, o filme é um sucesso. O fato de ser um ponto de vista medieval nem importa muito. Até porque não raro a própria igreja não se importa de adotar uma postura medieval, como a proibição de métodos contraceptivos, um exemplo entre tantos. Então, o filme de Gibson é um sucesso inegável. Assista-o, se não o fez ainda. Você vai gostar. Sobretudo se pensar como se pensava há mil e quinhentos anos.

O cadáver do Che Guevara

Existe uma foto do Che Guevara morto, seu corpo deitado numa pequena lavanderia de hospital, os olhos baços semiabertos. Militares bolivianos cercam o cadáver e apontam para os buracos abertos pelas balas da metralhadora que o assassinou. A foto é eternamente comparada com um quadro de Rembrandt, *A lição de anatomia*. Estive no local onde o boliviano Freddy Alborta registrou a cena com sua velha Canon em 8 de outubro de 1967. Fica em La Higuera, localidade paupérrima da paupérrima Bolívia.

La Higuera se situa no alto de uma das montanhas dos Andes, no departamento de Vallegrande. Dificilmente haverá lugar mais pobre na América Latina. Chega-se até lá subindo a serra por estradas precárias, no meio da selva. Esse hospital em que o corpo do Che foi lavado nem pode ser considerado um hospital. É mais um posto de saúde mal-amanhado.

Depois de custosa viagem, cheguei a essa lavanderia. Poucas vezes senti um impacto tão poderoso ao entrar num local. Trata-se de um prédio minúsculo, do tamanho de um banheiro de apartamento classe média. Não há cadeira, mesa, armário, não há móvel algum, exceto o tanque de pedra. Também não há luz. Mas a gente do lugarejo acende velas naquela saleta. Tocos de velas sustentando chamas mínimas iluminam as paredes cobertas de inscrições, flores murchas rojadas pelos cantos, oferendas singelas dos corajosos visitantes que se arriscam a subir até aquele local de dificílimo acesso.

As frases em homenagem ao Che, gritando que ele não morreu, que seu espírito arde em meio ao povo, saudando-o como um herói, como um mártir, como um santo, mais as flores enegrecidas, os tocos de velas, aquilo tudo confere ao ambiente da lavanderia uma aura mística. Sente-se uma emoção especial ao se entrar naquele lugar.

Estive lá em 1997, quando os ossos do Che foram descobertos em Vallegrande. Desde então, me perguntava que espécie de emoção era aquela que eu sentira e por que a sentira. Anos depois, assistindo ao filme *Diários de motocicleta*, compreendi, afinal. O que senti foi o poder da inocência.

Porque o Che poderia ser um equivocado, poderia ser um romântico ausente da realidade, poderia ser até um truculento, poderia, mas o que seduzia as pessoas na figura e na história do Che, o que as fazia admirá-lo, o que as encantava nele era a sua inocência. Pois o Che acreditava no ser humano. O Che acreditava que o mundo tinha conserto e, mais, que ele poderia consertá-lo. Essa inocência transparece no filme de Walter Salles e emociona quem o assiste. Quase tanto quanto emociona o simples prédio da lavanderia onde um dia o corpo crivado de balas do Che Guevara foi exposto por seus matadores para a posteridade.

A SORTE DO SOLDADO AMERICANO

Na véspera do Dia D, certo paraquedista americano resolveu arriscar seus escassos dólares no jogo de cartas que corria pelo bivaque aliado. Teve sorte. Em algumas horas, amealhou 2,5 mil dólares, quantia que, em 1944, dava para prover uma Marlene Dietrich com suas longas e macias pernas. Ao deixar o jogo, o soldado começou a calcular o que faria com o dinheiro – uma parte daria para a mãe, outra guardaria como poupança, um tanto esbanjaria com as francesas em Paris. Já estava com tudo mais ou menos planejado, quando estacou. Um desagradável pressentimento lhe gelou a espinha. O paraquedista sentiu que, se ficasse com o dinheiro tão facilmente ganho, não sairia vivo das areias de Omaha. Voltou para o jogo, disposto a perder tudo. Pouco antes da invasão, restavam-lhe humildes vinte dólares. Que ele emprestou a um amigo, durante o embarque.

Essa curiosa história de superstição é narrada pelo repórter Cornelius Ryan no livro *O mais longo dos dias*. Imagino que cada um dos cinquenta mil soldados que enfrentaram as minas e a artilharia alemãs nessa invasão suicida deve ter vivido seu momento de reverência ao mágico ou ao sagrado. Porque, quando diante da circunstância decisiva ou da dificuldade, o homem faz isso mesmo: apela para o invisível.

Pois, por ironia, justamente agora, em pleno século XXI, o século do smart phone e da melancia quadrada, justamente na era da ciência absoluta se multiplicam as seitas, as fórmulas místicas, as práticas ocultas. Por quê? Exatamente por causa das dificuldades e das circunstâncias decisivas.

Observe: é nos países pobres que grassa a fé no invisível, algo que bem poderia ser utilizado como medidor de desenvolvimento. Na Inglaterra, na Alemanha, no Japão, nesses lugares em que a vida escorre redonda e fácil, a impressão é de que eles são todos ateus. Só impressão, claro – Deus ainda vive no coração dos ricos. Mas com muita discrição, sem os êxtases religiosos dos arrabaldes do mundo. Eles, os ricos, podem passar a noite sem rezas e invocações, porque sabem o que acontecerá durante o dia.

Um viperino jornalista americano da primeira metade do século XX, H.L. Mencken, definia a fé como a crença ilógica de que o improvável vai acontecer. Que belo será o dia em que se recorrerá menos à fé no Brasil, um terreno onde toda a crença viceja, do horóscopo ao feng shui. Porque, então, o país dependerá menos da ocorrência do improvável. Afinal, a única razão desse Brasil ser assim tão crente é ser assim tão sofredor.

Meu objetivo de vida

Quem me contou foi uma amiga: uma conhecida dela, na véspera de seu aniversário de sessenta anos, pôs-se a comemorar:

– Que beleza, chegar aos sessenta anos: agora não preciso mais aprender inglês nem fazer sexo, vou só me entregar às delícias de ser avó.

Há sabedoria incrustada na frase. Não na parte do inglês, língua pela qual também fermento a mais borbulhante antipatia, mas que, reconheço, é útil. Quanto à decisão de renunciar à atividade sexual, não posso fazer qualquer julgamento – sabe-se lá pelo que passou essa senhora, a vida é cheia de percalços... Agora, nada mais verdadeiro do que o trecho em que ela fala dos prazeres de ser avó. Sei disso não por mim: pela minha própria avó. Ela se comprazia em nos empanzinar com as compotas de doces que ela mesma preparava, ou com seu feijão cremoso, ou com sua massa feita em casa, a melhor massa que já comi. Eu comia, comia, comia, até porque sempre que me via ela exclamava:

– Mas como esse guri está magrinho!

E depois acrescentava, para gáudio meu:

– Vou fritar um bifinho pra ele.

Com os netos, minha avó só pensava em se divertir. O máximo de censura que saía de sua boca era advertir que vinagre demais afina o sangue. Tudo bem, é assim mesmo, todo mundo sabe que é aos pais que cabe o ônus da educação dos filhos.

Esse é o meu objetivo de vida: ser irresponsavelmente bondoso, agradar aos outros sem precisar medir as consequências, poder ser condescendente até diante da ingratidão. Por isso entendo as oposições a todos os governos, em todos os tempos. Não faz muito, quando o PT era oposição, seus parlamentares elaboravam projetos sociais que tinham a intenção de levar os pobres do Brasil ao Paraíso.

Só não especificavam quem ia pagar a conta do transporte até lá ou a da estadia nos resorts do Jardim do Éden. Demagogia? Não. A oposição tão somente exercitava sua generosidade.

Agora, vivendo as agruras da situação, o PT teve de impor um salário mínimo realista, uma previdência realista, um sistema de aposentadoria realista, enquanto os parlamentares que outrora ocupavam o governo bradam que isso é uma miséria, uma afronta à população de baixa renda, blá-blá-blá.

Parece uma insuportável incoerência, uma falta de vergonha política. Não é. Justamente aí está toda a beleza e toda a eficácia pedagógica da democracia. É esse revezamento na função de padrasto com a de vovozinha que faz com que todos aprendam e cresçam. E, o melhor: sem precisar abdicar do sexo.

Os suicidas assassinos

O que leva alguém a tirar a própria vida para cometer um ato político ou religioso?

Talvez a descrição que o profeta Maomé fez do paraíso prometido aos crentes e aos que morrem na guerra pela causa de Alá seja uma explicação razoável. Nesse paraíso, situado no sétimo céu astronômico ou acima dele, os pobres ingressarão quinhentos anos antes dos ricos e poderão inclusive beber vinho, o que lhes é proibido na vida terrena. Will Durant, no tomo número 9 do seu *História da Civilização*, vale-se de trechos do *Alcorão* para esboçá-lo da seguinte maneira:

"É um imenso jardim, onde correm rios aprazíveis e há sombras de árvores frondosas. Os bem-aventurados ali serão vestidos com brocados de seda e adornados com gemas; reclinar-se-ão em coxins, serão servidos por lindas jovens e comerão frutos de árvores que se curvam para encher-lhes as mãos. Haverá rios de leite, mel e vinho; os salvos beberão vinho em taças de prata e não sentirão ressaca. Por mercê de Alá, não haverá discursos nesses banquetes celestes. Em lugar disso haverá virgens ainda não tocadas por homem ou djin, belas como o jacinto ou a pedra coral, com seios túmidos porém olhar recatado, com olhos tão claros e puros como ovos no ninho e corpos feitos de almíscar, sem as imperfeições e indignidades da carne mortal. Cada varão abençoado terá como prêmio 72 dessas huris e nem a idade, nem a fadiga, nem a morte estragarão a amabilidade dessas virgens ou a bem-aventurança dos seus camaradas".

Muçulmanos fundamentalistas que realmente acreditam que receberão tal recompensa, no caso de se suicidarem pela Guerra Santa, não hesitariam em se espatifar num avião para praticar um atentado contra os Estados Unidos, como fizeram no 11 de Setembro. Mas é claro que eles só acreditam nessa recompensa dourada porque não têm muito a perder quando partem em sua busca. A opressão e a miséria na Terra é que tornam mais atraentes as supostas delícias do Céu.

E não é de hoje.

Os primeiros assassinos suicidas, de fato, foram os terríveis fanáticos que deram origem à palavra "assassinato". A "Seita dos Assassinos" foi fundada há cerca de mil anos por um homem sombrio conhecido como "O Velho da Montanha". Ele vivia numa fortaleza no alto das montanhas da Síria, onde treinava muçulmanos xiitas para atacar e matar cristãos e até outros muçulmanos que, no seu entender, não preenchiam adequadamente os requisitos da fé maometana.

O principal alvo dos Assassinos eram os cavaleiros cruzados. Como os cavaleiros geralmente andavam escoltados por equipes muito bem armadas, os ataques dos Assassinos tornavam-se suicidas. No entanto, esse gênero de suicídio não era um meio, e sim uma consequência.

O suicídio feito de instrumento homicida é uma invenção japonesa. Em setembro de 1944, o almirante Takajiro Onishi, assistindo, aflito, ao desembarque norte-americano nas Filipinas, concebeu a tática camicase. Era uma última tentativa de mudar o rumo da Segunda Guerra Mundial. Inspirados no código dos velhos samurais, vinte mil japoneses aderiram à ideia de Onishi. Pilotando solitariamente seus aviões de caça armados com uma única bomba, eles se atiraram sobre as esquadras inimigas. O resultado foi funesto: 248 navios americanos afundados ou destruídos e 206 danificados.

Era a força do desespero, o suicídio como última forma de agredir um inimigo muito mais poderoso. O mesmo desespero que motiva os suicidas do Oriente Médio. Aliado, é claro, à promessa de uma nova vida no paraíso muçulmano, com suas 72 virgens diáfanas sempre sorridentes e um inesgotável suprimento de vinho e hidromel.

A FRASE DOS QUE MORRERAM

Fosse num dos aviões prestes a se despedaçar, fosse num dos prédios na iminência de ruir, todas as pessoas que conseguiram sacar dos seus celulares no atentado de 11 de setembro, nos Estados Unidos, tiveram a mesma reação – telefonaram para quem mais amavam e declararam, singelamente:

– Eu te amo.

Era a derradeira manifestação daquelas pessoas. Sua última e, provavelmente, mais importante frase, até porque proferida no instante mais dramático de uma vida, que é a morte. E elas escolheram falar do amor que sentiam por alguém. Decidiram assegurar que o amavam.

Essa última frase, ela poderia ser uma ironia, um dito espirituoso. Como o caudilho Júlio de Castilhos, interventor do Rio Grande do Sul, que, estando à morte por insuficiência respiratória, ouviu do médico e correligionário Protásio Alves:

– Coragem, Júlio!

Ao que respondeu, arfante:

– Coragem eu tenho. O que me falta é ar!

Também poderia ser uma frase que resumisse a filosofia da vida que se esvai. O macedônio Alexandre Magno, o maior conquistador da História, tinha apenas 33 anos quando se viu acometido da febre que, afinal, o derrotaria, provavelmente resultado de uma prosaica picada de mosquito. No leito de morte, Alexandre foi cercado por seus ávidos generais, que só queriam saber:

– Com quem ficará todo o seu império?

Antes de exalar o último suspiro, o conquistador do mundo sentenciou:

– Ao mais forte.

Quem sabe essa expressão final pudesse ser uma manifestação de natureza física, bem pessoal, tal qual Goethe, que, se lhe sentindo apagar a centelha da alma, pediu:

– Luz. Mais luz.

Ou de genuína perplexidade – conta-se que um dos degolados da Revolução Federalista de 1893, um átimo depois de ter a garganta aberta a adaga, ainda teve tempo de exclamar:

– Que barbaridade!

Mas, não. As últimas frases das vítimas do atentado de 11 de setembro não foram de surpresa, de dor, de ironia ou de reflexão filosófica. As últimas frases foram uma só:

– Eu te amo.

Quer dizer: foi uma expressão de desprendimento, de entrega. O extremo ato dessas pessoas foi uma doação. Tiraram delas o amor que sentiam e o ofereceram, como estivesse numa bandeja, ao ser amado.

É possível que algumas das pessoas que foram alvo dessas declarações de amor pensem ter recebido um presente.

Errado.

Receberam um encargo. Uma obrigação.

Penduradas nas franjas da morte, as vítimas do atentado de 11 de setembro pensaram, tão somente, em se perpetuar. Aquela última e desesperada declaração tinha por objetivo eternizar quem morria no coração de quem continuava a viver. A réstia do amor estava sendo dada em troca da lembrança.

É assim mesmo. Não existe afeto incondicional. Todo afeto almeja, em troca, pelo menos outro naco de afeto. Então, o proprietário do amor age como se à testa de um empreendimento – ele aplica, ele fornece, ele trabalha. E espera o retorno.

As doze mulheres de Maomé

Os muçulmanos podem casar-se com até quatro mulheres. Simultaneamente, digo. O que talvez explique o fato de o Osama bin Laden ter 53 irmãos. Aí você vai fazer um cálculo rápido e protestar:

– Pô, mas nesse caso o pai do Osama precisaria fazer uma média de 13,5 filhos em cada mulher!

Verdade. Só que o velho Bin Laden também pode ter substituído algumas delas, ao longo do tempo, não é?

Maomé, o profeta, gozava de liberdade matrimonial especial – tinha dez esposas e duas concubinas. Nada que causasse escândalo. Afinal, ele era o mensageiro de Alá. Ninguém mais apropriado para gozar de certos privilégios.

Durante algum tempo, Maomé cumpriu seus deveres maritais com as esposas em rodízio, uma por noite. Não demorou muito, porém, para que uma se destacasse, entre todas. Era Aisha, mulher de beleza flamejante e personalidade robusta, no colo de quem o profeta deitou sua veneranda cabeça, em 7 de junho de 632, para, afinal, exalar seu último suspiro, aos 63 anos de idade.

Mas enquanto Maomé estava no auge da vitalidade, vigoroso como um corcel árabe, as esposas reclamavam sua atenção, e causavam grande tumulto no harém e incomodavam-no de uma forma tal que mesmo esse homem, o mais influente da Idade Média, afligiu-se quase até o desespero. Como se livrar do tormento de nove mulheres e duas concubinas reclamonas? Só mesmo Maomé para sair-se bem desta. Pois ele se saiu. Com um auxílio mais do que luxuoso – recebeu de Alá uma revelação exclusiva para o caso. Aí cabe uma dupla de parênteses: (Maomé construiu o islamismo através das revelações de Alá e do arcanjo Gabriel. Os dois, Alá ou Gabriel, ditavam a Maomé, que discursava aos seus seguidores. Alguns desses seguidores trabalhavam como amanuenses – registravam os códigos ou ensinamentos em folhas de palmeira, pedras ou esternos humanos, e os guardavam. Desse material reunido resultou o *Alcorão*, a base do muçulmanismo. Não é por outro motivo que *Alcorão* significa "discurso".)

Fechados os parênteses, vou reproduzir a revelação com que Alá tirou Maomé daquele dorido embaraço:

"Das tuas mulheres, podes preterir quem desejas e receber quem quiseres; e qualquer que desejares daquelas que deixaste de lado, não será pecado para ti; é melhor que elas possam ser confortadas e não se queixem e possam todas ser contentadas com o que tu lhes deres".

Assim, Maomé saiu-se do apuro e todos ficaram felizes. Que tal?

Doutra feita, Maomé enfrentava um contratempo prosaico, porém muito aborrecido. Seu amigo Abu Horairah visitava-o todos os dias, sem folga, enfarando miseravelmente o profeta. Com rebuscado bom humor e fina inteligência, Maomé solucionou também essa dificuldade, falando da seguinte forma para o amigo inconveniente:

– Ó, Abu Horairah! Deixa-me só em dias alternados, a fim de que a minha afeição possa crescer!

Maomé sabia ser flexível. Sabia ser tolerante. E, das virtudes humanas, não há nenhuma que seja mais inteligente do que a flexibilidade e a tolerância, sobretudo se aliadas ao humor.

Pobres poderosos

Alguém tem que sair em defesa dos poderosos neste país. Em nenhum outro lugar os poderosos são tão achacados e taxados e oprimidos. Isso sem que nenhuma voz se levante para defendê-los.

Os políticos, por exemplo. Se um jornalista, um advogado ou um taxista quer posar de valente, vai lá e vilipendia um político. Acontece muito nesses tempos eleitorais. É quando ouço: "Eles não fazem nada mesmo". Ou: "Na eleição eles vão lá na vila beijar criancinha e depois nunca mais aparecem". Ou: "Não adianta, com esses políticos que nós temos, nada vai mudar".

E as pessoas se dizem desiludidas e anunciam que vão votar em branco e há até quem suspire de saudade dos presidentes fardados. Quer dizer: esse cone verde-amarelo que se afunila da Venezuela para o Uruguai na verdade é uma cornucópia de recursos naturais habitada por um povo criativo, trabalhador e honesto. O país do futuro, como dizia Stefan Zweig antes de engolir formicida com água mineral Salutaris. O único porém são "eles".

Os políticos.

A julgar pelas queixas que assolam a nação, o brasileiro, alçado a um cargo eletivo, se transforma num mandrião esperto e risonho, sempre pronto para se aproveitar da boa-fé dessa gente trigueira que desfila sua bonomia à merencória luz da lua. Não fossem eles, os políticos, o Brasil seria uma Suíça tamanho GG e boa de bola.

O curioso é que todas essas fuinhas espertalhonas que estão espalhadas pelas câmaras e assembleias da pátria não saíram do colégio direto para a Faculdade de Política. Elas eram, as fuinhas, tão taxistas, jornalistas, advogados, empresários, torneiros mecânicos e taxidermistas quanto esses que ora reclamam delas. O eleito é criticado exatamente por ter sido eleito. Natural num país em que toda a prosperidade é suspeita.

O seu vizinho ganha bem, está rodeado de belas mulheres, vive num palacete? Aí tem! Porque essas são as características dos poderosos, e os poderosos não reúnem méritos, apenas prerrogativas. Os poderosos são os culpados por você não ser rico, nem bonito, nem namorar a Cicarelli. Então você não se espelha nos poderosos; você anseia pelo fracasso deles.

Talvez fosse melhor lembrar aquela máxima pregada há vinte séculos numa montanha da velha Palestina, que advertia: cada um julga com sua própria medida e com essa mesma medida cada um será julgado.

A SOLIDÃO HUMANA

Existem sites que organizam suicídios coletivos no Japão. Os japoneses nem se conhecem, mas na hora aprazada, pontualmente, como autênticos japoneses, eles se encontram, se acomodam num carro, vedam todas as saídas de ar e acendem fogareiros a carvão. Morrem em silêncio, sem ar e sem remorsos.

Pactos semelhantes têm se repetido muito no arquipélago do sol nascente. Japonês se matando não é novidade – judaísmo, cristianismo e islamismo é que não admitem o suicídio; o budismo o tolera. O que causa espanto é a necessidade de companhia para se matar. Quer dizer: a morte não assusta essas pessoas; a solidão, sim.

A solidão é capaz de enlouquecer. Em meados do século XIX, a Grã-Bretanha construiu Pentoville, uma penitenciária que era chamada de "A prisão do silêncio". Não sem motivos. Pentoville tinha tudo o que na época se considerava moderno em métodos carcerários. As celas eram limpas, algo espaçosas e relativamente confortáveis. Mas, por dezoito meses, os prisioneiros estavam proibidos de falar. Não havia contato com outros detentos e nem mesmo com os guardas eles podiam conversar. No passeio diário pelo pátio, os apenados eram obrigados a usar máscaras de pano e a andar em círculos sem jamais ganir um ai, sob vigilância estrita dos policiais. Os resultados foram macabros: o número de suicídios em Pentoville se tornou dez vezes maior do que em outras regiões da Inglaterra e muitos dos que saíam da cadeia perdiam a razão irremediavelmente.

Nada atemoriza mais o homem do que a solidão. O ser humano passa a vida tentando se aproximar de outros seres humanos, tentando ser amado ou admirado pelos outros seres humanos. Passa a vida tentando evitar a solidão. Para evitá-la, aceita até a antinatural monogamia, homizia-se no casamento, inventa o amor. De nada adianta. A solidão é invencível. Mas, se souber conviver com ela, o homem se liberta. Aí está a única forma real de liberdade: a tranquila e até prazerosa aceitação da solidão. Só o homem serenamente solitário vive em paz e pode até morrer em paz, compartilhando alegremente sua solidão com a eterna solidão da humanidade.

Devana Babu

Conheci Devana Babu em uma escola pública pobre de um lugar paupérrimo: São Sebastião, cidade-satélite de Brasília. Estava lá, a 2.027 quilômetros dos chopes da Calçada da Fama, a rua boêmia de Porto Alegre, a convite da Secretaria de Educação do DF. Missão singela: conversar com os alunos sobre livros que escrevi. A cidade é feia, poeirenta, chega-se à escola por uma rua de chão batido que nem rua é, é mais um terreno baldio.

Mas, quando comecei a falar (e a ouvir), que surpresa. Os alunos prestavam atenção, compenetrados, faziam perguntas inteligentes. Tinham lido os livros, elaborado redações, desenhos, histórias em quadrinhos e peças teatrais baseadas em alguns contos. Assisti às peças, vi os desenhos, me encantei. Eram ótimos!

Então apareceu Devana Babu. Um mulatinho mirrado e sorridente. Chegou dizendo que também tinha escrito um livro. Pedi para ver. Ele me deu um exemplar e o autografou. Cinco folhas de papel-ofício grampeadas. *O esdrúxulo*, o título. Li a apresentação, escrita por ele mesmo, e fiquei assombrado. Reproduzo-a:

> "No momento em que eu, Paulo Sérgio Jr., vulgo Devana Babu, escrevo este texto, conto treze anos de idade, e Luís Paulo, vulgo Próton, o desenhista, tem quinze anos. Em plena aula de inglês, observando tolos ataques de histeria de minha professora, um misto de ideias, sentimentos e memórias me acometeram, condensando-se e materializando-se como *O esdrúxulo.*
>
> O texto é ambientado na cidade de São Sebastião, às margens das Asas e dos Lagos, sem lazer, sem cinema, sem clube, sem teatro e sem salvação. Um gueto em que os sonhos dos jovens convergem sempre para a exploração do corpo, como

modelos que nunca desfilarão em Paris, ou futebolistas que nunca jogarão no Real Madrid, enquanto que a vida dos adultos converge para a servidão. Um vale em que aos fins de semana o fluxo e a população aumentam, porque os copeiros, mordomos, garçons, cozinheiras, faxineiras, empregadas, babás (e toda sorte de denominações de criados) estão voltando da residência dos patrões no Lago Sul. E não podendo manter um lazer lá fora, posto que esse é feito para o consumo burguês, retornam para seus lares apenas programados para descansar (e nem isso para satisfação pessoal, apenas para estar prontos para retomar a jornada de trabalho na segunda-feira).

Essa imobilidade social, essa passividade, essa aura de ignorância, essa redoma de submissão não apenas reproduzida no colégio, mas presente na cidade, associada a um mundo pessoal, é que deram o tom do texto."

Devana Babu, por Deus, ele mesmo escreveu o que você acabou de ler entre dois pares de aspas. Pois em algo Devana Babu está errado, no texto acima: São Sebastião tem salvação, sim. São Sebastião, Brasília e o Brasil, desde que deem escola, livro e chance para meninos como Devana Babu.

César mudou de sexo

Em 1946, o Havaí foi atingido por violento tsunami. Um oceanógrafo americano estava na ilha e jura ter visto uma casa ser arrancada das suas fundações pela vaga gigantesca, carregada por centenas de metros e assentada de volta ao solo tão suavemente que o café da manhã que seus moradores iam tomar não entornou.

Li essa história há muitos anos e duvidei dela. Como poderia uma onda extrair do chão uma casa inteira feito um arbusto colhido pela raiz? Depois do ocorrido na Indonésia em fins de 2004, passei a crer no depoimento do oceanógrafo. E, a cada dia, tudo o que de estapafúrdio se conta de intempéries do passado parece plausível. A formidável seca de 1943 ora se repete. E os furacões, dos quais certo dia li que um de potência mediana despendia energia suficiente para alimentar os Estados Unidos de eletricidade por cinquenta anos, alguns desses furacões já assolaram até a pacata orla brasileira.

Eis o busílis! Esses dias mesmo assisti a um documentário sobre Heliogábalo. Tornado imperador de Roma aos catorze anos de idade, Heliogábalo era viciado em sexo. Mantinha relações com tudo que respirasse e tivesse entre uma e quatro pernas. Até que se decidiu. Em meio aos excessos do reinado, Heliogábalo resolveu virar mulher. E ordenou que os cirurgiões realizassem a operação de troca de sexo. Foi atendido. Ou seja: já no segundo século da nossa era, médicos conseguiram fazer essa delicada cirurgia. E ainda que a operação não tenha sido um sucesso completo, sabe-se que o trêfego césar sobreviveu a ela – ele só foi morrer aos dezenove anos, massacrado pelos pretorianos.

O que importa é isso: o avanço da ciência já no século II. Desde então, a vida só se sofisticou. Os antibióticos revolucionaram o mundo, o papel higiênico permitiu ao ser humano proceder sua limpeza pessoal sem precisar das folhas das plantas, da espiga do milho ou da pedra dura, os celulares tocam a Marselhesa e, o ápice, podemos nos alimentar com sucrilhos.

Porém – e esse porém é fundamental – porém, ainda estamos à mercê do tempo. As ondas e as estiagens continuam a nos afligir como nos afligiam nos anos 40. E como afligiam os sumérios quando eles fundaram a civilização, há dez milênios. Qualquer vento mais forte nos abala, qualquer chuva fora de hora nos flagela. De que adiantam os computadores? De que adianta a cueca de stretch? De que adianta a Coca light? Ainda somos velhos neandertais, tementes do raio, terrificados pelo trovão.

A ENTREVISTA

Vez em quando, releio certo naco de um livro que descansa na estante bem às minhas costas, ao alcance do braço esticado. O livro é *A arte da entrevista*. O texto, bem, é uma entrevista. Com Freud, feita por um jornalista americano, George Viereck. Os dois caminham em meio a um jardim, admirando as flores, conversando. Passa-se em 1930. Aos 74 anos, Freud era torturado por um câncer na boca e usava uma prótese no maxilar. Nove anos depois, num 23 de setembro, morreu. A seu pedido, por meio de uma eutanásia piedosa.

Mas em 1930 Freud ainda produzia com vigor. Escreveu um de seus melhores livros, *O mal-estar na cultura*, genial pelo conteúdo e pelo estilo. E, na entrevista, concebeu reflexões de uma sabedoria singela e comovedora da qual só é capaz um homem no rumo do fim. Algumas frases são diamantes:

"Não permito que nenhuma reflexão filosófica me tire a alegria das coisas simples da vida."

Quando o repórter toca o tema da decrepitude inevitável, Freud faz um comentário resignado, mas suave, quase doce:

– Não me revolto contra a ordem universal, afinal, vivi mais de setenta anos. Tive o que comer. Desfrutei de muitas coisas – do companheirismo da minha esposa, dos meus filhos, do pôr do sol. Eu vi as plantas crescerem na primavera. Algumas vezes recebi um aperto de mão amigo. Uma ou duas vezes encontrei um ser humano que quase me entendeu. O que mais eu posso querer?

Finalmente, o repórter tece uma observação que irrita Freud:

– Sempre me pareceu que a psicanálise desperta em todos aqueles que a praticam o espírito da caridade cristã. Não há nada na vida humana que a psicanálise não nos permita entender. E tudo compreendido é tudo perdoado.

Freud, segundo o repórter, enfureceu-se:

– Pelo contrário. Entender não é perdoar. A psicanálise não apenas nos ensina o que temos de suportar, também ensina o que temos de evitar. Nos diz o que deve ser eliminado. A tolerância do mal não é, de maneira nenhuma, uma consequência do conhecimento.

Entender não é perdoar. Irretocável. Mas Freud se irritou precisamente por saber que a psicanálise estava conduzindo a humanidade na direção oposta, como talvez Cristo se irritasse ao ver no que se transformou o cristianismo.

Depois da Segunda Guerra, a compreensão se confundiu com a leniência. Sobretudo no Brasil, qualquer repressão era antidemocrática, qualquer punição era cruel. Hoje, a sociedade movimenta-se para o outro lado. No ano em que se comemorou o aniversário de setenta anos da morte de Freud, ocorrida em 1939, os jornais mostraram a comunidade exultante por duas razões: pela punição aplicada a um menino que pichou sua escola, e por certa lei que obrigava as crianças a cantar o Hino Nacional. Uma notícia se relaciona com a outra. A intenção óbvia da lei que obriga a execução do Hino é despertar nas crianças o chamado "amor à pátria". Que, em tese, é bom sentimento: quem ama sua pátria a preserva e não faz como o garoto pichador, não vandaliza o patrimônio público. Mas e a pátria dos outros? E a escola dos outros? Pode ser depredada? Pela lógica do patriotismo, isso é irrelevante – relevante é a pátria. Freud, um judeu-austríaco que durante a maior parte da vida se considerou alemão, sofreu com esse tipo de sentimento mais do que com o câncer na boca. Talvez por isso, em vez do amor à pátria, preferisse o amor às pessoas. Um amor que sempre entende, como pretende a psicanálise, e às vezes perdoa, como prega o cristianismo. E que, como uma e outro, reprime, se tiver de reprimir, pune, se for preciso punir.

As fontes do Palácio

Entrei duas vezes no belo Palácio Guanabara. Ambas por causa de Brizola. Na primeira, em 1991, para fazer uma reportagem sobre os trinta anos da Campanha da Legalidade. Tentei marcar por telefone a entrevista com o então governador do Rio. Não consegui. Puxa, como escrever a respeito da Legalidade sem falar com Brizola? Precisava da entrevista. Mas o jornal em que trabalhava na época só autorizaria a viagem com a entrevista agendada. Decidi arriscar: menti que o encontro fora acertado e fui para o Rio. Ao chegar lá, enlacei o pescoço numa gravata e toquei para o Palácio.

Brizola não aceitou me receber. Por algum motivo, receio da reação militar, talvez, ele não queria sequer mencionar a Legalidade naquele ano. Cristo, aquilo era a minha demissão e o opróbrio eterno! Continuei insistindo, consolado apenas pela beleza dos jardins do palácio com suas fontes e chafarizes, por onde passeava enquanto aguardava em agonia. Tornei-me amigo dos secretários de Brizola, que tentavam me ajudar. Em vão. O homem estava inflexível.

Foi Fernando Brito, esse mesmo jornalista que até o último dia esteve junto de Brizola, quem teve a ideia de me colocar em contato com ele durante uma cerimônia pública. Ocorre que Nelson Mandela visitava o Rio, por aqueles dias. O encontro entre Mandela e Brizola se daria no Copacabana Palace e seria fechado para a imprensa. Brito me disse que daria um jeito. No fim da tarde, lá estava eu, ansioso, cercado de colegas aflitos para botar abaixo as portas envidraçadas do Copacabana. Postei-me bem na frente da turma. De repente, dois secretários surgiram. Puxaram-me pelo braço: entra, entra. Deixei os colegas na rua, fulos. O Brito me apresentou a ele. Disse que viera de Porto Alegre para falar sobre a Legalidade e ele... se recusou! E já se foi. Trancou-se numa sala com o Mandela. Sentei nas escadarias do Copa, com vontade de chorar. Depois, ainda houve uma coletiva.

Eu esperando, sentindo-me nas vascas da morte. Na saída, corri para o Brizola, argumentei que as novas gerações não sabiam nada sobre a Legalidade e talicoisa. Brizola parou. Virou-se:

– Vamos ver mais tarde. À noite.

À meia-noite, ele concedeu a entrevista. Por telefone. Eu, na antecâmara do gabinete; ele, no gabinete. Para completar minha angústia, o Brito cassou o bloquinho com as anotações. Ia passá-las por fax ao Brizola, a fim de que ele autorizasse a publicação, e só depois me mandaria, também por fax. Com um milhão de votos, depois de dois dias e duas noites de espera, eu não sairia dali sem a entrevista! Vi que o Brito, após a transcrição, atirou as folhas do bloquinho no lixo. Esperei que ele saísse da sala e resgatei-as. Voltei para o hotel comemorando. Consegui a matéria!

Treze anos depois, em junho de 2004, retornei ao Palácio Guanabara, só que para uma triste missão: cobrir o velório de Brizola. Reencontrei, portanto, os lindos jardins com suas fontes. Mas não me pareceram mais tão bonitos.

IMPRESSÕES DE UM CIDADÃO COMUM

Um cidadão comum, um eleitor, decidiu comprovar pessoalmente o que acontece no Congresso. Assistiu a algumas sessões da Câmara dos Deputados e depois escreveu o texto que reproduzo abaixo. Leia. É breve, mas interessante:

> Entrei pela primeira vez nos tão sagrados quão disputados salões. (...) Dentro de pouco tempo, sentia verdadeira indignação ao assistir ao lamentável espetáculo que se desenrolava ante meus olhos. Estavam presentes centenas desses representantes do povo, que tinham de tomar atitude sobre uma questão de importância econômica. (...) Era uma massa agitada, que gesticulava e gritava em todos os tons. Um velhote inofensivo se esforçava, suando por todos os poros, para restabelecer a dignidade da casa, acionando uma campainha, ora falando com benevolência, ora ameaçando.
>
> Tive de rir.
>
> Algumas semanas mais tarde, tornei a aparecer na Câmara. O quadro estava mudado. A sala completamente vazia. Dormia-se, lá embaixo. Alguns deputados bocejavam. Um deles "falava". O vice-presidente da Câmara, visivelmente aborrecido, percorria a sala com os olhos.

Graças a essas visitas e mais um conjunto de reflexões, o autor do texto concluiu pelo "absurdo dessa instituição chamada parlamento".

Mas ele não se referia ao Congresso brasileiro, como parece. Referia-se ao Reichstag, o parlamento alemão. O texto foi publicado em livro, há mais de meio século. Título da obra: *Mein Kampf.* Na última flor do Lácio, inculta e bela: *Minha luta.* Autor: Adolf Hitler.

Como se vê, as críticas de Hitler aos políticos e ao Congresso não são diferentes das que se leem e se ouvem hoje, no Brasil do século XXI. Há oitenta anos, Hitler não compreendia (ou não queria compreender) o que os críticos de hoje ainda não compreendem: que o Congresso é o espelho da sociedade. Que o que acontece na Câmara é a reprodução do que se passa nas ruas, nas casas, nas empresas, nos trailers de cachorro-quente.

As pessoas se dizem tristes com o que ocorre em Brasília. Deviam estar felizes. O Brasil finalmente começa a se enxergar como de fato é, e não está dissimulando: há um princípio de depuração. O Congresso merece parabéns. O Congresso está fazendo o que tem de fazer. Porque a democracia é assim mesmo: assimétrica e confusa. Como o ser humano. Mas, agora se sabe, é melhor conviver com a turbulência e as imprecisões da democracia do que com todas as certezas e a exatidão que um dia impôs ao seu país o autor do texto acima.

As dores do Oriente

Como poderíamos compreender a luta ancestral travada no Oriente Médio? Somos tão jovens. Ninguém tem ideia do que era feito do Brasil quando chamavam a Palestina de "a terra que fluía leite e mel". Há vinte séculos, suspirando no degredo, o historiador judeu Flávio Josefo descreveu-a como "bastante úmida para a agricultura e muito bela". E acrescentou, não sem um suave suspiro de nostalgia: "Havia abundância de árvores e os outonos bojavam de frutas silvestres".

Mil anos antes de Josefo, o sangue humano já adubava o solo da Palestina. Por essa época, 150 mil operários perderam sete anos de suas vidas para erguer o célebre templo do rei Salomão. Quatrocentos anos depois, esse templo seria destruído sem piedade, até as suas fundações. Furioso com a resistência dos hebreus ao seu poder, o rei Nabucodonosor, soberano da Babilônia, derramou seus exércitos pela Palestina, incendiou o que havia sobre o solo e mandou seus capitães à caça do insubmisso rei Sedecias. O rei fujão foi capturado e levado à presença de Nabucodonosor, que pronunciou a sentença: Sedecias viu seus filhos serem degolados e, logo depois, teve os olhos vazados. Arrastaram-no cativo para a Babilônia, ligado a duas cadeias de bronze. Não só ele: toda a população foi escravizada e transplantada para a cidade dos jardins suspensos.

Sobre essa triste marcha, um poeta hebreu compôs uma das mais belas e poderosas poesias da história. Bela e poderosa porque o escritor estava lá, sofrendo a dor da submissão e do exílio. Repassando esses versos, é possível entender um pouco, mesmo aqui nas amenidades do Ocidente, o que aqueles povos milenares sentem a respeito da terra pela qual há tanto tempo se batem e por que o sangue ainda escorre pelas gretas da Palestina:

Junto aos rios da Babilônia, ali nos pusemos a chorar com o pensamento em Sião.

Nos salgueiros existentes penduramos nossas harpas.
Pois ali os que nos levavam cativos nos pediram canções.
E os nossos atormentadores nos exigiam alegria, dizendo:
"Cantai-nos uma das canções de Sião".
Como cantaremos a canção de Jeová
Em terra de estrangeiros?
Se eu me esquecer de ti, Jerusalém,
Esqueça a minha mão direita a sua destreza.
Apegue-se-me a língua ao céu da boca,
Se eu não me lembrar de ti,
Se eu não preferir Jerusalém à minha maior alegria.

Abaixo a felicidade

É que a felicidade é superestimada. Desde Freud isso, embora, claro, Freud não seja culpado. As pessoas querem ser felizes, ponto. Quando você pergunta para alguém:

– O que você quer para o seu filho?

Essa pessoa invariavelmente responde:

– Quero que ele seja feliz.

Depois, a criança cresce e os pais vão repetindo:

– O importante é que você seja feliz, meu filho. Você está feliz? Você tem que ser feliz. A felicidade é o fim em si. O objetivo da vida.

Trata-se de uma distorção rasteira. É como alguém dizer que trabalha para ganhar dinheiro. Quem trabalha para ganhar dinheiro provavelmente não ganhará dinheiro com o trabalho. Um teorema simples: ganha dinheiro com o trabalho quem trabalha bem, trabalha bem quem tem prazer com o que faz. Logo, quem tem prazer com o que faz ganha bem. Uma redução, sei, mas é para resumir que servem as reduções.

A felicidade, se promovida a objetivo de vida, tudo o mais fica subordinado a ela. A pessoa luta por sua satisfação, o resto fica em segundo plano. Os outros ficam em segundo plano. Os valores da pessoa são ela mesma. Então, vale tudo para a obtenção da felicidade.

O filho daquele pai que lhe repete que o importante é ser feliz, por exemplo, já crescidinho ele passa em frente ao orelhão e pensa: esse telefone ficaria bem no meu quarto, meus amigos achariam muito engraçado. Aí ele vai lá e arranca o fone. Leva-o para casa, orgulhoso.

E o pai, ele desliza com seu carro pela cidade mastigando um Amor Carioca. Não sabe o que fazer com a embalagem do bombom e conclui: ah, o meu carro é que não vou sujar. Sem vacilar, abre a janela e atira a bolinha de papel no asfalto. A cidade não interessa, porque os outros não interessam.

Esses mesmos personagens, pode chegar um dia em que eles ocupem algum cargo público. Pode ser que um dia lidem com o dinheiro público. O raciocínio deles não mudou, eles ainda acreditam que nada vale mais do que sua própria felicidade. E aquele dinheiro, afinal, é dinheiro de ninguém. Bem como a via pública e o fone do orelhão são de ninguém. Assim, por que não tomá-lo, o dinheiro público, e satisfazer seus desejos e realizar seus sonhos e, enfim, ser feliz?

Os corruptos do Brasil, tanto quanto qualquer egoísta satisfeito que senta ao seu lado no trabalho, eles só querem ser felizes.

Os corruptos brasileiros são uma chaga, mas também são uma bênção. Porque eles representam o Mal para quem precisa exatamente disso: de um Mal ostensivo, de rabo pontudo e chifre na testa. Um Mal com bigodinho de mosca como um certo ditador austríaco ou um Mal de máscara preta e número de presidiário no peito, como os Irmãos Metralha. Seria tão bom se fosse sempre assim. Tão simples.

Mas, não. A vida é um pouco mais sofisticada. As carroças atrapalham o trânsito e maltratam os cavalos, mas os carroceiros precisam sobreviver; o MST é violento, mas a questão dos sem-terra tem de ser resolvida; o Brasil depende da agricultura, mas a Amazônia há que ser preservada. Tudo tão complicado... Porém, se há corruptos, o quadro fica mais claro. Pode-se ser contra os corruptos, eleger os corruptos como culpados e dormir tranquilamente. O problema é quando os valores da sociedade geram a corrupção. Aí fica difícil de identificá-los, os corruptos, porque eles estão em toda parte. Eles estão no meio de nós. E a vida fica complicada de novo.

O INTERIOR DO CALABOUÇO

Voltaire foi talvez o maior gênio de um século efervescente de gênios. O XVIII. Sua oratória era mais contundente do que a de Roberto Jefferson, seu raciocínio era rápido como um casamento da Cicarelli. Certa feita, um amigo foi visitá-lo e disse que vinha da casa de um certo nobre. Voltaire se derramou em elogios ao fidalgo:

– Grande inteligência, grande generosidade, grande caráter.

Essas coisas. O amigo se surpreendeu:

– Curioso, porque ele não tem opinião nada boa a seu respeito.

E Voltaire, numa navalhada:

– Talvez nós dois estejamos errados.

Graças a essa sua língua viperina, o regente que assumiu o poder na França após a morte do Rei Sol deu para persegui-lo. Após a publicação de uns poemas ásperos de Voltaire a respeito do governo, o regente o encontrou num salão de Paris e tascou:

– Aposto que posso fazer o senhor conhecer um lugar que não conhece.

– Qual? – interessou-se Voltaire.

– O interior da Bastilha.

Não se tratava só de uma gracinha. Voltaire acabou preso, de fato. Mas, como ele era um gênio, o regente se arrependeu, soltou-o e, para compensar, lhe destinou uma pensão. Voltaire, mantendo o espírito afiado, agradeceu pela ajuda que o governante lhe dava para a alimentação e acrescentou:

– Mas deixe que da moradia eu mesmo cuido.

Óbvio que, com essa chama a lhe arder na alma, Voltaire não ficaria muito tempo a salvo da pesada mão do Estado francês. Acuado pela censura, temendo um retorno à Bastilha, ele se homiziou do outro lado do Canal da Mancha. O exílio mudou sua vida. Em um ano, Voltaire aprendeu o inglês, tornou-se amigo dos maiores intelectuais de Londres e escreveu um livro exaltando a democracia britânica. Na Inglaterra ninguém era preso pelo que escrevia ou dizia. Ali estava um país que sobrevivia incólume a todas as crises graças à solidez de seu parlamento. Os ingleses falavam livremente, publicavam o que queriam, aniquilavam-se em lutas fratricidas, executavam príncipes, mas a nação prosseguia impávida no seu rumo porque era o parlamento que a conduzia. Voltaire voltou para a França encantado com a velha Albion e, sem saber, plantou as sementes da Revolução.

Uma democracia madura era a Inglaterra, e continua a ser. Porque centrada no poder do parlamento, que é a espinha dorsal de qualquer democracia. Um parlamento sisudo, austero e reto. Mas, se não fosse sisudo, austero e reto, ainda seria respeitado. Porque é o parlamento. Belo exemplo, o britânico. Que o Brasil não se deixe perturbar pelas vacilações na moral de seu jovem parlamento. Até um gênio como Voltaire aprendeu que é longo e doloroso o caminho que leva à estabilidade da democracia.

TODA A SENSUALIDADE DO MOCOTÓ

Uma bela mulher em frente a um prato de mocotó é uma cena profundamente sensual. Em primeiro lugar, porque sempre foram raras as mulheres que comem mocotó, e cada vez há menos delas sobre a Terra. Na verdade, a quantidade de apreciadores de mocotó, homens e mulheres, diminui dia a dia. Nem entendo como aqueles restaurantes que só servem mocotó ainda sobrevivem na cidade.

Trata-se de um fenômeno porto-alegrense: eles começam a vender mocotó em abril e param em novembro. Sete meses, só. No resto do ano, os restaurantes permanecem fechados e seus proprietários decerto ficam se esbaldando em turnês pela Europa, alimentando-se de sutis suflês e petit gateau. Tudo por conta do velho e pastoso mocotó.

Que aproveitem, pois não será eternamente assim. O mocotó está em extinção, como o mico-leão-dourado e a onça-pintada. Porque as pessoas agora não comem mais mocotó, ou feijoada, ou torta de bolacha. Não. Elas ingerem proteínas, carboidratos, glicose. Elas se nutrem, entende? Lá vêm elas com aquelas chicórias, aqueles grãos-de-bico, bifinhos na chapa, refrigerantes dietéticos. Ah, elas só querem saber de pilates e de dormir depois da novela, elas vão ao terapeuta e correm na rua às oito da manhã. Cristo, há quem jante barras de cereal!

Agora pergunto: isso é vida? A vida sem fritura é uma vida que valha a pena ser vivida???

Essas pessoas, essas que têm ojeriza ao mocotó, elas são capazes de se aventurar? Não estou falando de pular de paraquedas ou de fazer rafting. Nada de aventura assistida. Estou falando das pequenas loucuras que podem ser cometidas no trivial dos dias, da fuga do trabalho no meio da tarde para uma cerveja à margem do rio, do sexo pecaminoso com a loira do sétimo andar, do filme às quatro da madrugada, de comer mocotó com vinho no almoço de quarta-feira, é disso que estou falando!

Eis por que uma bela mulher diante de um prato fumegante de mocotó é, mais até do que sensual, terno, meigo, romântico, é bucólico. Ela, linda, primaveril, fresca como uma manhã de maio, ela uma imperatriz, ela uma sílfide, ela e seu mocotó estão gritando que ali está uma mulher que não teme a vida, uma mulher capaz de rir de uma piada, que topa uma viagem planejada quinze minutos atrás, uma mulher que talvez até jogue palitinho, embora eu bem saiba que jogar palitinho talvez seja pedir demais.

É isso que é importante, é nisso que penso neste inverno de rigores. Que a extinção do mocotó é o símbolo de uma sociedade bem-comportada, tão bem-comportada que se torna incapaz de mastigar a fatia mais saborosa da vida, que é a da fruição do pecado, só possível se o homem tiver a grandeza de perdoar o erro, de esquecer a falha, de conviver com a diferença, de experimentar a novidade. Só possível se existir no peito a qualidade que transforma um conjunto de seres humanos em civilização: a tolerância. Um prato de mocotó é também um prato transbordante de tolerância.

Os românticos

Um repórter de TV foi entrevistar aquelas cantoras que participaram de um especial com o Roberto Carlos em 2010. Microfone em punho, abordou a Hebe Camargo. Quis saber:

– Por que Roberto Carlos é o Rei?

A Hebe, depois de uma miada:

– Porque ele é romântico...

Uma grave injustiça conosco, os demais homens, presumíveis súditos de RC. Pelo seguinte: pense em todas as músicas que existem no mundo, milhões delas, talvez bilhões. Em toda a poesia e a literatura. Os filmes. Do que tratam os filmes, a poesia e a música alguma vez já compostos sobre a terra?

Do amor.

Amor, amor. Noventa por cento das músicas, dos filmes e dos poemas são sobre o amor.

Por que isso? Por nossa causa, nós homens. Porque somos românticos.

As mulheres acham que não. Acham que elas são as românticas. Estão erradas, e a prova disso é o dia de hoje, o Dia dos Namorados. Para quem o Dia dos Namorados foi criado? Obviamente, para as mulheres. Alguém há de dizer que se trata de uma efeméride urdida para satisfazer o romantismo feminino. Mas não. Porque o romantismo não pode estar assinalado no calendário. O romantismo é o que exsuda de um peito dolorido. Quando o Chico Buarque escreveu:

Passas em exposição
Passas sem ver teu vigia
Catando a poesia
Que entornas no chão

Quando o Chico escreveu esses versos, ele não os escreveu porque quis. Escreveu porque tinha de escrever. Porque sentia. Porque via aquela estátua de carne desfilando ali ao lado e precisava gritar o que sentia. E Paulinho da Viola, no dia em que ele cantou:

Ela declarou recentemente
Que ao meu lado não tem mais prazer

No dia em que Paulinho cantou esses versos, ele não os cantou; chorou. Os versos rasgavam seu coração – ela não sentia mais prazer ao lado dele.

E Lupicínio! Todas as músicas de Lupicínio, absolutamente todas, contam uma história de sofrimento. Se não sofresse, Lupicínio não escreveria:

Nunca, nem que o mundo caia sobre mim
Nem se Deus mandar, nem mesmo assim
A teus braços eu não voltarei!

Eis aí. Nós homens sofremos. Somos autênticos em nosso romantismo, e o romantismo só é autêntico se temperado pela dor. Um romantismo que flui todos os dias e se transforma em filmes, música e poemas, quase sempre compostos por atormentadas almas masculinas. Por isso é injusto quando as mulheres dizem que RC é rei por ser romântico. Não pode alguém se destacar por uma característica que todos os seus congêneres possuem. Todos os homens somos românticos. Todos, de caminhoneiros que lacrimejam ao ouvir versos de duplas goianas no asfalto escaldante da estrada a empresários que mergulham o diamante da amada numa taça de Dom Pérignon. Todos! As mulheres? As mulheres precisam de datas, porque datas são símbolos. Símbolos de compromisso, que é o que lhes importa, afinal. O compromisso! Elas são práticas, elas marcam dias, elas planejam cerimônias. E nós aqui sofremos, nós homens, os verdadeiros românticos, que não precisamos de datas para sentir.

Um ano e dez meses

Que que o meu filhinho faz, com um ano e dez meses de idade? Vou dizer o que ele faz com um ano e dez meses de idade: ele grita. Não gritava antes, nunca foi de chorar por qualquer me dá cá esse bico. Agora chora. E grita. Sente-se contrariado quando tem de largar o carrinho para entrar no banho, grita. Quer bolacha doce em vez de bife, grita.

Chato isso.

Vou ter que domesticar esse leãozinho. E aí está toda a arte e toda a dor da existência: os outros nunca nos deixam relaxar, embora tudo o que importe no mundo seja os outros. As pessoas, todas as pessoas, mesmo as que têm um ano e dez meses de idade, estão sempre testando os seus limites.

Eis a palavra: limites. Freud ensinou que a criança, ao nascer, não os têm – os limites. Porque o mundo todo é ela. Era antes, no ventre materno. Ela possuía tudo o que queria, quando queria, como queria, em conforto absoluto. No mundo exterior, as coisas mudam. O nenê sente calor, frio, fome e, às vezes, dor. Começa a aprender que existe algo além dele e que cada coisa e cada pessoa ocupa o seu próprio espaço.

Esse processo de aprendizagem sobre o que é o seu espaço e o que pertence ao espaço alheio, a consciência dos limites, enfim, é isso que define o chato. Ou o não chato, naturalmente.

E é aí que entram as mães. As mães são as grandes culpadas pelos chatos que existem no mundo, pois, quando pequeno, o chatinho pratica sua chatice e a mãe dele mia:

– Que bonitiiiiiinho...

Ou seja: ela deu um recado ao futuro chato. É como se dissesse: ser chato é lindo. Mamã gosta de nenês chatos. Chateie os seus amiguinhos e eles gostarão de você.

É o que acaba acontecendo. Aquele seu amigo que grita nos restaurantes, o colega de trabalho que tem o hábito de dar tapas na cabeça dos outros, a mulher que fala das nove da manhã ao meio-dia, todos esses chatos são chatos por causa de suas respectivas genitoras. As mães incentivam os filhos chatolas a se expressar, e os chatolas, mais do que quaisquer outras pessoas, sentem a necessidade urgente de se expressar.

O usual é o mundo inclemente reprimir tais faltas de limites, só que hoje não mais. Hoje as pessoas podem se expandir sem pejo ou freio, ad infinitum, bem protegidas pela placenta... da internet. A internet é tragicamente democrática.

A internet é o espaço sideral, sem fim nem começo. Tudo cabe na internet, a internet nada rejeita.

Ali prolifera-se o chato.

Ninguém o reprime. Ele fala o que quer, dá a sua opinião, multiplica-se como um vírus. Seus tentáculos pegajosos cruzam oceanos, grudam nas costas dos inocentes, escorrem pelas paredes das casas, obstruem a luz solar, sufocam as respirações dos incautos. Impunemente. Isso o principal: impunemente. Tenho medo de um mundo parido por essa nova mãe, essa mãe de indulgências, sem fios nem limites, chamada internet.

O SALVADOR DO BRASIL

Hoje ninguém mais se lembra do que era viver abaixo de hiperinflação. É sempre assim com a dor. Na hora em que está latejando, nada é mais importante do que a dor. Você faz tudo por ela. Para acabar com ela. Você faz promessa. Você reza. O que seria de Deus se não houvesse dor? Provavelmente não existiria. Porque, extinta a dor, você não reza mais. Esquece-se de Deus, esquece-se do que sofreu. Trata-se de uma sabedoria instintiva do espírito humano. Não fosse assim, se você não esquecesse do que é ruim, você viveria assombrado. Viveria preso a todo o mal do passado.

Esquecer da dor permite que você siga em frente, portanto. Mas lembrar do que ela significou e do remédio que a curou é saudável – evita que volte.

A hiperinflação doía. Os preços dos produtos aumentavam duas vezes por dia. Às vezes três. Os supermercados inventaram a pistola remarcadora de preços. Imagine todas as mercadorias de um supermercado mudando de preço duas vezes por dia. Havia um cara contratado só para fazer isso. Ele percorria os corredores do súper com aquela pistola. Você ia comprar uma lata de massa de tomate. Entrava no corredor da massa de tomate e quem estava lá? O remarcador. Se ele estivesse no meio da estante, você saía correndo, voava até o fim do corredor e pegava uma lata com o preço velho. Volta e meia, um remarcador mais cioso do serviço corria atrás da massa de tomate para remarcá-la. Desgranido.

Os salários eram aumentados de quinze em quinze dias. Um reajuste a cada duas semanas! Mas, ainda assim, o valor real do salário era corroído pela metade em seis meses. Por isso, ninguém andava com dinheiro no bolso. Aplicava-o em fundos que rendiam, por dia, o que a poupança rende hoje por mês. Os governos tentaram de tudo para acabar com a inflação. Nada funcionou. Até o Plano Real.

Em 2009, o Plano Real completou quinze anos. Deveria ser festejado em carnavais e procissões. O Plano Real foi genial em sua concepção. Porque levou em conta a personalidade do brasileiro. Nada foi imposto. Nada foi compulsório. O Plano Real foi suave e negociado, como deve ser com os brasileiros. Foi aplicado na medida certa, precisa, incorrigível, porque não se corrige o que está perfeito.

Os brasileiros foram se adaptando aos poucos à nova moeda. Foi implantada a URV, um índice de conversão que teve por objetivo acabar com todos os índices de conversão. A moeda ainda não era o real, era o cruzeiro real. Ou seja: tudo foi acontecendo aos poucos, as pessoas foram se acostumando lentamente à transformação. E o Brasil se transformou. E a dor acabou.

O responsável por isso, ninguém lembra dele. Itamar Franco, um político sem partido, que nem voto tinha, mais conhecido por seu topete do que por qualquer ação ou pronunciamento. Um presidente que governou por dois anos e meio. O suficiente, porém.

Alguém dirá que os verdadeiros gênios foram os integrantes da equipe econômica, Bacha, Arida, Malan, Lara Resende, Gustavo Franco, esses liderados por FHC. Está certo, mas um chefe ruim liquida com qualquer gênio. Nem Michelangelo resistiria a um chefe medíocre. Para a sorte dele, seu chefe era um papa ambicioso, que teve o bom-senso de lhe encomendar a pintura do teto da Capela Sistina, o David de Florença e o Moisés de Roma.

Itamar Franco teve a sensibilidade de deixar que os economistas instaurassem o Plano Real. Salvou o Brasil. Hoje, o Brasil é um país rico, que compra submarino, que distribui dinheiro, que empresta em vez de pedir emprestado. Por quê? Por causa de um mineiro quase insignificante, comedor de pão de queijo, com topete de Elvis Presley e óculos de Jânio Quadros. Um homem de quem ninguém mais se lembra. Porque dói lembrar da dor.

O QUE UM HOMEM REALMENTE QUER

Aos dois anos de idade, meu filhinho encontra-se diante de todo o drama humano que se passa debaixo do sol. Atravessa os dias empregando uma espécie de fórmula de encantamento, uma frase curta, mas que resume com exatidão o que há de realmente importante na vida. Os crimes bestiais, as criações celestiais, as filosofias de Schopenhauer e de Nietzsche, as teses de Freud, o cerne do cristianismo e, mais ainda, do budismo, tudo está contido nessa frase. Uma frase que pode ser a salvação ou a perdição do homem, que você pode não falar, mas está todos os dias, o dia todo, pulsando-lhe na alma. Esta:

Eu quero.

Ou, no caso dele, eu quelo. Com a variação evidente, que na verdade não é uma variação, é uma mudança de lado do mesmo objeto: eu não quelo.

O tempo todo ele passa exercitando esse novo poder, recitando as palavras mágicas. Eu quelo! Eu não quelo!

E está tudo ali. Tenho a sorte de ver de perto o espírito humano se formando em toda a sua aparente complexidade, como se eu fosse um cientista da National Geographic observando o comportamento das hienas do Serengeti. Todos os conflitos que estufam de dólares as contas bancárias dos psicanalistas estão fermentando agora mesmo na alma do meu nenê. Como eu, você e os outros seis bilhões e meio de pessoas do planeta, ele quer, mas às vezes o que ele quer lhe é negado; ou não quer, mas às vezes o que ele não quer lhe é imposto. E ainda mais sofisticado: às vezes ele não sabe o que quer, ou, se quer, não sabe que, tendo satisfeito o seu desejo, mais tarde não quererá mais, ou terá outro querer.

O que mais espanta é isso. É que você, adulto formado, você que já trançou a língua na língua de outro adulto formado, você que é capaz de parar um ônibus ao erguer o braço, você que usa óculos escuros, que caminha sozinho pelo centro da cidade, que consulta o Google, você que lê as horas no relógio, que faz todas essas coisas típicas de adultos formados, você não é diferente de um nenê de dois anos, na essência. Você está cheio de quereres, e quer mais aquilo que não tem, porque o que você já tem você não precisa mais querer. Como um nenê de dois anos, você passa o dia querendo e tentando satisfazer esses desejos na ilusão de que isso lhe trará felicidade. Você quer tomar um café, você quer ler o jornal, quer comprar uma camisa, quer trocar de carro, quer trançar a língua naquela outra língua. Não são necessidades; são desejos. A alma do capitalismo, algum cínico pode dizer. E é verdade, porque o capitalismo é o sistema mais humano que há, em tudo o que há de ruim e em tudo o que há de bom.

Desde os dois anos você compreende essa verdade: que querer, de fato, é poder. Mas não poder no sentido de conseguir. Poder no sentido de força. Por causa desta frase, eu quero, o mundo se move, as pessoas se amam e se matam. Todos querem a todo tempo, e querem tanto e tanto que se confundem. Você sabe realmente o que quer? Decerto que não. Mas talvez você e meu filhinho tenham que descobrir que querer menos é sofrer menos, e sofrer menos, quase sempre, é o máximo que se pode fazer para ser feliz.

O SAL DA TERRA

Sei o que Jesus quis dizer com a frase:

– Vós sois o sal da terra.

Não falo do Jesus da religião. Em assuntos de religião não existe debate. A fé é indiscutível. Refiro-me ao Jesus filósofo e, em filosofia, tudo se discute.

O sal da terra.

Somos nós. As pessoas. Nós é que somos importantes, dizia o filósofo Jesus, o resto é secundário. O jornalismo, por exemplo.

O jornalismo tem a pretensão de abranger e abordar todas as atividades humanas contemporâneas. Divide a vida em seções, chama-as de editorias (Economia, Política, Esporte, Polícia etc.) e tenta contar o que acontece nessas áreas todos os dias.

Consegue.

Um jornal moderno é um resumo quase exato e quase preciso da vida moderna. O jornal trata de tudo, menos do mais importante. Na verdade, o jornalismo não trata de nada do que é realmente importante. Há várias maneiras de descobrir o que é realmente importante. Duas radicais são:

1. Apaixonar-se.
2. Entrar em depressão.

Pessoas deprimidas ou apaixonadas compreendem à perfeição que o mais importante da vida não é o dinheiro, as eleições ou o jogo de domingo. Essas pessoas compreendem que o mais importante são as outras pessoas.

Mas tanto a paixão quanto a depressão são estados doentios da alma. Melhor compreender o que é realmente importante observando as pessoas mais sábias.

Que são as mães.

Cazuza cantava que só as mães são felizes. Perfeito. Mas não as festejadas mães que se orgulham de partilhar o tempo entre os filhos e a carreira profissional, as mães de suplemento feminino. Estas não são felizes. Falo das antigas mães, para quem a "carreira" não era importante.

Porque "carreira" não é importante.

Aquelas mães de pé de forno, de cheiro quente de bolo, aquelas mães de avental riam-se à sorrelfa dos homens e suas preocupações menores, como quem vai ser o próximo presidente da República. Sabiam, aquelas mães, que, como escreveu Caetano Veloso, a coisa mais certa de todas as coisas não vale um caminho sob o sol, e que nada, nada!, do que está no jornal vale mais do que uma noite de gargalhadas com bons amigos.

Por isso, quando a política é feita com insultos, como ocorre a cada eleição no Brasil, quando se discutem reputações, em vez de ideias, como ocorre a cada eleição no Brasil, quando, enfim, as pessoas são agredidas em qualquer âmbito e por qualquer motivo, a Humanidade fica menor. Porque a política e as ideias importam, mas nem tanto. O que importa são as pessoas.

As pessoas.

O sal da terra.

Os presos do Brasil

Prende-se demais neste país.

Prende-se errado.

A prisão é um instrumento punitivo mais ou menos recente no mundo ocidental. Consagrou-se com a Revolução Francesa, como quase todas as instituições do Estado moderno. Antes do século XVIII, os criminosos não eram presos. O Estado já se vingou do infrator, e o fazia com tanta crueldade que a Lei de Talião, o "olho por olho, dente por dente", foi considerada um avanço – pelo menos estabelecia-se uma relação entre o delito e a punição. Com a sofisticação da Civilização, houve outros avanços, embora lentos. A ninguém ocorria a ideia de restringir a liberdade do condenado.

O buraco no chão em que Herodes atirou João Batista, a masmorra na qual os legionários de Nero aprisionaram Pedro, a caverna em que Sócrates recebia Platão durante o período do seu julgamento, cada cárcere desses tinha a mesma função: reter o acusado até que fosse proferida a sentença. Assim, a pena de João Batista foi a decapitação, a de Pedro ser crucificado de cabeça para baixo no Coliseu e a de Sócrates beber um cálice de cicuta. A nenhum deles cabia a possibilidade da reclusão forçada.

Na Idade Média, a mesma coisa. Não havia penitenciárias. As masmorras serviam para que o acusado esperasse pela condenação, que não raro era mutilação, açoite, estripamento, humilhação pública ou, se o sujeito tivesse sorte, a morte rápida.

A restrição de liberdade surgiu como uma medida humanitária, portanto. E foi. Mas está desgastada.

A Arte, que está sempre à frente do Direito, ofereceu um exemplo bem ilustrativo disso, e o melhor: com base na realidade. No filme *Meu nome não é Johnny*, o protagonista, João Estrela, é preso por tráfico de drogas. Ele de fato é um traficante, mas a juíza que examina seu caso percebe que se trata mais de um aventureiro do que de um traficante profissional. Pela letra fria da lei, teria de condená-lo à reclusão por longo período. Mas resolve lhe imputar uma pena alternativa: o recolhimento por dois anos a um manicômio judiciário. É o que lhe salva a vida. Saído do manicômio, João Estrela passou a trabalhar e reintegrou-se à comunidade. Tivesse sido preso, transformar-se-ia irremediavelmente em um bandido.

É o que causam certas condenações. O sujeito comete um delito, mas não é um bandido. Talvez seja um projeto de, mas ainda não o é. Preso, torna-se um. Pelo convívio com assassinos, estupradores, sequestradores e traficantes, por ter de sobreviver nesse meio e, também, porque ele passa a ver-se como um bandido. Ele foi reduzido a tal, agora é essa a sua vida. Ele não tem alternativa, porque suas referências sociais são as do presídio. As do mundo do crime.

O debate que levanta o país, o chamado "prende-solta", é um debate atrasado e triste. Nunca se prendeu tanto no Brasil, nunca os presídios estiveram tão lotados, e nunca a criminalidade foi tamanha. A repressão do Estado é importante e tem de ser bem aparelhada. Mas a pena de restrição de liberdade não há que ser a principal forma de punição. A Justiça precisa dispor de outras ferramentas punitivas. Não porque é mais humano. Não para que se faça bondade com o infrator. Mas porque é mais inteligente.

Como nasceu a cidade

Vou contar como tudo começou. No princípio, nada era como hoje é. Ao amanhecer da civilização, as pessoas viviam em comunidades agrícolas autossuficientes. Plantavam o que comiam, cosiam as roupas de vestir, levantavam elas mesmas as paredes das casas em que iam se abrigar, fabricavam as ferramentas com as quais trabalhavam. Todas mourejavam nas lides do campo, com exceção das mães, que ficavam em casa, velando pelos filhos.

Mas, certo dia, um dos filhos de um agricultor demonstrou habilidade especial em fabricar... enxadas, talvez. Ninguém fazia uma enxada como ele. A família toda pedia-lhe enxadas, e ele as produzia com gosto. Logo sua fama espalhou-se pela região e os vizinhos também passaram a fazer encomendas. Trocavam uma enxada por uma saca de cereal, ou por um manto de lã que o aquecesse no inverno, quem sabe por um barril de dourada cerveja de trigo. Eram tantos os pedidos, que o rapaz foi apartado do trabalho na terra. Sua função, agora, era fabricar enxadas. Quando ele enfim conheceu uma beldade do neolítico e decidiu casar-se, saiu da casa dos pais. Mas não procurou terra para plantar. Montou uma casinha mais ou menos próxima das comunidades agrícolas do entorno e anunciou que viveria do fabrico de enxadas. Quem quisesse revolver a terra com a melhor enxada das cercanias, que o procurasse e oferecesse algum produto em troca. Era bom para ele, que assim sustentava sua família, e era bom para os agricultores, que tinham mais tempo para arar e colher.

O filho de outro agricultor, admirando o sucesso do fabricante de enxadas, resolveu imitá-lo. Mas não para concorrer com ele: esse outro rapaz era um ótimo construtor de casas, e foi assim que se estabeleceu em uma propriedade contígua à do fabricante de enxadas – afinal, aquele lugar era estratégico, dava fácil acesso aos agricultores da área. Em algum tempo, outros especialistas foram se instalando naquele local: um velocíssimo cavador de poços, um ferreiro incomparável, um hábil construtor de carroças populares. E, depois deles, uma jovem viúva, que não tinha mais nem terra para cultivar nem marido que a provesse, passou a ceder o corpo tenro à volúpia masculina, aceitando como paga qualquer coisa à toa, uma noitada boa ou um corte de cetim. A prostituição, como se vê, não é a mais antiga profissão do mundo.

Para facilitar o comércio entre si, os profissionais pioneiros abriram caminhos que ligavam uma casa a outra, e suas casas às propriedades dos agricultores. À noite, reuniam-se no mesmo lugar para cultuar seus deuses primitivos. Um deles comandava os ritos, organizava as liturgias, e por esse serviço também passou a pedir produtos de que necessitava para viver. Assim foram rasgadas as primeiras ruas e estradas, assim surgiram os primeiros sacerdotes. Assim nasceu a cidade.

A natureza da cidade, pois, é dupla: surgiu da reunião de muitas pessoas em um só lugar, sim, mas antes disso surgiu da especialização de tarefas. Das diferenças entre os homens.

E, à medida que uma cidade vai se sofisticando, as atividades vão se tornando mais especializadas. Uma cidade moderna tem de um tudo, é capaz de suprir as necessidades mais específicas. Em uma cidade pessoas ganham a vida trabalhando como terapeutas ocupacionais, engenheiros de alimentos, designers de doces. E como consultores de RH, que sobrevivem impingindo a adultos atividades de recreação de jardim da infância. Chegamos a esse ponto, nas cidades. Tudo culpa daquele fazedor de enxadas.

O cortiço

Ao caminhar por entre as artérias do Monumento ao Holocausto, no coração de Berlim, a cada passo aumentava minha admiração pelos alemães. Ali estava um povo que não se esquivava de suas culpas. Ao contrário, as purgava em público e em voz alta.

Os mesmos passos me faziam pensar nos brasileiros. A nós aqui, ao que parece, não nos aflige culpa alguma. Do que o brasileiro se envergonha, afora a derrota na Copa de 50? Pois é. Mas nós temos do que nos envergonhar. Temos também o nosso nazismo. O nosso holocausto.

Chama-se escravidão.

O Brasil foi o último país do mundo a abolir a escravidão, mas nem ao aboli-la lavou-se de sua desonra. Agora mesmo, no Rio de Janeiro flagelado, lateja essa dor. Pois quem são esses que morrem sufocados pela terra que se desprende dos morros cariocas? Descendentes de escravos e ex-escravos expulsos do Centro quando o Rio se transformou no que hoje é.

Você leu *O cortiço*, de Aluísio Azevedo? Bom livro. Não devia ser obrigatório nas escolas, devia ser tratado como romance para iniciados. *O cortiço* conta a história de um imigrante português que, como se dizia então, "amasiou-se" com uma escrava para somar suas economias às dela. Juntos, os dois e seus dinheiros, melhoraram a bodega dele e investiram em quartos de aluguel. Montaram um cortiço aos moldes de tantos que havia no Rio do século XIX, o mais célebre deles chamado Cabeça de Porco, de propriedade do Conde d'Eu, ilustre marido da Princesa Isabel. O que não deixa de ser irônico – entre os quatro mil moradores do cortiço do marido, havia inúmeros ex-escravos libertados pela esposa.

Essa gente não teve mais onde morar a partir do começo do século XX, quando a prefeitura do Rio botou abaixo os cortiços. O prefeito Pereira Passos, inspirado nas reformas feitas em Paris décadas antes, rasgou avenidas, abriu largos arejados, mudou a face da cidade. Os moradores dos cortiços, muitos deles, foram para a zona norte. Outros, que precisavam morar perto do Centro, onde trabalhavam para os senhores brancos e bem-alimentados, esses ficaram por perto: subiram os morros do entorno, construíram casebres com as sobras das demolições protagonizadas por Pereira Passos, formaram as favelas como as conhecemos.

Essa gente pingente das favelas não foi libertada da escravidão; foi atirada à liberdade. Para eles, nunca houve planejamento, muito menos investimento. Lula deu certa atenção a esses desgraçados. Não é o ideal, claro que não. Porque não é uma ajuda estratégica; é uma ajuda tática. Mas, ao menos, é algo. Para quem não tinha nada, talvez seja muito. Por isso, Lula foi amassado pela vaia do Maracanã, na abertura do Pan em 2007. Vaiaram-lhe os brancos e bem-alimentados, os moradores da planície, que olham para o alto, para o morro, com medo.

Hoje, os brancos e bem-alimentados da planície olham de novo para o morro. Aquela gente parda, aquela gente que passa os dias de bermuda e sem camisa, que mora em barracos construídos com pedaços de qualquer coisa, aquela gente teima em chamar a atenção. Às vezes roubando, às vezes matando e às vezes morrendo. Inconvenientes, é o que são. Vivem a nos lembrar que em nós, também, pode haver culpa.

Um povo ficha limpa

Fiz uma aprazível viagem à Itália, tempos atrás, a fim de cobrir uma missão econômica de empresários catarinenses.

Bem.

A folhas tantas, lá estávamos nós visitando uma empresa de reciclagem de plástico em algum bucólico lugarejo do Norte da Bota, não lembro qual, mas lembro que por perto havia igrejas e pizzas. Os italianos, empolgados, nos mostraram uma das utilidades que davam ao plástico usado, que, supunham, poderia ser empregada no Brasil. Eram calçadas de plástico reciclado: placas retangulares de plástico duro do tamanho de uma laje de pedra, com bordas de dois ou três centímetros de altura, como se fossem tampas. As lajes de plástico tinham furos para deixar passar a água da chuva e eram encaixadas umas nas outras. Os italianos sorriam, orgulhosos de sua engenhosa invenção. Agachei-me para observar melhor a coisa. Enfiei o indicador por um dos orifícios e ergui a placa. Com ela pendurada, levantei a cabeça e perguntei aos italianos:

– Fica solta?

Eles confirmaram. Ficava solta. Pus-me de pé, balançando a cabeça:

– Então não vai dar certo no Brasil.

Os italianos entesaram:

– Por que não, Dio buono?

– Porque a turma vai levar embora.

– Turma? Mama mia, que turma?

– A turma. Todo mundo. O pessoal vai levar as calçadas pra casa.

– Mas por que catzo eles iriam fazer uma coisa dessas??? – intrigaram-se os italianos.

– Não precisa de motivo – respondi. – Eles vão fazer.

Os empresários brasileiros, mais de vinte deles entre pequenos, médios e grandes, todos concordaram comigo. É, a turma vai levar as calçadas para casa, não vai dar certo no Brasil. E assim se desfez a possibilidade de um reluzente negócio internacional.

Por que nós, brasileiros, concordamos em uníssono? Porque sabíamos que, aqui, no Patropi, enxameiam ladrões oportunistas pelos oito milhões e meio de quilômetros quadrados do território nacional. O cara não é um bandido por profissão, não anda com trezoitão na cintura, não enfia ninguém em porta-malas, mas não pode passear pela praia e ver um chinelo de dedos sobre uma esteira que dá de mão nele. Tivesse a chance, esse cara levaria para casa um milhão. Como não tem, fica com o troco errado da mercearia.

Somos todos assim? Todos nós? Claro que não. Nem a maioria de nós. Mas muitos de nós. Quantos? Ora, se fosse instado a estipular a proporção de desonestos que há no povo brasileiro diria que é, mais ou menos, a do Congresso Nacional. Quer dizer: a democracia funciona. Nossos ladrõezinhos de ocasião estão todos representados na Câmara, no Senado e nas Assembleias. Todos com ficha limpa. Todos esperando a oportunidade de meter a mão no seu milhão.

Uma lágrima no sinal vermelho

Vi o que vi debaixo do sinal vermelho de uma esquina da Avenida José de Alencar, perto do Estádio Olímpico. Aconteceu num desses dias azuis e amarelos de quase verão. Fazia uma tarde amena de sol, por isso estava com os vidros abertos, o que é raro. O sinal demorava a trocar. Lancei um olhar distraído por cima do ombro direito. O olhar espreguiçou-se para o mundo exterior e esbarrou no carro ao lado.

Então a vi.

Ela também mantinha os vidros abaixados. Havia apoiado o cotovelo na janela e a concha da mão cobria a orelha. Dentro da mão, um celular. Ela não falava; ouvia. E chorava.

A face esquerda do rosto reluzia das lágrimas que lhe caíam do canto do olho.

Fiquei chocado. Porque não havia lógica na cena. Não era uma jovem que chorava, mas uma senhora em idade madura, sessenta anos, talvez. Fosse uma garota, seria mais verossímil. Uma garota chora se é rejeitada pelo namorado, ou se briga com o pai, ou se discute com uma amiga. Uma mulher feita, em geral, já chorou o pranto que lhe cabia. Ela fica triste, ela fica amargurada ou fica até depressiva, mas é incomum que chore em campo aberto, acessível aos olhares que partem dos carros ao lado.

Só que ela chorava ali, sob o sinal.

Observei-a sem pudor, certo de que não havia reparado em mim. Desliguei o rádio do carro e apurei o ouvido. Por algum motivo, precisava de uma pista sobre com quem ela falava. O sinal ficou verde. Ela se aprumou no banco e engatou a primeira marcha. Ia-se embora, mas, antes de arrancar, balbuciou uma frase, a única que consegui captar:

– Está bem, meu filho...

E se foi, ziguezagueando pela floresta de lata do trânsito.

"Está bem, meu filho." O filho a magoara, a ponto de ela chorar na rua. Lembrei de Maomé, o Profeta, que ensinou: "O paraíso está ao pé da mãe". Lembrei de Freud, que disse não existir nenhum sentimento tão poderoso, tão incondicional, tão desprovido de agressividade como o da mãe pelo filho homem. E o filho homem reconhece esse sentimento, e esse sentimento se transforma na sua referência emocional sobre a Terra. Não é por acaso que os soldados feridos de morte, desamparados no campo de batalha, gritam pela mãe. Homens adultos clamando pela mãe feito meninos no escuro do quarto.

Também não foi por acaso que, dias atrás, um filho pediu que a mãe o ajudasse a ocultar o cadáver de uma moça que ele havia assassinado, e a mãe o atendeu.

Constatei eu mesmo a força desse sentimento nas vezes em que fui fazer palestras na Fase. Os meninos delinquentes lá recolhidos, meninos bandidos, muitos deles perigosos, eles, quando tentam se tornar pessoas melhores, o fazem pensando na mãe. A mãe faz com que se importem consigo mesmos. Porque é assim: você só quer ser melhor do que é por causa do amor dos outros.

Aquela mãe que chorava sob o semáforo, ela parecia ser esse tipo de mãe amorosa, que é capaz de morrer pelo filho. Por que, então, ele a fizera chorar? Poucas coisas são mais tristes para um filho do que causar desgosto a sua mãe.

Fiquei triste por aquela mulher que chorava e pelo filho que motivara o choro. No futuro, tenho certeza, ele vai lamentar aquele diálogo via celular. Gostaria de poder fazer algo a respeito. Bem...fiz. Liguei para a minha mãe.

O melhor amigo

Esse meu amigo tinha um cachorro. Não era cachorro de raça nem nada. Não passava de um vira-latinha malhado, o corpo todo manchado de preto e branco, a cara preta, só a ponta do focinho branca, assim como o contorno dos olhos. Parecia que usava óculos, aquele guaipequinha.

Meu amigo encontrou o cachorro na rua, ainda filhote. Afeiçoou-se a ele e levou-o para casa. Conviviam havia já mais de dois anos em seu pequeno apartamento. O cachorrinho era relativamente obediente e espaçosamente alegre, como em geral são os cachorrinhos.

Um dia, meu amigo encontrou uma namorada nas lides noturnas. Afeiçoou-se a ela e levou-a para casa também. Passaram a viver juntos, os três.

A mulher, porém, não gostava do cachorro. O apartamento ficava com cheiro de bicho e cheio de pelo, os latidos a incomodavam. Essas coisas que mulheres dizem de cachorros. Passaram-se meses, ela sempre reclamando, meu amigo sempre evitando o assunto. Adiando a solução. Quando o cachorrinho roeu as tiras da sandália preferida dela, ela deu um ultimato: ou ele ou eu!

Mais tarde, meu amigo confessou que, naquela hora, vacilou. Ela ou ele? Ela? Ou ele? Mas a disputa era entre um animal e um ser humano. Nesses casos, o humano quase sempre sai ganhando.

Ela ganhou.

Uma manhã, meu amigo, com o peito confrangido, o coração do tamanho de uma ervilha, a alma pesada, meu amigo colocou o cachorrinho no carro. Teria de livrar-se dele. O cachorrinho estava feliz. Gostava de passear de carro. Meteu o focinho branco para fora da janela e ficou sentindo os odores que passavam pela rua, sentindo o vento bater na cara preta e branca.

Meu amigo dirigiu até Canoas. Enveredou pelos bairros da cidade. Parou em um descampado. Desceu. Deu a volta no carro. Abriu a porta do carona. O cachorrinho pulou para fora, o rabo abanando, faceiro com a atenção que o dono lhe despendia. Meu amigo caminhou uns trinta metros. O cachorrinho o seguiu, como sempre. Meu amigo olhou para ele, pesaroso.

– Senta! – ordenou.

Ele obedeceu.

– Fica aí!

Ele obedeceu outra vez.

O cachorrinho ficou parado, enquanto ele voltava para o carro. Sentou-se atrás do volante. Arrancou. Antes de engatar a segunda marcha, parou. Olhou para trás. Viu, nos olhos do cachorrinho, a compreensão conformada, a lealdade triste. Os olhos do cachorrinho mostravam que ele sabia que seria traído. Que seria abandonado.

Como foi.

Meu amigo dirigiu uma quadra pensando naquele olhar. Então, num repente, se arrependeu. Pisou no freio. Fez o retorno, apressado. Voltou num tzin para seu companheiro. Ansiava por abraçá-lo e afagá-lo, por dar-lhe um osso novo, por pedir desculpas.

Mas não o encontrou mais. Rodou por mais de duas horas pelas imediações, e nada. Voltou para casa abatido, desencantado da vida. Até hoje ele lembra daquele olhar desapontado. Daquele olhar que expressava amizade, fidelidade e um coração partido. Até hoje ele sonha com seu cachorrinho.

A mulher continua morando no apartamento.

Eu não tô ouvindo

A babá que cuidava do meu filhinho arranjou emprego em uma loja. Evento de certa gravidade. Afinal, ela estava com meu Pocolino havia um ano e meio. Quase nada para você, que é adulto e leitor de jornais; quase tudo para ele, que tem três anos de idade e só se preocupa com a temperatura do mamá de Nescau.

A mudança já era ruim em si. Tornou-se pior porque a babá precisou sair de forma meio abrupta, a loja lhe reivindicava presença imediata. Então, um dia ela brincava com ele de Relâmpago McQueen; no outro, sumiu. Uma perda. A primeira dentre tantas que, inevitavelmente, ele amargará vida afora. A vida é uma sucessão de perdas.

Passou-se um dia. Outro. E mais outro. Tinha de lhe dar uma explicação. Não podia alguém tão íntimo desaparecer do dia a dia dele sem uma razão plausível. Uma manhã, à mesa do café, comecei a falar sobre a saída dela, por que ela não apareceria mais, por que fora embora. Ele ficou me olhando por alguns segundos. Depois interrompeu, balançou a cabeça e disse, com surpreendente firmeza naquela sua vozinha de nenê:

– Eu não tô ouvindo.

A frase me desnorteou por algum tempo, mas resolvi ir em frente com a explicação. Retomei o assunto. Só que ele repetiu:

– Eu não tô ouvindo.

Fiquei em silêncio, olhando para o meu Pocolino. Ele me encarava muito sério com seus olhões pretos. Um olhar decidido. Decidido a não ouvir.

Pensei por alguns instantes. E mudei de assunto. Comecei a falar de uma Kombi amarela de plástico que ele ganhou, por algum motivo ele adora Kombis. Então, o Pocolino ouviu, disse que sua

Kombi era a mais rápida de todas, uma ótima Kombi. E eu, pensando em mim mesmo, concluí que ele estava certo. Porque eu também, muitas, muitas vezes, preferia não ouvir.

Tem certos dias

Há momentos em que me irrita a defesa das instituições. Em que nem sequer posso ouvir falar em cidadania e sentimentos republicanos. Que coeficiente eleitoral, o quê! Que escaninhos do Congresso! Não me venham com essa história de estabilidade democrática, de pauta para o século XXI, de agenda positiva, de independência dos poderes. Fico embolotado só de ler coisas como pacto federativo, câmaras setoriais e transversalidade.

Há momentos em que quero espancar quem fala em adrenalina pura, que quero mais é me empanzinar de gordura trans. Há momentos em que bebo todas, mas me recuso a me hidratar.

Há momentos em que quero jogar no lixo mais fétido a alimentação saudável e balanceada, que quero gritar que não existe fumante passivo e que ninguém sabe se o aquecimento global é causado pelo escapamento dos Gordinis ou se é só mais um maldito ciclo do maldito planeta. Há momentos em que me aborrecem quase à morte a luta pela salvação da Terra, o equilíbrio dos ecossistemas, a preservação do verde.

Há momentos em que não me causa a menor comoção a mancha crescente do desmatamento da Amazônia no chão e a do buraco de ozônio no céu, e nem quero saber se os chineses estão extraindo a bílis dos ursos-panda para ingeri-la como afrodisíaco, que se ralem os ursos-panda e os chineses impotentes, e muito menos me interessa se os franceses pegam um ganso e enfiam um tubo na goela do ganso e por esse tubo lhe derramam milho, milho, milho, até o fígado do ganso inchar de cem gramas para um quilo, e então os franceses malvados arrancam o fígado das entranhas do ganso e amassam o fígado com critério, pouco se lixando para os sonhos do ganso que jamais serão realizados, e temperam aquela pasta com as especiarias mais especiais até transformá-la em saboroso patê que eu provo com tinto, estalando a língua e dizendo: "Azar o do ganso!".

Há momentos em que pouco me importa a Estrada da Morte, que todos os cantos do país têm Estrada da Morte. Há momentos em que me enojam as taxas de evasão escolar, a taxa Selic e a taxa de crescimento populacional, em que anseio que tudo o que for de Primeiro Mundo fique no Primeiro Mundo, em que excluo a inclusão digital, em que não me encaixo em nenhum nicho de mercado, em que quero que todos sejam derrotados na guerra cambial e, sobretudo, há momentos em que me dá ganas de esganar quem balbucia algo nojento como "choque de gestão".

Há momentos em que gostaria de ver implodidas as plataformas de comunicação, em que me recuso a produzir conteúdo, em que festejaria se fossem retirados todos os pontos da tabela, em que me dão sono os preparativos para a Copa e as negociações para a transição. Há momentos em que, francamente, uso desbragadamente o advérbio de modo. E há momentos em que tudo o que me dá vontade de fazer é pingar o ponto final.

Um livro, uma história

Uma tarde, recebi uma ligação estranha. Uma voz de mulher identificando-se como enfermeira. Dizia ter livros para me dar, muitos livros. Livros para me dar! Gosto disso.

A mulher contou que cuidava de uma paciente com 99 anos de idade, uma senhora que vivia sozinha em seu apartamento na Duque de Caxias. Durante todas aquelas décadas, a senhora acumulara livros à mancheia. Agora, no fim da sua jornada neste Vale de Lágrimas, enfraquecida por doenças, acamada, os livros não lhe serviam mais e, como em geral acontece, a família não sabia o que fazer com eles. Donde, a ligação. Eu queria os livros? Uau! Claro que queria!

Combinei de buscá-los num sábado pela manhã. Passei dias imaginando a biblioteca que transferiria para minha casa. O porta-malas do meu carro seria suficiente para carregá-los? Teria de buscar caixas no supermercado? Que autores me esperavam?

Na data aprazada, cheguei ao endereço que a enfermeira havia me dado,um prédio antigo no centro da cidade. Subi pelo elevador. Quem abriu a porta foi uma jovem: a enfermeira. Uma dia antes, a velhinha se mudara para o hospital.

A moça me conduziu até algumas pilhas de volumes atirados no parquê da sala. Dezenas de livros. Centenas, talvez. Agachei-me para examiná-los. Malconservados, empoeirados, alguns já sem a capa. Muitos escritos em francês, outros tantos em espanhol, a maioria "romances de moças" do meio do século passado. Os títulos se assemelhavam: o marido ideal, a noiva feliz, a paixão realizada, o homem da minha vida, amores, amores, amores sem fim. De todos aqueles livros, só um me interessou. Um único.

Suspirei. Ergui-me. O estilo dos livros despertou-me uma suspeita. Perguntei à enfermeira se podia ver mais do apartamento. Ela concordou. Guiou-me pelas peças amplas, atulhadas de mobiliário.

O lugar parecia ter sido congelado nos anos 50. Como esses apartamentos de casais que têm filhos já adultos, filhos que já se emanciparam e foram embora, viver suas próprias vidas em seus próprios apartamentos. O apartamento dos pais fica cristalizado no passado, no tempo em que as crianças davam-lhe alma. Assim era o apartamento da velhinha, com seus porta-retratos, seus abajures, suas cristaleiras.

Voltei para as pilhas de livros. Peguei o único que havia considerado aproveitável. Virei-me para a enfermeira:

– Desculpe perguntar, mas essa senhora... ela é solteira?

– É – confirmou. – Noventa e nove anos e nunca se casou, apesar de ter sido bem bonita quando jovem. Nunca teve um homem, um namorado, nada. Sabe... – a enfermeira vacilou – ela era virgem... Mas, esses dias, enquanto cuidava dela, ela se ergueu na cama e perguntou se eu era sua filha...

Olhando para o livro que tinha nas mãos, mal acreditei em toda aquela história. Era redonda demais. Era como se fosse um filme. Como uma das histórias romanescas que embalaram a imaginação da dona do apartamento em sua juventude. Porque o livro, o único livro interessante dentre tantos que ela havia guardado em sua longa vida, era um clássico de Gabriel García Márquez: *Cem anos de solidão.*

Prezada leitora

A presidenta da República Dilma Rousseff é minha leitora. Foi ela quem disse. Duas vezes. Antes de ser entrevistada no Painel RBS em Porto Alegre, pouco antes da eleição presidencial de 2010. Estendeu-me a mão e falou:

– Gosto muito do que você escreve.

O pessoal em volta:

– Óóó...

Terminado o programa, levantou-se e:

– Realmente, gosto do que você escreve.

– Óóóóóó...

Sei que candidatos dizem coisas para nos agradar, mas ela parecia sincera. Se foi, vou aproveitar para fazer-lhe um pedido. De quem escreve para quem lê. Ei-lo:

> Prezada leitora Dilma:
>
> Já que a senhora me lê, suponho que conceda alguma importância para a minha opinião. Então, vou lhe dar uma opinião. Que não é só minha, já foi sua, não duvido que ainda seja. Ao menos era a do líder do seu antigo partido, Leonel Brizola, e de um homem que, sei, a senhora respeitava, Darcy Ribeiro.
>
> É o seguinte: na sua gestão, que ora se inicia, não dê importância para os adultos. Eles não têm mais jeito. Dê importância para as crianças.
>
> Uma ilustração tosca: li que o Brasil gastou dois bilhões de reais no programa de alfabetização de adultos em 2010. Sabe quanto deveria ter sido gasto? Nada. Todo esse dinheiro tinha de ser aplicado na educação das crianças. Dinheiro posto no adulto é dinheiro desperdiçado.

O ProUni. As quotas nas universidades. A Bolsa Família. Tudo isso é bom; nada disso seria necessário, se houvesse investimento nas crianças. O Brasil não precisaria de novos presídios, se houvesse investimento nas crianças. A RBS não teria de fazer campanha contra o consumo do crack, se houvesse investimento nas crianças. A corrupção não seria tão voraz, se houvesse investimento nas crianças.

A senhora será uma presidente desenvolvimentista, sabe-se. A senhora foi a "mãe do PAC". Seu antecessor, o já ex-presidente Lula, disse esperar que o Brasil se torne a quinta economia do mundo em cinco anos. Desenvolvimento é uma coisa boa, o país ter economia forte é uma coisa boa. Nenhuma coisa nem outra são as coisas mais importantes. As coisas mais importantes não são coisas. São pessoas. Muitos dos países que não estão, nunca estiveram e jamais estarão entre as maiores economias do mundo são países melhores de se viver do que o Brasil. Escócia, Coreia do Sul, Bélgica, Suíça e tantos, tantos mais. Quase todos esses países investiram nas crianças, que se tornaram adultos dignos, que fizeram desses países lugares em que se vive com dignidade.

A senhora pode mudar de verdade o Brasil. Não uma mudança material, de fora para dentro. Uma mudança espiritual, de dentro para fora. Uma economia forte pode se tornar fraca, um país desenvolvido pode se tornar atrasado. Mas pessoas a quem se deu dignidade não perdem a dignidade. E a dignidade vem com a educação básica. Com o investimento nas crianças.

As crianças. Pense nas crianças.

Esse o meu pedido.

Não deixe de me ler, presidenta.

VIAGENS

Colômbia

Espanha, Malásia, Coreia do Sul e Japão

Suiça e Alemanha

China

Venezuela

África

COLÔMBIA

Em julho de 2001 visitei aquele que era o país mais conturbado da América do Sul, a Colômbia, há décadas sofrendo com os ataques das Farc. Fui à Colômbia para cobrir a malfadada Copa América, em que o Brasil treinado por Luiz Felipe Scolari foi eliminado por Honduras.

Depois da desclassificação, subi as montanhas dos Andes e entrevistei guerrilheiros das Forças Armadas Revolucionárias da Colômbia (Farc). A Guerra da Colômbia estava no auge. Tanto que um dos principais jogadores convocados por Felipão, Mauro Silva, pediu para ser desconvocado, temendo sequestro ou atentado. Publico a seguir a crônica em que narro a aventura no território da guerrilha e, na sequência, algumas das matérias que compuseram a reportagem. Matérias que foram colhidas no meio dos Andes, no coração da guerrilha, entre os jovens soldados das Farc.

Santo Olívio e a guerrilha

O comandante guerrilheiro estava furioso. Fitou-me com os olhos em chispas, apertava o cano da metralhadora com a mão e repetia, aos gritos esganiçados:

– Espiones de la dea!

Aquilo me confundia ainda mais. Tentava raciocinar, consultava o meu arquivo mental das sutilezas da língua espanhola: o que seria "de la dea"?

Ele continuava a me acusar de espionagem, cada vez mais agressivo. Os outros guerrilheiros observavam com interesse, esperando o desfecho, cada qual com seu fuzil.

Então compreendi: o comandante se referia à DEA, a Agência Antidrogas dos Estados Unidos.

– Aqui nunca vieram jornalistas, só espiões do DEA! – repetia, berrando. Nos ferramos, pensei. Esse cara vai nos fuzilar aqui mesmo. Ou, na melhor das hipóteses, nos sequestrar.

Podia fazer uma coisa ou outra sem dificuldades. Eu, o fotógrafo José Doval e nosso amigo colombiano William Loaiza nos encontrávamos num lugar em que nada mais existe a não ser as Farc e os simpatizantes das Farc. Santa Lucia, quatro mil metros Andes acima, é chamada, na Colômbia, de "O santuário da guerrilha".

E como havíamos lutado para chegar até lá. No domingo anterior, já tínhamos tentado localizar guerrilheiros. Contatei com William, que é repórter do *El Tiempo* em Tuluá, cidadezinha a cem quilômetros de Cali, e ele, com a típica gentileza colombiana, nos acompanhou o dia inteiro, desde o alvorecer até o fim da tarde, pelos pequenos povoados das montanhas. Falei com muita gente, colhi ótimas histórias, mas não encontrei um guerrilheirinho sequer.

No dia seguinte, madrugamos de novo para ir a Manizales. Dividimos com a equipe da Rádio Gaúcha, a japonesa Kiomi, também jornalista, e o Wellington Campos, da Rádio Itatiaia, um micro-ônibus, coisa que em espanhol é chamada por um nome impublicável no Brasil. Como explicarei, para não afetar suscetibilidades?

Bem, você sabe que ônibus, na língua de Cervantes, se pronuncia "buce". Logo, um ônibus pequeno é... Isso mesmo. Pois entramos no buce logo de madrugada e não paramos de fazer trocadilhos. Que aquela coisa estava suja, que era apertada demais, que estava com um cheiro azedo, que não aguentávamos mais ficar dentro dela. Assim por diante. Até que uma hora o Wellington percebeu que o nosso motorista colombiano ficara chateado: que tanto os brasileiros reclamavam do seu buce?

O Marco Antônio Pereira, narrador da Gaúcha, contava piadas que nos faziam soluçar de rir, o repórter Sérgio Guimarães obrigou a Kiomi a falar em japonês o nome de todos os órgãos genitais possíveis e até alguns impossíveis, o que ela fez obedientemente, mas rubra de timidez oriental. Estávamos cansados, porém contentes, prontos para conhecer uma nova cidade e ver outra bela vitória do Brasil.

Corta.

A volta foi algo melancólica. Paramos num restaurante para comer um bife e beber uma cachaça colombiana, subimos de novo no buce e passamos a reclamar amargamente da Seleção, que havia levado 2 a 0 de Honduras. Só paramos quando a Kiomi começou a cantar suavemente em japonês. Oh, aquilo nos amoleceu a alma. A música japonesa é uma carícia. Ida e volta no buce, foram 24 horas. Extenuante, mas eu ainda não tinha o meu guerrilheiro. Tomei um banho, dormi uma hora, chamei o Doval e fomos outra vez para a Cordilheira Central dos Andes. Começamos a subir. Não por uma estrada, mas por um caminho de areia e pedra escavado na montanha, um paredão vertical de um lado, o abismo negro do outro, a selva fechada em volta. Fomos cruzando pelos lugarejos assolados pela guerra, falando com pessoas, reunindo histórias, mas sem encontrar os guerrilheiros. Naquela selva, cerca de quatrocentos corpos estão enterrados, vítimas da guerra da Colômbia. Olhávamos em volta, desconfiados, continuávamos a subir, e nada da guerrilha. À noite, depois de dez horas de viagem, chegamos a um lugarejo chamado Barragán, um ermo aterrorizado pelos guerrilheiros e pelos paramilitares. Em Barragán, a guerrilha determinou toque de recolher – depois das seis da tarde, ninguém sai às ruas. Estávamos a 3.300 metros de altitude, tínhamos passado por quinze montanhas, e ainda sem guerrilheiros. Era preciso ir a um último povoado, Santa Lucia.

Fomos.

Tocamos o carro pela montanha, mas, no meio do caminho, havia uma pedra. Ou várias. O tanque de gasolina furou. Olhamos sob o carro, à luz da lanterna, e vimos a gasolina chover do tanque. Era imperioso voltar já. Ou ficaríamos perdidos no meio da montanha, no escuro absoluto, no frio, sujeitos sabe lá a que perigos. Despencamos morro abaixo. Mirávamos o mostrador de gasolina, que batia no fundo, e para frente, até onde os faróis iluminavam, ansiosos para divisar o povoado e a salvação. Parece coisa de filme. No primeiro metro do lugarejo, o carro morreu. Juan Carlos, o nosso motorista, suspirou:

– Diós mio!

O Doval soltou um palavrão. Só que em Barragán não existe mecânico, nem solda, nem gasolina, nem lugar onde um forasteiro possa passar a noite. Batíamos nas casas, pedindo ajuda. Os moradores não abriam as portas ou, se as abriam, mal falavam conosco, assustados que estão com a guerra. Até que lembrei da Santa Madre Igreja Católica. Batemos numa igrejinha próxima. Fomos atendidos por freiras desconfiadas. Conseguimos alguns catres e passamos a noite fria pensando no que estaria reservado para nós. Ninguém dormiu direito. De madrugada, eu, o Doval e o William nos empoleiramos num caminhão de leite e tocamos para Santa Lucia. Queríamos os guerrilheiros. Achamos.

E agora o comandante nos acusava ferozmente de sermos espiões, gritando e apertando o cano da maldita metralhadora. Que fazer? Arrisquei um lance. Engatei meu espanhol e mandei ver:

– Comandante, eu venho de um Estado que é governado pelo Partido dos Trabalhadores, um partido de esquerda no Brasil. Em setembro do ano passado, o governador do Estado, chamado Olívio Dutra, recebeu um representante das Farc durante um evento chamado Fórum Social Mundial, e esse representante foi tratado como chefe de Estado. Como embaixador. Desde então, o povo do meu Estado passou a se interessar muito pela situação da Colômbia, da qual ninguém sabia nada. Por isso estou aqui, para contar o que acontece com o povo da Colômbia.

Encerrei o discurso de fronte erguida. O comandante olhou nos meus olhos.

Largou a metralhadora. Apoiou o cotovelo na porta da caminhonete. Disse:

– O que você quer perguntar?

Olhei para o céu sobre os Andes. Roguei em silêncio: bendito seja, Santo Olívio Dutra. E saquei do bloco e da caneta para fazer o meu trabalho.

Um conflito nas vizinhanças do Brasil

Uma guerra está sendo travada nas proximidades do Brasil. Na Colômbia, a apenas três mil e oitocentos quilômetros de Brasília, em linha reta, e a uns quatro mil e quinhentos quilômetros de Porto Alegre (distância de Bogotá), guerrilheiros de esquerda, paramilitares de direita, exército, polícia e narcotraficantes se enfrentam em um conflito que já deixou milhares de mortos. Sequestros, atentados e massacres se sucedem. Só as duas principais guerrilhas esquerdistas, as Farc e o Exército de Libertação Nacional (ELN), contam, somadas, com vinte mil homens em armas. Dos lados dos paramilitares, são mais oito mil homens. País que tem uma fronteira de 1.644 quilômetros com o Brasil, toda no Estado do Amazonas, a Colômbia parece não ver uma saída para a guerra civil. Os repórteres de ZH conheceram Santa Lucia, um dos redutos das Farc até então nunca visitado por jornalistas. Santa Lucia é chamada de "O santuário da guerrilha". Nesse povoado agrícola, empoleirado no cimo de uma das montanhas negro-verdejantes dos Andes, a quatro mil metros de altitude, o governo da Colômbia não existe. Em Santa Lucia, a polícia nacional não circula, o exército não ousa entrar, não há sequer um intendente que represente o município. Em Santa Lucia, o poder é exercido pelas Forças Armadas Revolucionárias da Colômbia (Farc). Pelo comandante Gerardo. Aí está um típico guerrilheiro de esquerda. Envergando com galhardia o seu uniforme de guerra, bem armado de pistola e metralhadora, o comandante Gerardo surge por uma das ruas empoeiradas de Santa Lucia ao volante de uma caminhonete nova, com um jovem guerrilheiro no lado do carona e mais sete na carroceria, quase todos adolescentes, entre eles uma garota. O primeiro contato é hostil. O comandante não aceita a presença de estrangeiros no reduto da guerrilha. Acusa, furioso:

– Vocês são espiões da DEA. – Aqui nunca vieram jornalistas! Vocês são espiões! – prossegue, rascante.

Depois de alguma argumentação, o comandante aceita falar. Com severas restrições militares. Um dos homens mais procurados pela polícia e pelo exército da Colômbia, o comandante Gerardo se recusa a revelar o seu nome verdadeiro (quase todos os guerrilheiros usam pseudônimo) e mesmo a idade. Mas, aos poucos, no embalo da conversa, vai relatando detalhes da sua vida pessoal. Conta uma história semelhante à da maioria dos atores da guerra colombiana. Gerardo e sua família trabalhavam com extração de madeira e criavam gado no Departamento de Antióquia. Como todos os trabalhadores rurais do país, desde criança ele tem intimidade com a guerrilha. Gerardo profere uma frase que é repetida praticamente com a mesma formulação por outros agricultores-guerrilheiros:

– Desde menino sou das Farc.

Porém, foi só mais tarde que lhe infiltraram o ódio no coração – no dia em que os paramilitares invadiram sua casa e, diante de seus olhos, mataram seu pai, sua mãe, três irmãos, dois sobrinhos e um tio. Gerardo conseguiu fugir e, desde então, se tornou um guerrilheiro feroz. Quando fala dos paramilitares ou do governo, o faz com os dentes rilhados e os olhos em chamas:

– Governo, exército, polícia e paramilitares são a mesma coisa!

De fato, o exército e as Autodefesas Unidas da Colômbia (AUC, os paramilitares) são apelidados de "Los Primos". A maioria dos "paras" é ex-integrante da polícia nacional e do exército, e, recentemente, Rafael Hanny Jimeno, coronel do exército, foi preso sob a acusação de formação de grupos paramilitares.

– Os paramilitares são financiados pelo narcotráfico e pelos Estados Unidos – continua. – Eles existem para matar, para torturar, para inspirar temor ao povo – acrescenta.

Com a voz esganiçada de emoção, Gerardo relata seus enfrentamentos com os paramilitares e algumas das atrocidades cometidas por eles na sua área, sempre tendo como vítimas trabalhadores rurais acusados de colaboração com as Farc: pai e filha assassinados em La Muralha, oito agricultores massacrados em Barragán, uma mulher de Santa Lucia que, depois de seviciada, teve seus braços e pernas amputados a serra elétrica e jogados no mato.

– E nenhum desses tinha nada a ver com as Farc – inflama-se o comandante. – Estão fazendo na Colômbia o mesmo que fizeram no Vietnã, em El Salvador, na Nicarágua, em Cuba – prossegue. O comandante mostra que é bem articulado e faz citações. Nesse ponto, o discurso ingressa no campo teórico. Já desembarcado da caminhonete, mais relaxado, sentado num outeiro de terra e grama, o chefe guerrilheiro se arma de uma retórica comunista impecável:

– Somos marxistas-leninistas. Fazemos oposição ao governo, ao clero, à miséria e à exploração do homem pelo homem.

O comandante Gerardo mostra que é bem articulado, que tem conteúdo. Faz citações:

– Bolívar disse: não permitam que as armas se voltem contra o povo. É justamente o que está acontecendo na Colômbia. Tira conclusões:

– Não há outra forma de o nosso povo sobreviver, senão acabar com a direita. Ou acabamos com a direita, ou ela nos assassina. E confessa ter um ídolo: o cubano-argentino Ernesto "Che" Guevara. Não precisava nem falar. Gerardo decorou o peito da farda verde com um button de Guevara e, nas costas, no colete, desenhou a inscrição: "Che".

– Ele é um modelo para mim.

O comandante se torna amistoso. Até amável. Posa para fotos. Pede que lhe seja enviada a reportagem. Sorri. Um homem cordial.

Nenhuma surpresa, pois, se como guerrilheiro convicto que é, o comandante Gerardo sabe ser agressivo, tem ciência também que, às vezes, ele há de ser duro, mas sem perder a ternura jamais.

Guerrilha é o caminho dos que ficaram em Santa Lucia

Os primeiros débeis raios de sol começam a ser despejados por detrás da montanha, e o guerrilheiro Júlio César já faz sua ronda diária pelas ruas desertas de Santa Lucia.

Não há muito o que ver. Das cem famílias que há dois anos moravam no povoado, hoje restam trinta. As outras setenta fugiram de medo dos paramilitares.

Júlio César preferiu tomar o caminho da maioria dos que ficaram – aderiu à guerrilha.

– Se não tivessem me tomado tudo, não entraria nas Farc. Agora, não tenho alternativa – explica.

Júlio César e seus irmãos plantavam batatas em Santa Lucia. Em 1999, os irmãos foram assassinados pelos "paras" sob a acusação de colaborarem com as Farc. Júlio César abandonou as terras e entrou, de fato, para a guerrilha. Faz parte de um tipo de miliciano importante para as Farc, o vigilante, que tem de ser um membro da comunidade. Normalmente, o vigilante não participa de enfrentamentos. Júlio César nunca alvejou ninguém com a metralhadora que leva a tiracolo. Júlio César não usa uniforme. Vigia a manhã fria de Santa Lucia com os mesmos trajes civis com que manobra um caminhão de batatas no seu "segundo emprego", denunciando a condição de guerrilheiro apenas pelos coturnos e, obviamente, pelas armas. É um dos poucos vestidos assim, quando em serviço pela guerrilha. Via de regra, os soldados das Farc circulam com uniformes novos, armas reluzentes e caminhonetes último tipo. As Farc prezam sua imagem – quem não estiver de uniforme, não pode ser fotografado. Mas mesmo quem não anda armado ou uniformizado tem ligação com as Farc em Santa Lucia. Dona Gládis, dona do solitário armazém local, é quem leva ao comando da guerrilha os recados vindos através do posto telefônico, única forma de comunicação do lugarejo com o mundo exterior. Em dezembro do ano passado, os paramilitares destruíram o armazém dela durante seu último ataque ao povoado. Dona Gládis o reconstruiu com diligência, pintou as paredes que haviam sido pichadas com inscrições das AUC e, num canto da peça, rabiscou um obséquio que denuncia os hábitos da freguesia: "Por favor, não vomite aqui. Obrigado".

Embora seja simpatizante da guerrilha, dona Gládis enfatiza que preferia distância do conflito. Bem como grande parte da comunidade.

– Só queremos trabalhar – diz Gildardo Paez, que era plantador de batatas e fugiu por medo dos "paras".

– Isso aqui era uma beleza – e faz um gesto abrangendo Santa Lucia semideserta, apenas o som dos latidos dos cães e o canto dos pássaros a romper o silêncio do abandono.

– Hoje está assim, como uma cidade-fantasma – toma nas mãos a rédea do cavalo magro, abaixa a cabeça e finaliza: – Eu também iria embora, mas não tenho como ir.

Os que têm dinheiro se vão; os que não têm, ficam com o medo.

Os filhos sequestrados pela guerrilha

No bar de Jaime Herrera bebiam lado a lado guerrilheiros das Farc e homens da polícia nacional da Colômbia. Jaime se orgulhava por sediar essa convivência pacífica. Seu bar era o principal ponto de encontro de Barragán, um lugarejo empoleirado em uma das montanhas dos Andes, ao pé da qual fica a cidade de Tuluá, sede do município. Tudo o que Jaime queria era vender muito rum e cerveja Poker para poder dedicar-se à fotografia, seu passatempo preferido. Mas o assassinato de um comandante das Farc em Cali, em 1999, iria mudar a vida de Jaime e dos demais moradores do povoado. Os guerrilheiros passaram a atuar com maior rigor na região, e logo a imparcialidade de Jaime passou a ser vista com desconfiança. Os policiais e os paramilitares acreditavam que ele era colaborador da guerrilha, e os guerrilheiros suspeitavam de que era informante da polícia. Jaime começou a receber ameaças. Um dia, ele mandou que dois de seus cinco filhos fossem a Tuluá. O menino, de quinze anos, e a menina, de dezessete, saíram de manhã cedo na caminhonete da família, serra abaixo, pelo caminho poeirento e pedregoso que tem, de um lado, a parede vertical da montanha, e do outro, o abismo. Quando estavam perto do lugarejo de Puerto Brazadas, os irmãos viram que um grupo armado e uniformizado fazia sinal para que estacionassem. Não sabiam de que grupo se tratava (os paramilitares usam um fardamento igual ao das Farc, mudando apenas a braçadeira).

Eram as Farc.

Irmão e irmã foram sequestrados. Horas depois, Luz, a mãe deles, descobriu o ocorrido. Jaime não estava em casa, mas ela não esperou a sua volta. Tomou nos braços a filhinha de dois anos e despencou para Puerto Brazadas. Procurou os guerrilheiros. Encontrou-os. Com determinação de mãe, exigiu que a levassem ao acampamento onde estavam seus filhos. Conseguiu. Depois de duas horas de caminhada na selva, Luz chegou ao acampamento. Mas foi só. Os guerrilheiros a detiveram, junto com o nenê, e não deixaram que visse os filhos. Luz acabara sequestrada. Os guerrilheiros a colocaram como cozinheira do acampamento. Durante seis horas, ela fez arroz, perico (um tipo de omelete), carne assada e feijão. No final do dia, como prêmio, os homens a conduziram até uma cela feita de tábuas, atrás das quais estavam seus dois filhos mais velhos. Luz chorou, gritou que os amava, mas não pôde falar com eles. Em seguida, seus captores a transferiram para um outro acampamento, o que só fez aumentar sua aflição. Fora separada dos filhos. Luz passou a noite chorando e rezando, abraçada à espantada menininha, trancada em um quarto de madeira. No dia seguinte, às quatro horas da madrugada, os guerrilheiros finalmente trouxeram sua filha. As duas se abraçaram chorando, mas a notícia que os sequestradores lhe deram não era boa: os dois irmãos tinham sido considerados aptos para a guerrilha. Isso significava recrutamento obrigatório. Luz se desesperou. Tanto chorou e argumentou e implorou, e o fez com tal sentimento e angústia, que os guerrilheiros se compadeceram. Às sete da manhã do dia seguinte, buscaram seus filhos. Os quatro ainda permaneceram mais dois dias em poder das Farc. Antes de serem libertados, a mãe e os três filhos passaram por uma inquietante sessão de fotos. Ao se despedirem, os guerrilheiros advertiram: que não pensassem em voltar a Barragán. Luz cumpriu a ordem. Desceu a Tuluá, de onde, por telefone, avisou ao angustiado marido Jaime que largasse tudo e viesse para a cidade. Foi o que Jaime fez. Sua casa, seu bar, tudo foi abandonado. Mudou-se para Tuluá, onde vive como fotógrafo. O que era passatempo, virou profissão.

Primeiros passos no cativeiro

Em 31 de agosto do ano 2000, Jéssica Natália, então com um aninho de idade, e sua mãe Claribel, grávida de três meses, foram sequestradas pelos paramilitares. Claribel era professora na escola de Santa Lucia. Os paramilitares suspeitavam de que o marido dela, o plantador de batatas Rosemberg, pertencia às Farc. Naquela manhã de agosto, o ônibus que conduzia Claribel foi parado por um grupo das AUC no povoado de La Muralha. Os "paras" a encarceraram em uma casa de material "com um banheiro muito sujo e sem as menores condições de higiene". Lá, ela ficou por quatro dias, alimentando-se sempre de omelete, arroz e café preto. Durante esse tempo, Claribel e a filha foram vigiadas por um paramilitar que se encantou com a menina. Passava os dias brincando com a pequena Jéssica Natália, até que, uma tarde, ela deu seus primeiros passos em direção aos braços abertos do seu captor. O paramilitar ficou exultante. Claribel foi libertada. Hoje, ela está desempregada, mas não cogita retornar à Santa Lucia. Prefere continuar sem trabalho e passar os dias olhando para a beleza enternecedora da sua Jéssica Natália.

Na manhã de 15 de outubro de 2000, a guerrilha chegou à casa de Viviana Valência. Naquela época, ela e seu marido, Jaime Arbeiro Valência, plantavam bananas e criavam porcos no lugarejo de Putumayo, em Puerto Asis. Ambos com 29 anos de idade, Viviana e Jaime reuniam todos os pré-requisitos para se tornarem vítimas da guerra colombiana: são índios, eram pequenos agricultores, são pobres. Viviana crê que Jaime passou a ser olhado com desconfiança pelos guerrilheiros por ter prestado serviço militar. – Achavam que ele colaborava com os paramilitares – supõe. Naquela manhã, às onze horas, Jaime e seu irmão José Luís trabalhavam no terreno em frente à casa quando quatro homens das Farc apareceram. Queriam levar Jaime com eles. O irmão reagiu.

– Se vocês querem levar alguém, que me levem! – gritou.

O argumento não convenceu os guerrilheiros. Eles amarraram os dois irmãos, arrastaram José Luís para baixo da casa e o executaram com cinco tiros.

Levaram Jaime com eles. Foi a última vez que Viviana o viu. No mesmo instante, traumatizada, ela arrebanhou os quatro filhos, tomou um ônibus e desembarcou em Tuluá.

A desestruturação da família fez um dos filhos sumir. Outro está com paralisia cerebral. A sucessão de desgraças não desanima Viviana. Depois de algumas semanas em que enfrentou a desconfiança dos moradores de Tuluá, ela arranjou emprego como doméstica. Sobrevive. E sonha.

ESPANHA, MALÁSIA, COREIA DO SUL E JAPÃO

Durante três meses de 2002, atravessei dois oceanos, estive em quatro países e em uma dúzia de cidades. No começo de maio, saí do Brasil a fim de cobrir a preparação da Seleção Brasileira para a Copa do Mundo da Ásia. Foram oito dias na Catalunha. De lá, segui para Kuala Lumpur, na Malásia, onde o Brasil completou seu período pré-Copa. Uma semana depois, estava em Ulsan, na Coreia do Sul, sede da Seleção na primeira fase da competição. No decorrer dos jogos, o Brasil passou por várias cidades da Coreia, e eu e outros tantos jornalistas fomos atrás, até a etapa final no Japão, em julho.

Muita coisa aconteceu nesse tempo. Riscamos o Japão de trem e a Coreia de ônibus. Entramos no banheiro mais limpo do mundo, subimos naquele que era o prédio mais alto do planeta, experimentamos os estranhos temperos do Oriente e vimos como vive um coreano médio.

Esses ótimos jornais da Catalunha

Ilán Stavans nasceu em 1961 na Cidade do México e em 2002 tornou-se o primeiro professor de spanglish, disciplina que leciona no Amherst College, de Massachusetts, esse lugar de nome tão sonoro e tão pouco pronunciável.

Você não sabe o que é spanglish, não é? Eu também não sabia, até ler o *La Vanguardia* de ontem, que traz na contracapa uma entrevista com o professor.

Spanglish é uma nova língua que se está formando a partir da fusão de palavras, expressões ou ideias em inglês e espanhol. Isso porque os Estados Unidos são um país de duas línguas e porque o inglês vem sendo disseminado sobretudo pelo cinema americano. O título da matéria do *La Vanguardia* é a frase com a qual o professor recebeu a repórter para a entrevista:

"Cómo estás you el día de today?"

Puro spanglish. Nós, como os espanhóis, também falamos e-mail em vez de correio eletrônico, ou printar em vez de imprimir. Nossos centros nunca são centros, são sempre centers, e até, horror dos horrores, tele-entrega de pizza virou delivery. Ou seja: professor de portunglish, aí está a profissão do futuro.

A repórter Cristina

A repórter Cristina Cubero, do *Mundo Deportivo*, foi, durante dois anos, setorista de Ronaldo. Ela estava onde Ronaldo estava, fosse pelo Barcelona, fosse pela Seleção Brasileira, em qualquer parte do mundo, de Oslo a Santa Cruz de la Sierra.

Antes da Copa de 2002, ao surgirem notícias de que Ronaldo poderia voltar ao Barcelona, Cristina se alvoroçou e imortalizou em papel toda a sua emoção. Escreveu um texto na primeira pessoa, uma espécie de carta aberta ao centroavante, chamando-o carinhosamente de Roni, suspirando entre as teclas do computador:

Como gosto de te ver tão feliz. Tão forte. E como adoro te ter por perto. Sabes o que diziam os jornalistas catalães depois da tua entrevista coletiva? Que valem mais três minutos com Ronaldo do que um ano com qualquer outro. Nessa entrevista, muitos te descobriram pela primeira vez. E assim, ao vivo, sentiram o que não se compra nem se vende: o carisma, isso que se desprende de cada um de teus sorrisos, de cada um de teus movimentos.

Que tal? Tem que ser centroavante para merecer um texto desses.

Essa mesma repórter, Cristina Cubero, fez uma ardente descrição do assessor de imprensa da CBF, Rodrigo Paiva, definindo-o como "o Tom Cruise da Seleção Brasileira".

Eróticos sem preconceito

Quem descobriu foi o repórter Mauro Leão, aquele que perguntou, na entrevista coletiva que o técnico da Seleção, Luiz Felipe, concedeu depois da convocação, se a lista dos jogadores representava a pá de cal no futebol do Rio. Pergunta típica do Mauro, um grande repórter. Literalmente – ele se estende por dois metros de altura, tem a fala gingada de todo carioca e é um botafoguense irremediável. Ontem, durante o treino da Seleção, fez os colegas gargalharem às lágrimas, ao contar qual era a principal notícia que recebera do Brasil:

– Estão dizendo que o Botafogo vai vir forte pra ganhar o Campeonato Brasileiro.

Mas a descoberta do Mauro: as curiosas ofertas dos chamados "classificados eróticos" dos jornais da Catalunha. Se você é um homem aberto e sem preconceitos, que não se importa com a casca vil que é o nosso corpo, pode ganhar alguns euros prestando serviços especiais em Barcelona. Pululam os anúncios de senhoras que se descrevem, com sinceridade comovente, como gordas ou desdentadas ou de idade provecta, e oferecem régio soldo em troca de uma ou duas horas de sexo competente. Anote aí:

"Señora particular, 40 años, elegante y sensible. T: 607.420263".

"Mujer atractiva, buen cuerpo, gratifica por sexo, deseo discreción. T: 906.425972".

"Señora. Grandes pechos, buen culo, paga 300 por sexo. T: 906.422926".

"Necesitamos hombres de todo tipo para atender señoras adineradas. 1.800 euros semanales posibles. T: 906.998359".

Aí está. Você ganha uns euros e ainda ajuda no combate à solidão.

Na Malásia: Os cavalos dourados da Seleção

Passei parte da noite catando um adjetivo para definir o hotel em que está concentrada a Seleção Brasileira. "Suntuoso", por exemplo, não lhe faz justiça. Nababesco, talvez. Mas ainda é pouco. O lugar se chama Palace of the Golden Horses. Não por acaso. Tem cavalo por toda parte no tal palace. Cavalos esculpidos nas pilastras de sustentação e nos inúmeros balcões de atendimento, cavalos em quadros, pinturas de paredes, cavalos nos braços das cadeiras e nas colherinhas de café. No meio do bar, há uma fonte com cavalos de pedra que se empilham formando uma torre cavalar com mais de cinco metros de altura. Há até cavalos de verdade, vivos, num jóquei clube contíguo.

O hotel é um palácio estilo indiano, com gigantescas portas abobadadas por onde podem passar dois caminhões lado a lado, com espaço sobrando para, provavelmente, mais um Fusca. Aqui costumam se hospedar reis e príncipes árabes e outra turma mais famosa, como Nelson Mandela, Fujimori, Arafat, Tiger Woods e a rainha Elizabeth.

O preço da diária é uma bagatela: 3.192 dólares – mais de 7,9 mil reais – pelo apartamento mais caro, a "Golden Suíte". O mais barato, o "Superior", sai por 200 dólares. Bagatela, portanto – um hotelzão desses, no Ocidente, está bem mais caro.

Embasbacado com a ostentação, pensei: por esse prédio, devem ter passado pelo menos quatro séculos de história malaia. Que nada. O hotel foi construído em 1998 por um bilhardário chinês. Meio que me decepcionei. Mas continuo de boca aberta. Esses malaios são surpreendentes.

Dias malaios

Fomos tomar um café no saguão do hotel da Seleção e sabe como a funcionária nos serviu? De joelhos. Mas, ainda que pareça estranho, não ficamos constrangidos. Afinal, é assim que eles vivem. A gentileza e a doçura de todos os prestadores de serviço em Kuala Lumpur é comovente. A começar pelas aeromoças da companhia malaia que nos trouxe de Zurique para cá. Elas se vestem com um conjunto estilo chinês, jaquetinha leve e saia até os tornozelos, ambas coloridas com motivos florais. Uma roupa muito bonita e elegante. São extremamente cordiais e parece que adivinham o que a gente quer. Você pensa num copo d'água, ZUM, ele se materializa na sua mão, ofertado por uma oriental sorridente. Como elas conseguem, isso alguém ainda vai ter de me dizer.

CHUVAS

Você conhece Manaus? O clima de Kuala Lumpur é igualzinho ao de Manaus. Quente e úmido. Certamente porque a mesma linha do Equador corta as duas cidades, uma de cada lado do planeta. Vez em quando, despenca uma chuva tão forte quanto fugaz na região. Se o Kuala Lumpur, o maior clube local, está jogando, a partida é interrompida. O árbitro manda os dois times esperarem um pouquinho. Eles esperam. A chuva para. E o jogo recomeça.

GOSTO É GOSTO

Já deu para identificar duas preferências quase unânimes entre os malaios: pimenta e futebol inglês. Tudo leva pimenta aqui. Até o McDonald's, disse-me quem comeu, que eu não ia vir à Malásia e comer McDonald's. Você pede um prato. Prova. UÁ!, cheio de pimenta! Você fica com os lábios e a língua ardendo, os olhos marejados, aí vem um garçom malaio e pergunta:

– Quer mais pimenta?

Eles também adoram o Beckham. Todos eles, todos os três tipos étnicos que formam a Malásia – os meio chineses, os meio indianos e os malaios propriamente ditos, da gema, que se assemelham aos índios brasileiros. Essa paixão é porque foi a Inglaterra quem colonizou a Malásia, claro, e porque os jogos da Liga Inglesa passam mais aqui do que os do campeonato malaio. Não encontrei um único malaio que não vá torcer pela Inglaterra na Copa. Vão se dar mal.

AS CHINESAS

O dinheiro aqui se chama Ringgit. Diz-se ringue. Vale cerca de um terço do dólar, quase o mesmo que o real. Parece razoável, só que as coisas custam muitos ringues. Um cafezinho pode chegar a quatro ringues; um hotel três estrelas, pelo menos cem ringues; um almoço honesto, quarenta ringues.

Quem tem mais ringues em Kuala Lumpur são os chineses. Quem mais ganha ringues também são os chineses. Sexo completo com uma prostituta malaia: média de 160 ringues. Com uma chinesa: nunca menos de 230 ringues. O que será que as chinesas têm que as outras não têm?

FERIDAS DO TIGRE

Kuala Lumpur é futurista e faiscante, com prédios grandiosos, de arquitetura arrojada. Mas aqui e ali, num flanco e noutro, surgem infiltrações de Terceiro Mundo. Há diversos conjuntos habitacionais que ressumam a favela mesmo nas proximidades do Centro. São prédios sombrios, de aspecto ameaçador, as roupas dos moradores penduradas nas janelas, a sujeira acumulada no entorno. Se é verdade que não há pedintes nem crianças fazendo acrobacias com calotas nas sinaleiras, também é verdade que há muita gente morando mal, se vestindo mal e comendo mal nesta cidade. O retumbante progresso deste Tigre Asiático não chegou para toda a população de Kuala Lumpur.

KL VICINAL

Kuala Lumpur é mais oriental quando saímos de suas jalans – as avenidas. Se mergulhamos em suas ruazinhas vicinais, vemos gente que de inglês não fala nem yes, que come com as mãos em tigelinhas de arroz, que cozinha no chão. Ou vemos um curioso padeiro a se deslocar de moto, carregado da sua mercadoria. Os malaios adoram motos, fazem tudo sobre suas motos, estão sempre sobre elas, o que torna seu trânsito um tanto quanto temerário. Não muito diferente de alguns outros lugares que conheço, a propósito.

A FLECHA

No teto do meu quarto há uma flechinha vermelha, apontando para um canto vazio. Tentei descobrir o que indicava a seta. Olhei, pesquisei, pensei.

Descobri.

Meca.

A setinha aponta para Meca, a fim de que os muçulmanos possam se virar para lá quando forem fazer suas orações.

Há muitos muçulmanos em Kuala Lumpur. O islamismo é a principal religião da Malásia. Diversas mulheres cobrem a cabeça com lenços, quase sempre alegres e coloridos. Burca quase não há. Que a burca se mantenha longe de Kuala Lumpur.

Assim você mata Rosinha de dor

Há um ônibus que leva os jornalistas todos os dias para o treino da Seleção, realizado no longínquo e sofisticado Estádio Shah Alam.

Ontem, estávamos todos muito cansados, uns meio dormindo, outros resmungando, quando dois ou três cariocas lá na frente começaram a cantar baixinho, não sei por que engataram aquele samba, não foi combinado, não estavam nem se olhando, um deles entoou o primeiro verso e os outros acompanharam suavemente:

Malandro, eu ando querendo falar com você...

Todos no ônibus nos concentramos na canção. Eles prosseguiram:

Você tá sabendo que o Zeca morreu,
Por causa de brigas que teve com a lei

Já um mineiro ajuntou:

Malandro!

E o coral foi em frente:

Malandro, eu sei que você nem se liga no fato
De ser capoeira, moleque, mulato,
Perdido no mundo, morrendo de amor

Aí, quase todos nós:

Malandro!

E batucando com as canetas nos bloquinhos de papel, entusiasmados, um único coro:

Malandro, sou eu quem te falo em nome daquela
Que na passarela é porta-estandarte
E que na favela tem nome de flor

Então cantávamos sem exceção, quem não sabia a letra, batucava; quem não sabia batucar, batucava fora do ritmo:

Malandro, só peço a você que tenha cuidado
As coisas não andam tão bem pro seu lado
Assim você mata Rosinha de dor...

E fechamos num lalaiá glorioso, para espanto admirado dos malaios que não entendiam nada do que estava acontecendo.

Aeromóvel

Sabe a cidade de *Blade Runner*? Kuala Lumpur. A iluminação é feérica, parece que estamos no Natal. A arquitetura é majestosa, cada prédio é uma catedral. O dinheiro, o poder, a tecnologia, esse estranho mundo moderno, tudo está acima do pequeno ser humano, em Kuala Lumpur.

E tem também o aeromóvel.

O aeromóvel é um trem movido a ar inventado por um gaúcho e implantado em Porto Alegre nos anos 70. Quer dizer: parcialmente implantado. Foram construídos "trilhos" sobre uma plataforma de uns cinco metros de altura e duzentos metros de comprimento na região central da cidade. E só. O trem posto sobre essa plataforma, desde então, desliza todos os dias duzentos metros pra lá e duzentos metros cá, indo de um ponto a outro daquilo que seria o começo da linha do aeromóvel, um monumento ao desperdício do dinheiro público no Brasil. Depois de uns trinta anos sem que se completasse o projeto, uma lavagem de automóveis se instalou à sombra daquele que seria o transporte do futuro. A cada eleição, os candidatos a prefeito prometem concluir o aeromóvel. Depois de eleitos, esquecem-se da promessa, como sói acontecer com candidatos a qualquer coisa, em qualquer parte do mundo.

Pois bem. Esse mesmo aeromóvel funciona à perfeição, em Kuala Lumpur. Viajei num deles. Maravilha. Rápido, silencioso, eficiente. Pura tecnologia porto-alegrense arrematando com requinte a paisagem high-tech da Malásia.

Os edifícios são tão imponentes, tão arrojados, que as famosas Petronas Towers ficaram diminuídas ao nosso olhar. Digo nosso me referindo a nós brasileiros, que as tínhamos como uma das poucas referências da capital da Malásia. Dão a impressão de não serem tão grandes assim. Mas ainda vou subir seus 452 metros e contar para vocês que tal.

Marteladas

Quando estávamos em Barcelona, tinha um sujeito que todos os dias, mas TODOS os dias, às oito em ponto, começava a martelar algo no apartamento acima do nosso. O desgranido era preciso como um sino de igreja. Não começava a bateção às 7h59min, nem deixava para as 8h01. Não. Oito horas, cravadinho.

Como acordávamos antes disso, não nos importamos muito. Mas houve dois dias em que podíamos dormir até as nove e não teve jeito. Ele batia tanto, e com tal devotamento, que nos pusemos em pé logo após as oito, conformados e amarrotados. Saímos da Espanha sem saber o que acontecia no apartamento do andar superior e lançando pragas sobre quatro gerações do tal sujeito.

Em Kuala Lumpur, cada minuto de sono faz falta. Às sete e meia da manhã, temos de sair para ir ao hotel da Seleção e só retornamos lá pelas nove da noite. Aí é que vamos escrever o material, para depois enviá-lo ao Brasil. Dormimos três horas, em média.

Na quarta-feira, eram quase quatro da madrugada e eu ainda estava escrevendo. O fotógrafo Mauro Vieira, meu colega de quarto, ali adiante, tentava dormir. Virava para um lado, virava para outro, dormitava, acordava, dormitava de novo. De repente, o que aconteceu? No apartamento sobre o nosso rompeu uma sequência de marteladas, ou coisa que o valha. Olhei para o teto, incrédulo. E o Mauro, da cama, meio dormindo, meio acordado, gemeu:

– Não acredito que o cara de Barcelona veio junto!

Petronas

Fui às Petronas Towers, enfim. São 84 andares, mas subi só até aquela ponte que liga as duas torres, no 42. Mais além não se pode ir, as Petronas são prédios de escritórios, os malaios têm que trabalhar, ora. Mesmo assim, é muito, alto. Tanto que o Prosperi, do *Jornal da Tarde*, ao chegar lá em cima, tonteou.

– Que que eu estou fazendo aqui? – lamentou-se, e se refugiou num canto sem vista para o abismo de cimento.

Olhei para todos aqueles vidros e pensei: coitado do malaio que limpa isso tudo. E não é que, quando saímos, encontramos os tais malaios limpadores de janela??? Eles estavam trabalhando naquele momento, mais ou menos no 37º andar. Pense nisso. E não se queixe mais do seu emprego.

O LIMÃO

Os malaios comem como nós. Com talheres, é o que quero dizer; não com pauzinhos. Mas dia desses saímos esfaimados do treino e fomos a um restaurante chinês. Comi um peixe cujo nome é impronunciável. Excelente. Como estou adestrado no manejo dos pauzinhos por jantares em restaurantes japoneses de Porto Alegre, não tive dificuldades. Lá fui eu catando arroz, temperando-o com um molho ótimo, depois experimentando uma espécie de amendoim muito bom e um vegetal verde de sabor fortíssimo que fez minh'alma chorar e do qual pretendo me manter longe pelo resto da existência.

O fotógrafo Mauro Vieira, inteligente que é, logo aprendeu a comer com os pauzinhos.

– Aaaah, legal – dizia ele, interessado.

Mas o professor Ruy Carlos Ostermann, célebre comentarista da Rádio Gaúcha, de Porto Alegre, mesmo com toda a sua sapiência, não conseguiu. Deixava cair o pauzinho no molho, tinha de espetar o amendoim, começou a se irritar. Implorou por talheres ocidentais à moça que nos atendia. Ela os trouxe, não sem antes emitir um suspiro que me parecia dizer, em chinês:

– Bárbaros...

Aproveitamos e também pedimos talheres, com a desculpa de que não iríamos deixar o Professor sozinho naquela. Aí o Darcy Filho, da Rádio Pampa, chegou. Também aderiu aos talheres e, para completar, pediu peixe sem molho algum.

– Como? – quis saber a atendente, incrédula.

– Sem molho – repetiu, firme, o Darcy. – No sauce!

Ela olhou para mim.

– Sem molho? – perguntou.

Confirmei. Sem molho.

Ela saiu, desta vez escandalizada: bárbaros, definitivamente.

Quando o peixe foi posto na mesa, seco como o deserto do Alegrete, o Darcy pediu um limão. A moça olhou para mim outra vez.

– Ele quer limão para usar como se fosse molho? – indagou, curiosa, a mão no queixo.

– Isso mesmo – respondi.

Ela sorriu, extremamente satisfeita.

– Aaaaaaah! – exclamou. – Compreendo.

O bom conceito da civilização ocidental foi salvo por um limão.

Massagem Malaia

Antes de partir para a Coreia, o repórter Sérgio Rangel, da *Folha de S. Paulo*, decidiu submeter-se a uma massagem malaia. Estava num shopping e viu que ali ofereciam a tal massagem. Ofereciam no corredor, como aí no Brasil oferecem churros.

Consultou o malaio massagista. Que informou que a massagem era feita apenas nos pés, uma espécie de massagem curativa, porque nos pés, segundo o malaio, estão representados todos os órgãos do corpo. Tudo bem, o Rangel topou. O malaio começou a lhe apertar a sola dos pés, o Rangel:

– Uááá!

Doeu.

O malaio explicou que estava doendo porque aquele ponto era o fígado, e o Rangel anda tratando muito mal do seu fígado. Você tem que beber menos, dizia, com voz pacienciosa, e apertava outro setor, e o Rangel:

– Aaaaaaaaaaah!

Doeu mais ainda.

Porque ali o massagista estava tocando no estômago, o Rangel não devia fazer o que estava fazendo, ele tem comido qualquer coisa, em qualquer lugar.

– Você bota tudo para dentro, come muita porcaria, não deve proceder assim – ensinava o malaio, enquanto premia mais uma parte da planta dos pés do Rangel, que:

– Uououououou!!!

A essa altura, os malaios em volta, no shopping, riam dele. Tinham formado uma roda para ver a massagem e se divertir.

– Esse é o seu pênis – dizia o malaio. – Hmmmm, você não tem tratado bem do seu pênis.

O Rangel não respondia, apenas uivava:

– Iêêêêêêêê! Iêêêêê!

Terminada a sessão, o Rangel sentiu-se realmente muito melhor. Sentiu-se leve. Aliviado. O massagista juntou as mãos diante do peito, à maneira malaia. Sussurrou com voz mansa:

– Que Buda o abençoe. Vá em paz.

O Rangel, agradecido, calçou os sapatos e ia levantando, quando o malaio acrescentou:

– Mas antes deixe 25 ringgits.

Estão me seguindo

Vou contar uma experiência que vivi em Kuala Lumpur para ver se você entende a diferença. Eu caminhava a esmo pelo centro e resolvi entrar numa ruazinha estreita, escura, meio escondida entre os gigantescos prédios da cidade. Curiosidade, sabe como é. Embreteime por ela.

Foi como se houvesse trocado de cidade. Dum lado e doutro da calçada irregular, a rua era formada por casebres toscos, construções pouco melhores do que galinheiros.

Na frente dessas casinhas, postavam-se, de pé, encostadas às paredes de madeira, mulheres desdentadas, quase todas com a tez parda dos indianos, andrajosas e sujas. Eu passava e elas se ofereciam por alguns poucos ringgits, um sorriso cansado como isca. Dentro dos casebres, ou ao lado das mulheres, os seus cafetões observavam, uns curiosos, outros ameaçadores. O que aquele gringo branquela estava fazendo ali?

Um deles me seguiu. Percebi que vinha atrás de mim, aproximava-se rapidamente. O que eu devia fazer? Correr? Ainda havia um pedaço considerável de rua a perfazer, se ele gritasse por ajuda, outros me barrariam. Não. Correr não era boa ideia. Armar-me, quem sabe? Olhei para o chão, para os lados. Uma rua daquelas devia ter diversos pedaços de pedra e de pau soltos. Mas, não. Nada. Pelo menos nada que pusesse medo em alguém mal-intencionado.

Ele já estava próximo. E se eu o atacasse antes? A surpresa poderia ser uma arma a meu favor. Então sairia correndo. Só que daí ele pediria socorro e eu seria pego, infalivelmente.

Não havia saída.

Parei.

Virei-me.

Encarei-o.

– Quê??? – o medo me dava ousadia.

– Mulheres jovens – ele anunciou, sorrindo.

Fiquei desnorteado:

– Como?

– Mulheres jovens. Bem jovens. Está interessado?

Suspirei:

– Não, não, obrigado.

E voltei, rápido, ao naco feérico dessa cidade que, cada vez mais, me parece a cidade do *Blade Runner*.

Na Coreia do Sul: amor verde

Como não havia mais vagas em hotéis, nos instalamos em um motel, em Ulsan. Um andar inteiro destinado às equipes do jornal *Zero Hora* e da Rádio Gaúcha, outros para a Rede Globo. É estranho. Ali no corredor há uma máquina que oferece artigos eróticos. "Green

Love", o nome da máquina. Tem uns troços de formatos inauditos: pequenas estrelas transparentes, tubos de aparência pastosa, géis os mais variados, dildos, camisinhas especiais, todo o gênero de instrumentos criativos e, pelo menos para mim, inéditos.

Pedi ajuda do engenheiro Sok, que é coreano e faz parte da nossa equipe.

– O que são essas coisas todas, Sok?

Ele foi ali olhar. Leu os caracteres. Mas também não entendeu a maioria. Contou-me que os rótulos descreviam apenas sensações:

– Isso aqui é para prolongar o prazer por quatro horas, mas não sei exatamente de que maneira. Neste está dito que a mulher enrola a língua de prazer. Aaaah, este aqui é uma capa para o pênis. Deve ser horrível encapar o pênis com isso...

Trata-se de uma Copa diferente, sim senhor.

As noites da Coreia

Sabe o que você encontra à noite, aqui em Ulsan? Coreanos bêbados. Mas bêbados mesmo, de andar trançando as pernas, não os nossos bebadozinhos amadores aí da Cidade Baixa. Eles bebem para se embriagar, faz parte da cultura oriental. Acontece igualzinho no Japão.

Sok, o engenheiro da nossa equipe, que é coreano, disse que os orientais usam a bebida como lenitivo, como uma forma de aliviar o peso da educação extremamente repressora. Assim, você sai à noite e em cada esquina depara com um coreano trôpego. Vi uns três ou quatro caídos na calçada, sem forças para levantar. Um outro ziguezagueou molemente até aterrissar num monte de sacos de lixo encostados à parede. Ficou lá, esperneando como uma tartaruga com o casco virado. E vários, quase todos, falavam em seus pequenos e práticos telefones celulares. Com quem um coreano embriagado falará ao telefone de madrugada? Só pode ser com mulher.

– Tchi amo! Tchi amo, tá oubindo? Quero casá gontchigo!

No outro dia, a maior vergonha no escritório.

PEIXE FRESCO

Muitos restaurantes de Ulsan têm aquários em suas fachadas. Você vai ali, escolhe o peixe que quer comer, eles pegam o bicho se debatendo, o executam na sua frente e o levam de imediato para a panela. Quer dizer: garantia de peixe fresco.

As mesinhas são baixinhas, você se senta no chão. Deixa os sapatos na entrada, o que de fato é bastante lógico e asseado. E significa, também, que suas meias têm de estar em ordem.

A comida é tão apimentada quanto na Malásia. Dia desses, o Claiton Selistre, coordenador da nossa equipe, e o comentarista Roberto Alves, de Santa Catarina, foram a um restaurante e gesticularam até fazer a cozinheira entender que queriam uma salada sem pimenta. Ela serviu. Mas chamou todo mundo para ver.

– Olha ali aqueles gringos estranhos comendo salada sem pimenta.

Comer algo sem pimenta, na Coreia, é como alguém comer feijoada sem sal no Brasil.

HOF E SOJU

A noite é colorida, na Coreia. Nas ruas luminosas há letreiros anunciando: "Hof. Soju". São praticamente as únicas palavras em escrita ocidental que se encontra por aqui. Hof é o mesmo que cervejaria. Soju é uma bebida típica, uma cachaça de arroz. O Claiton Selistre foi comprar água mineral e acabou comprando uma garrafona de soju. Experimentei. Parecido com tequila, só que pior.

É muito estranho andar por um lugar em que não se compreende nada do que está escrito nas placas das ruas ou nos letreiros. Nem uma única letra, quanto mais uma palavra. Pior: você fala com alguém e é como se estivesse falando com uma capivara. Eles olham para você, riem, não sabem o que é yes, si, gracias, the book is on the table, NADA! Dá uma agonia.

O soco

Por conta dessas dificuldades de comunicação, a mais simples atividade se torna uma aventura. O repórter Sílvio Barsetti, do *Estadão*, foi comprar umas camisas numa loja do centro. Achou umas bonitas e baratas, se entusiasmou, começou a pegar diversas na prateleira. Pegou uma, duas, três, o dono da loja deu mostras de aprovação. Olhava para o Sílvio e ria, hi!, hi!, hi! Não dizia nada, só ria, faceiro, hi!, hi!, hi! Continuou rindo, riu cada vez mais:

– Hihihihihihihihihihi!

O Sílvio achou curioso.

– Ué?

Então, o dono da loja aproximou-se dele e, rindo sempre, hi!, hi!, hi!, deu O MAIOR SOCO no braço do Sílvio. O Sílvio não estava preparado para o ataque, saltou para trás, gritou de dor. O dono da loja continuava:

– Hi!, hi!, hi!

O que significa isso?, pensou o Sílvio, alisando o braço. Calculou que era uma prova da felicidade do comerciante prestes a fazer uma boa venda. O Sílvio, que até ia comprar mais camisas, desistiu, levou só as que havia escolhido e saiu, xingando em português:

– Tá doendo, seu coreano corno!

Depois, foi para uma farmácia tomar uma injeção de Benzetacil.

Campanha política

Nada mais engraçado do que a campanha política coreana. Estamos em pleno furor das eleições municipais. Os candidatos a subprefeito saem às ruas em pequenos caminhões, só o candidato e o motorista, ninguém mais, nenhum cabo eleitoral, nenhum aspone. Na carroceria está instalado um minipalanque. O candidato vai ali, de pé, microfone em punho, com uma faixa branca atravessada ao peito. O caminhão anda e ele discursa, vai discursando pelas ruas. Se o caminhão para num sinal vermelho, o candidato aproveita, salta do palanque, caminha pela calçada com seu microfone, discursa aos transeuntes.

Ontem, eu vinha dobrando uma esquina e vi um desses candidatos descer do caminhãozinho diante da sinaleira. Parei para assistir. O candidato falava lá a algaravia deles, falava com entusiasmo, o peito inflado de cidadania. A assistência era composta apenas por mim e por um coreano com ar entediado, sentado na escadaria da porta de entrada de um edifício. O baixo índice de audiência não diminuiu a empolgação do candidato. Ele discursou com energia, aproximou-se do coreano, estendeu-lhe a mão. O coreano a apertou, enfarado, e depois voltou a olhar para onde olhava antes: o vazio.

O candidato prosseguiu, estoico, sem perder a disposição. Virou-se para mim, cada vez mais enfático, o dedo em riste. Percebi que se tratava de um trecho essencial do discurso, quiçá o mais importante projeto político dele ou alguma denúncia grave. Franzi o cenho. Aparafusei no rosto uma expressão solene, de quem, sim, entendia o quanto aquilo era fundamental, sim, senhor. Ele me encarou, veio na minha direção. Eu esperava que me apertasse a mão. Afinal, era o único a incentivá-lo. Ele veio, veio. A dois metros, estacou, me avaliando, sem parar de falar. Deve ter concluído que meu título eleitoral não é daqui, pois não me ofereceu a mão. Vai ver achou que voto em Seul. Continuou falando, procurando eleitores com o olhar. Nisso, o sinal abriu. Ele deu uma corridinha, saltou para cima do seu palanque móvel e se foi, cheio de planos para melhorar a vida em Ulsan.

Chá verde todos os dias

Outro hábito que adquiri foi o do chá verde. O arguto historiador Will Durant define o chá como "uma graciosa correção da ausência de sabor da água quente". Que seja. O fato é que gosto de chá e agora bebo chá verde todos os dias.

O chá verde é tradicional no Oriente. Surgiu na China, como quase tudo por aqui. No Japão, o hábito de beber chá se sofisticou. Foi transformado em arte por Rikyu, um famoso cortesão do século XVI. Rikyu instituiu a chamada "cerimônia do chá", a cha-no-yu. Os convivas tinham de conversar apenas assuntos delicados, nenhuma palavra de orgulho ou de pretensão podia sair de suas bocas, cada um tomava um gole, enxugava os lábios com um guardanapo e passava adiante, como o chimarrão. No final, a xícara voltava de mão em mão para ser admirada e comentada – donde o extraordinário desenvolvimento da cerâmica japonesa. Essa cerimônia era toda regrada, durava algum tempo, mas não podia passar de quatro horas. Já pensou ficar quatro horas bebendo chá e trocando amabilidades?

Bem, na Coreia o chá verde também é um hábito. Aqui no quarto do hotel tem um bebedouro com água mineral, dotado de duas torneirinhas, assim como os nossos. Só que de uma sai água gelada; da outra, água quente, muito prático. É essa água quente que uso para tomar minha chávena de chá verde diária. Estou me sentindo um oriental da gema.

As cores de Ulsan

Os arquitetos que fizeram Ulsan não estavam preocupados com aspectos estéticos; apenas com a praticidade. Característica dos lugares onde circula muito dinheiro, porque o dinheiro exige pressa, e a beleza exige tempo.

Assim, Ulsan é toda trabalho. A Hyundai, essa gigantesca fábrica de automóveis, é dona da cidade. Tudo aqui é Hyundai, o hotel da Seleção Brasileira, as lojas, o shopping.

Uma cidade industrial, um superporto como esse, sede do maior estaleiro do mundo, não pode ficar se preocupando com amenidades como volutas arquitetônicas. Ou seja: os prédios de Ulsan são retos, objetivos, caixas de fósforos deselegantes, de cor pastel, sem o menor requinte, sem qualquer concessão ao olhar. E a poluição visual é assustadora. A cor de Ulsan fluiu inteira para os cartazes comerciais e para os letreiros de néon escritos com aqueles caracteres indecifráveis.

Esperamos ver lugares mais aprazíveis na ilha de Jeju, onde o Brasil jogou na segunda rodada.

Como vive um trabalhador na Coreia

Queria mostrar a você como vive um trabalhador de classe média na Coreia do Sul. Para isso, visitei um deles. Escolhi o morador de um conjunto residencial bem simples, do tipo que se avista nos bairros menos atraentes da cinzenta cidade de Ulsan. São prédios enormes, de 25 andares, dezenas deles, todos iguaizinhos. No Brasil seriam chamados de pombais.

Ju Young Sik, 42 anos, escriturário da Hyundai, vive com sua bela esposa Ching Byung Yeon, 39, e com um casal de filhos, no 18º andar de um desses edifícios.

Sik ganha o salário médio de um funcionário da Hyundai, cerca de dois milhões de wons, o equivalente a quatro mil reais. O salário mínimo na Coreia é algo em torno de mil reais, mas quase ninguém ganha tão pouco.

Sik e Yeon compraram seu apartamento em abril. É um três quartos simples, com algo em torno de noventa metros quadrados. Vale 220 mil reais.

O casal tem um carro Elantra ano 1993. Na época, o carro custou vinte mil reais. Sik acha que está na hora de comprar um novo.

As férias na Coreia duram só uma semana por ano. Nesse período, o casal e os filhos vão para as montanhas próximas. Jamais viajaram para o exterior, não têm dinheiro para tanto. O maior gasto da família não é em comida, que lhes consome perto de quinze por cento da renda. É em educação. Nada é mais valorizado, na Coreia, do que a educação. Assim, os filhos de Sik e Yeon estudam em colégios públicos, mas fazem inúmeros cursos complementares, como inglês, piano e taekwondo, o que acaba levando boa parte do salário do nosso escriturário.

A CASA

Na entrada do apartamento você tem de tirar os sapatos, como em todas as casas coreanas. Existe uma pequena área para isso. Os sapatos do dia ficam ali. A parede dessa área é um armário embutido onde se guardam... sapatos, lógico. Muito engenhoso. E asseado. Você não leva a sujeira da rua para dentro de casa. Esse método teria evitado muitas das brigas que tive com a minha mãe quando chegava do jogo de futebol com as chuteiras embarradas.

COLEÇÃO DE PEDRAS

Os orientais veneram a natureza. Uma libélula pousando num talo de grama, um pingo de orvalho num espinho, tudo isso é poesia para eles. Sik coleciona pedras. Apanha as pedras na rua, acondiciona-as em caixas com areia ou em uma estante de vidro. Vez em quando, quer observá-las ou mostrá-las aos amigos. Então, as rega com água para lhes reavivar a cor.

CHÃO QUENTE

O apartamento de Sik não tem ar-condicionado. Não precisa. O piso é aquecido porque o encanamento de água quente passa por debaixo do assoalho. Esse é o sistema de aquecimento preferido dos coreanos. Fundamental para quem quer andar pela casa só de meias.

VIDEOFONE

O interfone do apartamento de Sik é um videofone, com uma câmera que registra quem está à porta. Útil, embora não ocorram muitos assaltos na Coreia.

A REFEIÇÃO

Enquanto conversávamos com Sik, com a ajuda do nosso tradutor Sok (que dupla!), Yeon foi para a cozinha. Preparou chá em pequenas tigelas de porcelana, cortou melancia em cubos e trouxe para a sala. Colocou sobre uma mesinha de vinte centímetros de altura. Convidou-nos para comer. Pedi que a família se acomodasse antes. Eles sentaram no chão, começaram a comer. Os coreanos adoram chá e melancia.

E-MAIL

Sik e Yeon fizeram uma pergunta desconcertante quando eu quis saber a idade de seus filhos:

– A idade coreana ou a outra?

É que os coreanos contam o primeiro ano desde o nascimento. Um coreaninho já nasce com um ano de idade, talvez por isso eles estejam mais adiantados que nós.

Ju Bo Young, a menina, tem doze anos (dos nossos). Ju Hyun Min tem dez (também dos nossos). Young toca piano razoavelmente bem. Errou algumas notas, quando eu estava ouvindo. Ambos têm computadores de última geração em seus quartos. Perguntei se possuíam e-mails. Ela disse o dela, ele não sabia o dele. Quis saber por que ele não sabia o dele. Ela respondeu que ele é burrinho. Ele deu um soco no braço dela. As crianças são iguais em toda parte do mundo.

ALHOS E PATOS

O banheiro da suíte do casal é bem pequeno, não tem chuveiro, só vaso. O banheiro comum também é desse tamanhinho. Na cozinha há um grande pote cheio de cabeças de alho, um pote do tamanho de um galão de gasolina. Os coreanos usam muito alho na sua comida.

Yeon sente orgulho da vista que se tem da sua cozinha. Ela faz questão de abrir a janela e mostrar o lago lá embaixo.

– Daqui posso avistar os patos selvagens – conta, feliz.

Os coreanos são um povo simples, afinal.

Um carro abençoado

Ia para o hotel da Seleção quando vi uma movimentação estranha numa esquina de Ulsan. Desci do carro. Que era aquilo? Fui ver.

Você não vai acreditar.

Um coreano havia comprado um carro novo, uma bela caminhonete preta da Hyundai, modelo Santa Fé, e estava fazendo uma cerimônia para abençoá-la, ter sorte com ela, não sofrer nenhum acidente, essas coisas. Não só ele. Participavam da atividade a família do dono do carro e seus amigos, umas vinte pessoas, ao todo.

Uma senhora, a mãe do orgulhoso proprietário da Santa Fé, estendeu diante da caminhonete uma esteira prateada. Sobre ela, colocou uma dessas mesinhas baixas em que os coreanos comem. Então dispôs na mesinha uma grande cabeça de porco assada, um bolo de arroz do tamanho de uma caixa de camisa, peixe frito, peras, maçãs e a massa com molho vermelho apimentadíssimo com a qual tive uma infausta experiência em Kuala Lumpur, Deus me livre daquela massa.

Em seguida, os amigos enfiaram notas de dez mil wons na boca do porco. Várias notas, tinha uns duzentos mil wons ali, o que dá mais de quatrocentos reais. O dono da caminhonete tirou os sapatos, ajoelhou-se em frente ao carro e fez três reverências. Os amigos também fizeram, enquanto a mãe do rapaz molhava os pneus da Santa Fé com uma bebida típica coreana, um fermentado de arroz de cor meio azulada.

Perguntei quanto custava essa caminhonete – 24 milhões de wons. Caro: uns cinquenta mil reais.

Nesse momento, um outro coreano foi estacionar sua bicicleta atrás da caminhonete. A bicicleta escapou-lhe das mãos, caiu, chocou-se com a caminhonete e causou uma comoção. Todo mundo:

– Eeeeeeeh! Ôôôôôôô!

Mas não foi nada. A caminhonete restou intacta.

Concluídas as reverências, os coreanos passaram a comer os acepipes. Ofereceram-me o tal fermentado. Bebi, por educação.

Medonho. Gosto de carpim sujo. Aí o tio do dono do carro, ou algo que o valha, veio para mim com um prato daquela massa furibunda. Recusei polidamente. Ele insistiu. Repeti que não. Ele insistiu, mostrando-me um bocado que segurava com dois pauzinhos. Tentei dizer não em todas as línguas que conheço:

– No. Não. Nou. Nain. Niet. Nã, nã, nã!

Ele continuou insistindo. Toda a família insistia, os amigos insistiam. Olhei para a comida que ele sacudia diante do meu queixo. Havia um troço que estava misturado ao molho da massa, algo branco, molenga, de aspecto repugnante e, pelo pontilhado negro que tinha, pelo avermelhado do molho que o besuntava, tive certeza: muito, muito apimentado.

Eles me olhavam, ansiosos, com seus olhinhos amendoados. Percebi que não havia fuga possível. Fui para o sacrifício. Abocanhei aquele pedaço de massa com sabe-se lá o quê. Mastiguei. Muito, muito apimentado. O coreano me olhava, cheio de expectativa. Senti a maldade dele. Queria me ver urrar, a boca em fogo. Queria rir de mais um ocidental frouxo que não aguenta uma pimentinha. Em nome da dignidade brasileira, me contive. Mastiguei aquele pedaço de lava com estoicismo. Engoli. O negócio desceu queimando-me a garganta. Mas sorri, a felicidade gastronômica estampada no rosto.

– Véri gúdi! – exclamei para ele, estalando a língua.

Não ia perder para aquele coreano sacana.

Sexo rápido

Em vez de boate, o que existe em Ulsan é room music. Em toda parte há letreiros de néon anunciando room music, room music, room music. Olhava para os letreiros e ficava intrigado.

Sala de música? Que seria isso?

Bem. Room music é, em tese, uma sala de karaokê, coisa de que os coreanos gostam mais do que arroz. É um quarto fechado, sem janelas, com sofás encostados às paredes e uma mesinha no centro.

Sobre a mesinha, uma caixa de lenços de papel. A finalidade "oficial" da sala é o karaokê. Os coreanos iriam lá para assassinar suas músicas descansados, numa sala bem isolada acusticamente, sem que nenhum desventurado passante corresse o risco de ouvir.

Só que não é isso que acontece. Quando o sujeito chega numa dessas salas de música, um grupo de mulheres se lhe é apresentado. Ele escolhe uma, paga e faz sexo com ela ali mesmo, no sofazinho. Para isso a caixa de lenços de papel.

Pelo visto, os coreanos são adeptos do sexo rápido.

O NIRVANA

Um conhecido repórter carioca resolveu fazer uma investigação de campo numa dessas casas. Foi numa das melhores, no centro da cidade. Tomou o elevador – o lugar ficava no terceiro andar. Apertou no botão correspondente.

Chegando lá, a porta se abriu e ele se deparou com o Nirvana. Um grupo de coreanas uniformizadas estava à porta. Elas vestiam minúsculas minissaias brancas, eram belas como o entardecer no Mar do Japão e graves como um hino. Meu amigo interessou-se principalmente por uma que tinha longos cabelos e pernas ainda mais longas. Com um detalhe: longas e bronzeadas, uma raridade, já que as coreanas apreciam a pele branca de leite. Pensou: cheguei ao céu! E foi entrando, alegremente.

Quer dizer: nem entrou. Foi barrado na porta do elevador pela morenaça. Não podia entrar. Era proibido. Intrigado, ele quis saber por quê. A resposta:

– Não são permitidos estrangeiros aqui.

Quando soube dessa história, me revoltei. Pô, as brasileiras vão com qualquer um. Pode ser coreano, paraguaio, congolense, não interessa, elas vão. Até é melhor, se falar arrevesado. Por que, então, as coreanas são assim discriminatórias? O Brasil devia reagir. Brasileiras, não deem mais bola para gringo nenhum. Brasileiras com brasileiros, pronto. Tudo pelo orgulho nacional.

As russas

O mesmo repórter, esfaimado de sexo, descobriu que há algumas boates de estilo ocidental em Ulsan, com música eletrônica, sem nenhum coreano cantando, bebida, dança e inclusive... russas. Sim, as jovens russas fogem da crise do começo do século XXI em seu país e vêm trabalhar na Coreia.

Então, o carioca foi à tal boate e travou conhecimento com uma russa grande, com tudo grande – pernas grossas, seios fartos, atributos raros na Coreia, onde as mulheres se equilibram sobre pernas finas e têm seios do tamanho de pêssegos. Ele conversou com a russa, pagou-lhe algumas bebidas e, no fim da noite, quis saber:

– Vamos para o meu hotel?

Ela se ofendeu:

– Eu não sou uma prostituta!

O carioca se revoltou.

– Se não é uma prostituta, por que você está vestida como uma e o que você está fazendo neste lugar que parece um bordel?

Ela levantou o nariz:

– Sou relações públicas!

Meu amigo carioca saiu da boate com muita raiva e poucos wons. Nem tudo é o que parece, na Coreia.

Dias coreanos

Fui atravessar a rua em frente ao hotel da Seleção e vi que havia uns trinta coreanos parados no meio-fio, de um lado e de outro, esperando o sinal abrir para eles. Parei também. Olhei para a esquerda. Para a direita. Não vinha carro algum. Nem lá longe. Mas os coreanos não se mexiam. Um minuto, dois minutos, nem sinal de carro no horizonte brumoso, e eles ali, quietos. Acometeu-me uma ânsia de seguir em frente, de passar para o outro lado. Mas pensei: e se vou atravessar e levo uma vaia desses coreanos? Ou se eles me xingam ou me multam ou me levam preso, sei lá?

Hmmm, preferi esperar. Passaram-se bem uns três minutos, que para mim pareceram trinta, até que o sinal abriu para os pedestres. Então, como se tivessem sido todos ligados por alguma chavezinha, eles saíram caminhando, juntinhos, feito um pelotão. Fui junto. Na Coreia, faça como os coreanos.

SONHO SILVESTRE

Fiquei encantado ao me deparar com os pseudônimos dos escritores coreanos. Parecem nomes de índios americanos. Ondas de Nuvens, Colina Lunar, História da Terra, Juventude Eterna. Com que pseudônimo você se batizaria, se fosse poeta?

Namgung Byók escolheu ser o Tcho-Mong, que em coreano é "Sonho Silvestre". Pois o nosso Namgung foi tristemente profético na opção. Sua passagem pelo planeta acabou sendo fugaz como um sonho – ele viveu apenas até os 27 anos, durante os quais escreveu dez poemas. Poucos, mas belos. Veja aí:

Dor das Estrelas

Querida, minha querida, quando
o bebê revira o corpo na cama
nunca te ocorreu, involuntariamente,
levar um grande susto?
Querida, minha querida, quando
as pessoas do mundo torcem e arrancam as
flores da terra,
nunca te ocorreu que as estrelas do céu se
contorcem de dor?

A SUL-AFRICANA

O calor levou os coreanos ao litoral. Bem em frente ao nosso hotel há uma pequena enseada que seria bela, se não fosse suja. Outro dia, os ulsanianos (é isso?) foram à praia. Mas foram como quem vai ao cartório: totalmente vestidos. De calça, camisa, tênis, um até de gravata estava. Num contraste violento, uma sul-africana também decidiu tomar banho de sol. E o fez como se estivesse na África do Sul. De topless. Os coreanos não lhe deram mais atenção do que alguns olhares perplexos. Mas um brasileiro gaiato se aproximou e, aproveitando que a moça colocara música num aparelho de CD, convidou-a para dançar. Ela topou. O brasileiro a abraçou e, de imediato, levou as mãos às nádegas brancas, redondas e sólidas da jovem. Comprimiu-as com gosto, fazendo:

– Aaaaaah...

Ela deu um salto. Informou ao brasileiro que um homem não podia tocar em certas partes de uma mulher no seu país. Não assim, à primeira dança. O brasileiro lamentou:

– Ooooh, não sabia, no Brasil não é assim...

O VERÃO CHEGOU

O verão chegou a Ulsan. Ontem foi o primeiro dia em que fez calor, realmente. Mais de trinta graus no treino da Seleção. Com o aumento da temperatura, aumentou o mau cheiro. Os esgotos da Coreia não são separados em pluvial e cloacal, como no Brasil. São um só. Isso faz com que a cidade tenha sempre uma certa fragrância de excrementos. Terrível, mas alguns já estão se acostumando. É mau sinal.

O MELHOR BANHEIRO DO MUNDO

Toda cidade do interior se arroga capital de alguma coisa. Conheci capitais de diversos gêneros de hortifrutigranjeiros, tubérculos, vegetais variados. Conheci capitais de produtos industriais. Conheci capitais de manifestações teatrais e modalidades esportivas.

E agora conheci a capital mundial dos banheiros públicos.

Suwon, local do jogo Brasil versus Costa Rica, ostenta com orgulho tal título. Em 1997, a prefeitura lançou uma campanha: vamos transformar nossos banheiros nos mais belos e limpos do planeta. Conseguiram. Os suwonenses cuidam de seus banheiros como se eles fossem joias delicadas. São banheiros nos quais se pode levar a família para jantar. Banheiros que viraram atração turística.

Existem dezesseis banheiros de concurso em Suwon. De concurso mesmo. Eles ganharam um certo Prêmio Especial Para o Mais Belo Banheiro! Há banheiros que funcionam com energia solar, banheiros com dois andares, banheiros com suave som ambiente, com toalhinhas felpudas em vez de folhas de papel.

Visitei um desses banheiros. Fui ao famoso Solbatsan Toilet, situado numa área central da cidade. Solbatsan significa Morro dos Pinheiros. De fato, o banheiro se situa no alto de um pequeno monte no qual se derramam as sombras de saudáveis pinheiros. Na frente do Solbatsan há um café, o Café Kafka. Quem for ver o banheiro, pode dar uma passadinha no café, quem sabe tomar uma cervejinha Hite, a preferida da Coreia.

O Solbatsan é dividido em três toaletes – para homens, para mulheres e para velhos e crianças. Essa última é dotada de suportes nas pias e nos mictórios, permitindo que o deficiente ou o idoso neles se apoiem. Sua porta não dispõe de trinco. Abre com um leve premir de botão. As três toaletes têm aquecimento central, vasos de plantas nas pias e nos boxes, quadros nas paredes e esculturas nos cantos, revistas e jornais para distrair os frequentadores.

Mas a principal qualidade do Solbatsan é a vista. O prédio é todo envidraçado. O frequentador pode satisfazer suas necessidades enquanto admira a paisagem lá embaixo. E, não, ninguém vai ficar olhando da rua – os vidros só deixam ver de dentro para fora.

Estava, outro dia, no Solbatsan pensando que seria importante, para a minha investigação jornalística, utilizá-lo, afinal. Mas um coreano chegou, trancou-se num dos boxes e, em dois minutos, começou a gemer plangentemente. Em seguida, o odor característico empesteou o ar. Tive de sair para o ar livre. Os banheiros até podem ser diferentes, aqui no Oriente Longínquo, mas o conteúdo é sempre igual.

PORTAS

Os suwonenses são apaixonados por banheiros mesmo. No Estádio de Suwon existem nada menos do que 151. Nunca vi tanto banheiro em um campo de futebol. E são limpinhos, meigamente decorados com pequenas flores e quadros coloridos, uma graça.

Ah, o estádio também tem 64 portas de acesso. Aí está a principal deficiência dos estádios brasileiros, não me canso de repetir. Portas e portões largos e bem localizados são indispensáveis para a segurança do público.

Os pelados

Quando os jogadores da Seleção iam tomar banho na piscina térmica do Hotel Hyundai, em Ulsan, os fotógrafos não podiam entrar. Por uma razão pueril, porém lógica: os jogadores tomavam banho nus.

Mas o jornalista carioca Mauro Leão, num esforço de reportagem, apurou o que acontecia no recesso da piscina. Segundo o Mauro, a nudez dos jogadores escandalizou os hóspedes coreanos e se tornou razão de nervosos comentários em toda a cidade. Não devido à falta de roupas, mas às dimensões dos membros dos brasileiros. Sempre de acordo com o Mauro, os órgãos dos nossos rapazes são bem mais taludos que os dos orientais, tendo valido, afinal, como fator de admiração e respeito dos coreanos, e quiçá das coreanas sabedoras da notícia.

A matéria do Mauro provou mais uma vez que nada escapa ao jornalismo investigativo, mas rendeu-lhe alguns dissabores. Os outros repórteres vivem a mangar dele, perguntando, debochadamente, qual jogador é mais bem servido, se é verdade que ele também vai medir as centimetragens do pessoal da imprensa, essas coisas. O Mauro resiste a tudo com o estoicismo dos verdadeiros profissionais. Sabe que se trata de despeito, nada mais do que despeito.

A VIDA JAPONESA

Aqui em Kobe a nossa equipe de jornalistas instalou-se nas proximidades do hotel da Seleção. Dá para ir a pé, por baixo da terra. Isso mesmo: existe uma Kobe na superfície e outra subterrânea. São extensas áreas comerciais, amplas, bem-decoradas, repletas de luz, shoppings no subsolo. Você desce uma escada como se fosse para o metrô e, lá embaixo, encontra a vida pulsante, as pessoas passeando, comprando, comendo, se divertindo.

Fui do nosso hotel ao da Seleção por essa passagem. Chegando lá, deparei com um grupo de colegiais. Meninas de uniforme, meias brancas, gravatinhas. Elas me viram e vieram correndo. Riam, me tocavam, falavam comigo num inglês trôpego, diziam me achar muito bonito. Uau, estava me sentindo o Tom Cruise. Até que uma disse:

– Gostamos de você porque você tem nariz grande.

Pô! Uma desilusão. Mais tarde descobri que narizes de bom tamanho são muito apreciados, no Japão. As mulheres, que coisa, chegam a fazer plástica para aumentar o tamanho do nariz. Humpf, tudo bem. Mas meu nariz não é tão grande assim!

SORVETE DE FEIJÃO

Ontem eu comi sorvete de feijão. Os japoneses adoram isso, sorvete de feijão. A pasta branca cheia de grãos pretos gelados. Abominável. Mas, no geral, a comida japonesa é das melhores que já provei. Uma culinária rica, variada e delicada, que vai muito além dos nossos conhecidos sushi e sashimi. Tornei-me frequentador dos restaurantes que ficam no píer próximo ao hotel da Seleção. Kobe fez como Lisboa – transformou sua zona do porto em área de lazer. Você experimenta um delicioso lagostim empanado enquanto deixa o olhar vagar pelas águas do Pacífico, as construções futuristas do outro lado do canal, o museu do terremoto de 1995, o suntuoso Hotel Oriental, construído sobre as ondas do mar. Maravilhoso. Por que não podemos aproveitar nossa área do porto também?

CORÉ, CORÉ

Do aeroporto do Osaka, pegamos um ônibus para Kobe. Na chegada à cidade, o motorista desceu para tirar nossas malas do bagageiro. Nossas e de mais dúzias de jornalistas brasileiros. O motorista tirava uma mala, conferia o tíquete, tirava outra, tudo transcorria muito lentamente, como se fosse a cerimônia do chá. De repente, uma japonesa apontou para a sua mala e avisou:

– Coré, coré!

Deu certo.O motorista se virou, apanhou a mala dela e ela se foi embora. O Pedro Ernesto Denardin, esperto narrador da Rádio Gaúcha, concluiu:

– Ah, coré, quer dizer: aquela ali é a minha mala – e gritou para o motorista:

– Coré, coré!

Funcionou. O motorista olhou para o Pedro, voltou-se para o bagageiro e passou-lhe a mala. Foi como se um código tivesse se espalhado pelo ambiente. Todo mundo começou a berrar:

– Coré, coré! Coré, coré! Coré, coré!

Eu também pedia:

– Coré, coré!

Não havia quem não bradasse:

– Coré, coré! Coré, coréééééééé!

Rapaz, quase enlouquecemos o motorista japonês.

PEIXE

A comida japonesa é extremamente saudável, além de ser deliciosa. Como gosto de frutos do mar e de experiências culinárias, tenho seguido a dieta local. Resultado: emagreci quatro quilos, nas últimas semanas.

A maioria dos jornalistas brasileiros, porém, é intransigente gastronomicamente. Para fugir do peixe, do camarão, do arroz grudento, eles se homiziam nos sanduíches e nos hambúrgueres. O fotógrafo Mauro Vieira, então, não pode ver um McDonald's que já entra com o dedinho levantado, apontando: número 1. Daí, engordaram todos.

Quando voltar ao Brasil, vou continuar japonês.

A PATENTE JAPONESA

Os apartamentos do hotel de Kobe eram minúsculos. Coloquei minha bagagem no quarto e não cabia mais nada, quase tinha de dormir dentro da mala. Agora em Hamamatsu, em compensação, nos mudamos para um hotel principesco. Tem 45 andares, o nosso é o 39º. O elevador sobe tão rápido que fecha os ouvidos, a gente tem que ficar abrindo a boca e fazer mnnnmã! para destampar os tímpanos. Mas o melhor do hotel é o vaso sanitário, aquilo que o repórter Carlos Wagner, da *Zero Hora*, chama graciosamente de patente.

O Wagner tem essa mania. Toca o telefone na Redação, o Wagner atende, é para a Clarice. Se a Clarice não está, se foi ao banheiro, o Wagner diz à pessoa que a procura:

– A Clarice tá na patente.

O Wagner é assim, aprecia a exatidão das informações.

Pois a patente do nosso hotel de Hamamatsu é gloriosa, não há outro adjetivo para defini-la. Já tinha visto algumas do gênero em lojas de Kobe, mas nunca ao vivo, em funcionamento. Ela tem painel de controle! Possui meia dúzia de botões de comando e um manual de instruções. Num dos botões está desenhado um símbolo curioso. Pense no M do McDonald's. Agora vire-o para baixo. É como um dáblio, só que redondo. No meio desse W os japoneses pintaram uma linha tracejada. Para mim, óbvio: você senta no vaso, aperta aquele botão e um jato d'água espirra lá de baixo para lhe fazer a higiene pessoal.

Parece revolucionário, mas, a princípio, fiquei desconfiado. O jornalista deve ser cético, você sabe. Resolvi não me valer de imediato desse equipamento. Preferi esperar que outros colegas o utilizassem e colher mais dados com eles, para só então pesar os prós e os contras e tomar uma decisão. Apurei que o Sérgio Rangel, da *Folha de S. Paulo*, foi um dos pioneiros do uso do vaso japonês. Sua experiência, porém, não resultou das mais profícuas. Sem estar devidamente acomodado, acionou certo comando que disparou um chafariz de água quente direto na parede branca. O Rangel deu um grito, caiu para trás, assustou o sisudo coordenador da *Folha*, o Fábio Vítor, que bateu na porta do banheiro, reclamando:

– O que você fez agora, Rangel?

Além de ter perturbado seu exigente coordenador, o Rangel ficou ressabiado com a violência do jorro d'água. Desde então, é um adepto da ortodoxia sanitária.

Ontem, o Ewaldo Willerding, do *Diário Catarinense*, confessou ter empregado os comandos do vaso sanitário. Todos os comandos?, eu quis saber, cheio de esperanças.

– Todos.

Entusiasmei-me. Finalmente teria um depoimento confiável. Perguntei ao Ewaldo que tal. Ele fez um muxoxo, que o Ewaldo faz muxoxos. Disse que não queria falar no assunto. Insisti.

– Conta, meu!

Ele balançou a cabeça. Suspirou, decerto lembrando do ocorrido no recesso do seu banheiro. E proferiu uma frase sobre a qual ainda estou pensando:

– Aquilo não tem nada a ver comigo.

Vou ter que pesquisar mais para deliberar se uso ou não a patente japonesa.

O SAQUÊ DOS SÉCULOS

Os japoneses adoram beber. Depois de um dia árduo de trabalho, eles saem com seus paletós, suas gravatas, seus cabelos estranhos, e vão para os bares. Aí, se engolesmam de saquê. Bebem até a ebriedade absoluta, caminham pelas ruas cambaleando, desabando na calçada, vomitando na sarjeta. Beber com os amigos de trabalho é bem-visto, no Japão. O saquê é amado há séculos neste belo e exótico arquipélago. Séculos mesmo. Veja o que escreveu o poeta Tahito mais de trezentos anos atrás:

Aquilo que antigamente
Sete sábios procuravam

Não há dúvida, era o saquê.
Em vez de, com grave aspecto,
Solene falar em público,
Quão melhor beber o saquê
E, ébrio, gritar bem alto!
Já que a morte vem para todos
Cultivemos a alegria
Enquanto a magra não chega.
A própria joia que brilha
Não vale a levitação
Que o beber saquê nos dá.

Alta ansiedade

Roberto Alves, um dos mais famosos, senão o mais famoso colunista de Santa Catarina, tem pavor de altura. Sofre daquilo que o Mel Brooks sofria em *Alta ansiedade*, manja o filme *Alta ansiedade*?

Bem. Quase todos os jornalistas brasileiros estamos hospedados no 39º andar. Quando ele vai olhar pelos amplos janelões dos quartos do hotel, o faz de longe, espiando por cima do pequeno parapeito cheio de cautela, como se temesse que alguma fera vá lhe saltar sobre o pescoço, vinda do outro lado da vidraça.

Claro que nós resolvemos sacanear o Roberto. Eu, o Mauro e o Ewaldo o cercamos, dia desses, o pegamos por braços e pernas, começamos a carregá-lo para o janelão ameaçando atirá-lo lá para baixo.

Jesus!, deu um troço no homem. Primeiro, ele começou a gritar:

– Minha bursite! Minha bursite!

Não deu certo. Continuamos a carregá-lo. Ele apelou para o sentimentalismo:

– Tenho filhos pra criar! Tenho filhos pra criar!

Não nos comoveu. Seguimos em frente.

Enfim, não tendo mais argumentos conosco, o Roberto decidiu pedir ajuda aos japoneses do hotel. Mas como, se eles só falam japonês? Ali, na premência da situação, agarrado por pulsos e tornozelos, sendo levado inexoravelmente rumo ao precipício, ele resolveu o problema de um modo curioso, mas de alguma forma eficiente. Berrou, a plenos pulmões de radialista:

– JAPÃO! ! JAPÃÃÃÃOOOO!!!

Funcionou. Largamos o Roberto para poder rolar no carpete, de tanto rir.

Crônica da selvageria ocidental

Não sei se terei verbo em quantidade e potência suficiente para descrever os fatos que vou contar a seguir. Mas farei uma tentativa esforçada.

Trata-se da crônica da selvageria ocidental.

Para relatá-la, preciso explicar que estamos nos deslocando de trem, aqui no Japão. Trem-bala. Primeira classe. Um luxo.

O problema é que os trens não possuem bagageiro, como ônibus e aviões. As bagagens de mão até podem ser acondicionadas nos compartimentos acima dos bancos, mas, e as malas grandonas, pesadas, aquelas que são, realmente, umas malas? O jeito é empilhá-las, por conta do próprio passageiro, no fundo do vagão, entre uma combinação e outra.

Foi o que decidimos fazer.

Só que havia um segundo probleminha, esse um complicador: o trem fica na estação apenas dois improrrogáveis minutos japoneses. A única vez que o Shinkansen atrasou foi quando a Seleção Brasileira embarcou de Osaka para Kobe – atraso de dois minutos, um escândalo. Verdade, nós, da equipe da RBS, não temos tanta gente quanto a Seleção, somos doze. Mas cada um carrega lá suas malas, grandes, pequenas e médias, além do pesado equipamento de foto, de rádio, de TV. Como enfiar tudo isso dentro do trem em 120 segundos? Teríamos de ser rápidos, sim, teríamos de ser decididos.

Minutos antes de o trem-bala chegar, já estávamos reunidos diante do ponto em que o vagão pararia, concentrados, ansiosos como um puro-sangue no partidor. Claiton Selistre, o coordenador da equipe, distribuía orientações.

– Maurício e Júlio, vocês são os primeiros a entrar! Posicionem-se de modo a receber as bagagens, o Maurício a leste, o Júlio a oeste. Macedo, Benfica, Ewaldo e Mauro, atirem as bagagens para eles sem clemência! Não é hora para hesitações.

Essas coisas.

Então o trem veio chegando. Veio chegando...

Chegou.

A porta do vagão se abriu. E o Maurício Saraiva, incontinenti, se jogou para dentro do trem. Se jogou MESMO, um quarto-zagueiro de rúgbi.

Agora, imagine a visão dantesca que tiveram os passageiros que tentavam desembarcar: um ocidental de um metro e noventa de altura, boné, óculos espelhados e pochetinha, pula para cima deles sem clemência ou aviso-prévio. Medonho, sim, senhor. Com prudência oriental, eles correram para outros vagões. Mas um ficou. Um japonês que estava de cócoras, no fundo do espaço entre os vagões. Devia ter viajado o tempo todo ali, quietinho, decerto pagou a passagem mais barata, sei lá. Só sei que o japonês não esperava o que lhe aconteceu, não podia esperar. O Maurício saltou por cima das malas, espalhou japoneses, caiu sobre o japonês acocorado, que acocorado ficou, perplexo. O Maurício se levantou, mas foi atirado para algum outro lado do trem pelas malas que o pessoal arremessava. Sumiu, o Maurício. Nossa primeira baixa. O Júlio gritou, aflito:

– Maurício! Maurício!

O Maurício não respondeu. Enquanto isso, o Mauro já tinha pulado para dentro da combinação e berrava em português de Viamão para o japonês acocorado:

– Sai daí! Sai daí!

O japonês não saía, não falava, não se mexia, nem piscava. As malas continuavam sendo jogadas para o trem, caindo sobre o japonês, soterrando-o aos poucos.

– Sai daí! – gritava o Mauro.

– Maurício! – chamava o Júlio.

– Rápido, rápido! – ordenava o Claiton.

– Lastimável – comentava o professor.

Todos jogávamos malas para o vagão, não havia mais espaço, o tempo escorria, os japoneses assistiam a tudo atônitos.

– Não vai dar tempo! Não vai dar tempo! – avisava o Ewaldo.

– Maurício! Maurício! – chamava o Pedro Ernesto.

– Perdi minha credencial! Meu Deus, perdi minha credencial! – urrava o Mauro.

– Maurício!!! – clamava o Sok.

– Tirem esse japonês daqui! – pedia o Macedo.

– Cadê o Maurício? – perguntava o Benfica.

– Reprovável – ponderava o professor.

Os alto-falantes do trem apitavam o aviso de que ele já ia partir, quando as últimas malas foram atiradas para dentro do vagão, cobrindo completamente o japonês. O trem começou a andar. Sentamos nos nossos lugares, discorrendo sobre o sucesso da operação. Os japoneses das proximidades nos olhavam em silêncio horrorizado, certamente com saudade dos taifuns e dos tremores de terra. O Claiton veio lá de trás, cumprimentando um a um pela ação bem-sucedida. Parou no último de nós. Olhou para os lados. Perguntou:

– Alguém aí viu o Maurício?

A noite no Roppongi

Fomos ao Roppongi, o bairro da noite de Tóquio. Espantoso, como tudo nesta cidade. Os mais incomuns espécimes humanos deslizam sua bizarria pelas calçadas, transbordam das bocas dos bares, caminham sob as luzes dos néons que tanto agradam aos japoneses. Tinha até uns quatro ou cinco ocidentais vestidos de toga. Toga mesmo. Roma Antiga. E mais coroa de louros na cabeça, sandálias de couro nos pés, que côsa.

Você vai caminhando e, a cada três passos, sofre uma abordagem. Que pode ser de dois gêneros. Gênero 1: japonesa oferecendo massagem. Pequeninas, que as japonesas são pequeninas, elas se aproximam e perguntam sorrindo, num laivo de voz:

– Massaaj?

Um colega nosso do Rio, que desde a Coreia está em busca de sexo a soldo, foi assediado por uma dessas japonesas e, saltando sobre os obstáculos da língua feito um cabrito montês, parou para conversar com ela e descobrir se conseguiria uma "massagem especial". Mesclando inglês com espanhol e um pouco de português, isso tudo somado a um tanto de mímica, o repórter esforçou-se para se fazer entender. Ele queria "algo mais", du iu anderstend? E levantava as sobrancelhas, para ser mais explícito:

– Something more! Hein??

A japonesinha sorriu. Balançou a cabeça. Havia compreendido, estava claro que havia compreendido. Esboçou, então, o seguinte gesto: os dedos fechados, o indicador unido ao polegar, a mão como que segurando um objeto cilíndrico que era levado a uma boca de lábios em ó. O repórter bateu palminhas de felicidade. Já tinha ouvido dizer que a felação é o esporte nacional do Japão, sim, senhor. Seguiu a japonesa, contente como um escoteiro que deu o primeiro nó de marinheiro.

Era karaokê.

Segurar o microfone e cantar, esse é o verdadeiro esporte nacional do Japão.

Portanto, que fique claro: massagem é massagem MESMO. Elas cobram seis mil ienes, o equivalente a sessenta dólares, e lhe fazem uma autêntica massagem japonesa, de estalar as vértebras. Se você quiser cantar antes ou depois, aí é com você.

Mas existe o segundo gênero de abordagem no Roppongi. Que é o:

Gênero 2: negões porteiros garantindo que suas boates são as melhores do Oriente Longínquo e arredores. Para ninguém me acusar de discriminação, essas coisas, vou me referir aos negões como africanos de porte avantajado. Pois os japoneses, ao que parece, importaram centenas, quiçá milhares, de africanos de porte avantajado para que trabalhem como porteiros de suas boates. Em cada boate do

Roppongi, há um africano de porte avantajado. Se eles já são grandões para nós ocidentais, imagine para os japoneses, que são deste tamainho. Ou seja: os africanos de porte avantajado são um sucesso como porteiros, devem estar ganhando muitos ienes.

São eles que nos abordam, convidando-nos as suas boates. Há boates que cobram mil ienes por cerveja (a cerveja é caríssima, no Japão), há as que cobram quatro mil ienes pelo ingresso, liberando a bebida pelo resto da noite, há as que cobram por hora. Pedi para entrar em algumas dessas boates no estilo "sem compromisso", só para ver como é que era e contar para vocês.

Numa delas, mulheres ocidentais tiravam a roupa em cima das mesas. Normal, há cachos dessas nas ruas penumbrosas das cidades brasileiras. Noutra, conhecida como o lugar preferido das modelos (Tóquio é um fulgurante mercado de modelos profissionais), o som era mecânico, música americana ou britânica. Nada de novo, encontramos boates do mesmo padrão nas ruas feéricas das cidades brasileiras. Lá estava inclusive Edmundo, o Animal, acompanhado de uma morena que, obviamente, era uma das modelos que dá fama à casa. Numa terceira é que vi algo de fato assombroso: mulheres nuas que iam se vestindo à medida que a música tocava. Iam se vestindo, se vestindo, se vestindo, até ficarem completamente enroupadas. Strip-tease de trás para diante.

Tóquio é mesmo uma cidade surpreendente.

O HOTEL DOS PRÍNCIPES

Estamos no Prince Hotel, aqui em Yokohama. Não por acaso, onde está também a Seleção. Um hotel estranho. A portaria fica no 18º andar. É que o prédio foi construído no meio de um morro. No meio mesmo – os japoneses deram um talho no morro, tiraram-lhe um naco quadrado e ali levantaram o edifício. Quer dizer: o primeiro piso do hotel fica no alto, bem no alto. Para acessá-lo, o que os japoneses fizeram? Construíram um outro prédio, este uma espécie de apart-hotel. A gente sobe até o 18º andar do apart-hotel e anda em direção ao principesco saguão do Prince por uma ponte.

Difícil de entender, sei. Eu mesmo não entendo. Ainda me perco neste lugar. Outro dia, saí da portaria com a singela intenção de ir para o meu quarto e parei numa galeria com lojas de roupas. Subi uma escada rolante e dela desembarquei direto num restaurante finíssimo, todo mundo de gravata. As pessoas ficaram me olhando. Que é que aquele ocidental malbarbeado, de camiseta branca, jaqueta de couro e com uma credencial pendurada no pescoço queria ali? Pior é que custei a achar a escada rolante que me levasse para baixo. Tentei ser educado. Me despedi fazendo reverências com a cabeça e dizendo konichiwa, konichiwa, que é boa noite, em japonês. Depois de uns cinco minutos, deparei com os elevadores. Suspirei de alívio. Entrei. Mas o elevador só subia até o quinto, não ia para o meu andar, o 11º. Já estava com vontade de chamar um guarda e choramingar que tinha me perdido, quando encontrei o caminho. Que desespero, Cristo!

Deviam dar um mapa para a gente andar neste troço.

Glub

Mesmo por mímica a comunicação é complicada no Japão. Até os gestos deles são diferentes dos nossos. O gesto para "fechado" ou "proibido", por exemplo, é cruzar os braços em xis, na altura do antebraço, que nem o Ultraman fazia para disparar o raio laser dele, lembra?

Pois é. Sabe o sinal que fazemos com os dedos quando queremos fechar a conta num bar ou restaurante? Aqui não funciona. Você vai passar o dia fazendo isso para o garçom e ele no máximo pensará que você tomou saquê demais. Até porque aqui a conta não é paga na mesa. O garçom apenas a deposita enrolada num cilindro que fica num cantinho, ao lado do vaso de flores. Quando está satisfeito, o cliente levanta, caminha até o balcão e paga.

Quer ver como é uma arte se comunicar no Oriente Longínquo? Olha só o que aconteceu com os fotógrafos Sílvio Ávila e Mauro Vieira: eles estavam num restaurante e o Sílvio queria água. Chamou a atendente e pediu, caprichando na pronúncia britânica:

– Water.

Ela não entendeu. O Sílvio arriscou em português:

– Água.

Nada. O Sílvio levou a mão à garganta e fez:

– Glub, glub!

Ela começou a rir, nervosa. Ele então escreveu no guardanapo: "water", "água". Também não deu certo. Quanto mais ele pensava em água, com mais sede ficava. Como resolver o problema? Bem, todos os bares e restaurantes japoneses dão aos fregueses um paninho molhado, parecido com os lenços perfumados dos aviões. O Sílvio pegou um desses paninhos e torceu-o: dois minúsculos pingos d'água caíram no prato. Ele apontou para os pingos:

– Glub!!

A garçonete compreendeu, enfim, e com alívio: o ocidental baixinho não estava tendo um acesso em seu restaurante. Trouxe a água refrescante.

É preciso ter alguma engenhosidade, no Japão.

A TERRA TREMEU

Às 2h25 da madrugada de sábado, a terra tremeu em Yokohama. Um terremoto. Nada parecido com o Tokai, o fatídico terremoto de nove graus na escala Richter que os japoneses sabem que vai acontecer, o tremor que, predizem os geólogos, partirá o Monte Fuji ao meio e destruirá Tóquio. Nada tão horrendo. Mas foi um autêntico terremoto japonês.

Os jogadores da Seleção Brasileira estavam dormindo, nem perceberam. Alguns membros da comissão técnica se assustaram. Quem mais ficou com medo, por ironia, foi o coronel Castelo

Branco, chefe da segurança da delegação, homem que, por mister, tem de ser bravo.

O Sílvio Benfica, repórter da Rádio Gaúcha, mal acabara de se deitar. Sentiu que sua cama se mexia sem que nenhuma atividade houvesse sobre ou sob ela. Pensou: ou era seu colega de quarto, o Macedo, sacudindo a cama ou ele estava sendo possuído pelo demônio que tomou o corpo da Linda Blair em *O exorcista*. Optou pelo Macedo. Levantou a cabeça e perguntou:

– Qualé que é?

E o Macedo estava lá adiante, na escrivaninha, diante do computador. Ao que, ambos concluíram: foi terremoto mesmo!

Eu estava trabalhando, nessa hora. O Mauro dormia no quarto. Não notei nada. Ou será que confundi com o ronco do Mauro?

Pode ser. Só sei que fiquei frustrado. Perdi meu primeiro terremoto japonês.

Brasileiro, com orgulho

Terminado o jogo em Yokohama, voltei para o hotel de metrô.

De repente, numa estação intermediária, um baixinho embarcou. Era brasileiro, tinha cara de brasileiro. Estava acompanhado da mulher e da filha, estas sim, obviamente japonesas. Minutos mais tarde, fiquei sabendo que o baixinho vive e trabalha no Japão. Certamente exerce uma dessas funções não tão bem remuneradas que os japoneses não aceitam exercer, as roupas do baixinho eram quase andrajos, em seu rosto estavam cavados os vincos indisfarçáveis de quem trabalha muito e trabalha duro e sem grande compensação.

O baixinho, porém, entrou no vagão de queixo erguido, a imponência a luzir no olhar, o orgulho a se lhe derramar dos poros. Era um Napoleão coroado, um Getúlio Vargas voltando ao Catete nos braços do povo. Então o baixinho olhou para cada um no entorno. E sentenciou, como se fosse, ao mesmo tempo, uma explicação e um arrosto, repetindo o que certamente pensaram milhões de brasileiros como ele:

– Eu sou pentacampeão do mundo.

A redenção do baixinho que mora no Japão já fez valer todo o esforço dos jogadores da Seleção Brasileira.

O jogo terminou, e origamis em forma de pequenas aves foram lançados ao céu de Yokohama. Os origamis voaram como se fossem pássaros vivos, fizeram algumas acrobacias, volutas para um lado, para outro, e foram descendo, suavemente. Alguns aterrissaram nas arquibancadas, outros no histórico gramado onde o Brasil, minutos atrás, batera a Alemanha e se sagrara pentacampeão, e um terceiro grupo, esse menor, caiu no reservado de imprensa.

Quase ao mesmo tempo em que os origamis tocavam o solo, pressurosos voluntários japoneses os recolhiam para atirá-los ao lixo – os japoneses são assim, rápidos e eficientes. Fiquei olhando a sorrir para os passarinhos de papel que voaram para festejar a vitória do Brasil. Pensei que deveria recolher um, levá-lo ao Brasil para mostrar aos meus amigos, quem sabe até dar para algum leitor que o quisesse, mas no momento mesmo em que pensava isso outros jornalistas brasileiros se lançaram contra os bichinhos, catando-os do chão. Cheguei a ter vontade de ir lá, disputar um origami, mas vacilei, fiquei sem nenhum.

Talvez a decepção tenha se tornado óbvia no meu olhar, talvez eu tenha suspirado de resignação, não sei. Só sei que ainda fitava os passarinhos de papel no campo de jogo, quando percebi uma presença ao meu lado. Olhei. Era uma voluntária japonesa. Ela estava com o braço estendido na minha direção e, na palma da mão voltada para cima, havia um origami. Olhei em seus olhos. Ela sorria, me oferecendo o animalzinho de seda. Sorri de volta. Apanhei o origami. Agradeci:

– Arigato gozai-ma.

Ela fez uma reverência à moda japonesa e se foi, para continuar o trabalho.

SUÍÇA E ALEMANHA

Um mundo perfeito.

Não há lugar feio na Suíça. Nem os becos mais esconsos das grandes cidades, nem os desvãos onde eles guardam as latas de lixo, nada. Nem um único lugar feio.

Na Alemanha há poucos lugares feios. Lá, tudo funciona. Lá, a vida é como deveria ser.

Foi entre a Suíça e a Alemanha que eu e outras centenas de jornalistas vivemos em meados de 2006, na preparação e na disputa da Copa do Mundo.

Foram dois meses de viagem, que estendi para mais um ao final da competição. Muito o que contar, como se verá a seguir.

A Suíça verde-amarela

A Seleção Brasileira escolheu um pequeno paraíso alpino a fim de se preparar para a Copa de 2006. Weggis é um lugarejo de mais de mil anos de história, uma joia incrustada no sopé dos Alpes, charmosamente espalhada em volta do Lago Lucerna. Lá, o personagem mais célebre é o escritor americano Mark Twain.

Não é pouco. Afinal, já passaram por Weggis a Rainha Vitória, o chanceler Bismarck, o também escritor Émile Zola, o compositor Rachmaninoff e o rei Ludwig II, aquele que construiu o castelo que inspirou a Disney a conceber o castelo da Branca de Neve.

Mark Twain, porém, conquistou em definitivo os habitantes de Weggis por ter dito que esse é "o lugar mais encantador da Terra". A frase está inscrita em bronze num monumento em homenagem ao escritor norte-americano, erguido em frente a Monte Rigi, lugar onde Twain costumava se instalar.

Em maio de 2006, a celebridade de Twain foi ofuscada por algum tempo. Seu concorrente era um brasileiro, nascido em Porto Alegre, criado no Estádio Olímpico, negro, dentuço, que nunca deve ter escrito nada além de redações nota cinco no colégio. Seu nome, Ronaldinho Gaúcho. Difícil de ser pronunciado pelos suíços, mas ainda assim eles tentavam fazê-lo com dedicação europeia.

– "Ronaldinho" eles até falam, mas "Gaúcho" não conseguem de jeito nenhum. Começam a falar o gê e depois se enrolam, dizem gzsh... – contou Valdir Roque, executivo paulista que em maio estava hospedado com a mulher, Sônia, no Park Hotel de Weggis, lugar que "despejou" todos os hóspedes usuais e virou concentração exclusiva (e gratuita) da Seleção Brasileira.

Ronaldinho e o Brasil estavam por toda a parte em Weggis, com adesão entusiasmada dos quatro mil moradores do lugarejo. Bandeiras brasileiras espalhavam-se por toda parte: nas vitrines das lojas de suvenires e de chocolates, debaixo das janelas (sempre) enfeitadas com vasos de flores, nas paredes dos edifícios decoradas com enormes pinturas a óleo.

Os moradores cruzavam com algum brasileiro e, em vez do cumprimento alemão, "gruetzi!", algo equivalente a bom dia, boa tarde, boa noite, tudo junto, exclamavam, numa esforçada tentativa de português:

– Tuto pem?

Ou então:

– Bréssil!!!

Ou, claro:

– Ronaldinho Gzschzt...

Um jantar suíço

A vida na Suíça é como a vida tinha de ser. Aqui, tudo está pronto, tudo funciona. O trânsito é irritante, de tão civilizado. Nos limites da cidade, ninguém passa de sessenta por hora. Não precisa pardal, não precisa azulzinho. Quando o carro vai chegando perto de uma faixa de segurança, o motorista reduz. Os ciclistas são respeitados como se fossem freiras, e as crianças que andam de patinete usam capacete! Capacete para patinete!

Outra: sabe aquele truque de pisar na faixa de segurança? Funciona. O pedestre bota o pé na faixa e o carro para como se alguém tivesse apertado um botão. Mas não é só o trânsito; é tudo. As cidades são limpas como a consciência da Sandy, e o suíço, ao contrário de outros europeus superdesenvolvidos, é receptivo, gentil e hospitaleiro. Chega a dar uma tristeza de pensar no estado em que o Brasil se encontra.

Agora, claro, também existem alguns problemas, para dar graça à vida. Alguns irresolvíveis. Como o clima. No inverno, de dezembro a fevereiro, as cidades mais baixas são tomadas por um nevoeiro espesso que dura o dia inteiro, às vezes semanas, não raro meses. O suíço fica todo esse tempo sem ver a luz do sol. Maior depressão. Os mais abonados, que são muitos, dão um jeito mudando-se para as partes altas do país, que também são muitas. Lá de cima, com os ombros aquecidos pelo sol, os prósperos suíços olham para baixo e veem as cidades cobertas pela neblina; olham para cima e veem o céu azul e aberto feito a esperança. Uma beleza de arrancar suspiros até dos corações empedernidos.

Já os que não têm dinheiro para se transferir para as montanhas precisam suportar o clima à base de muito fondue e chocolate. Ou, se não preferirem esta opção, se suicidando. Acontecem muitos suicídios na Suíça, o que, se não é considerado um ato corriqueiro como no Japão, não é trágico como no Brasil.

Outra questãozinha que incomoda os suíços: o preço da mão de obra para trabalhos domésticos. Uma faxineira cobra 25 francos a hora. Uns cinquenta reais. Se ela fica oito horas trabalhando numa casa, limpando atrás da geladeira, como a minha mãe gosta, ganha quatrocentos reais num único dia. Doze mil por mês! O que obriga as donas de casa suíças a serem donas de casa mesmo. Elas é que se esfalfam na faxina, lavam a louça, o banheiro, varrem o chão bem direitinho.

Jantei na casa de um famoso arquiteto de Lucerna, o Remo. A mulher dele, uma psicóloga gaúcha chamada Cristina Casagrande, contou que só convoca a faxineira duas vezes por mês. E ainda assim não mais do que duas horas por dia, para a sujeira renitente. O resto é tudo com a própria Cristina.

Mas jantando na casa deles, concluí que isso de os suíços terem de fazer eles mesmos o trabalho "do lar" pode ser compensador. A Cristina preparou um jantar supimpa, regado a denso e capitoso vinho italiano. Eu, o repórter Serginho Boaz, da Rádio Gaúcha, e o fotógrafo André Feltes, do *Diário Gaúcho*, não parávamos de fazer ooh, a cada prato que ela nos colocava na frente. A sobremesa ela preparou diante dos nossos olhos assombrados, numa espiriteira. Isso tudo tendo uma vista de Lucerna de tirar o fôlego. A casa deles fica no alto da montanha. De lá, pode-se divisar Lucerna quase que inteira, e a cidade é belíssima, uma das mais lindas da Europa, talvez só perca para Paris, que não há nada como Paris. O rio Reuss corta o centro de Lucerna. Sobre ele, foi construída, no século XIV, a ponte Chapelbridge. Ou, em alemão, Kapellbrücke, como preferir. É a ponte mais antiga da Europa, de madeira.

Numa noite dessas, eu, o Serginho e o Feltes a atravessamos. Do outro lado, encontramos um lugar... bem, um lugar estranho.

Aconteceu o seguinte: tínhamos trabalhado até a meia-noite e, no local onde estávamos hospedados, não havia nada para comer. Tomamos um táxi até o centro de Lucerna e demos o endereço de um pub que, segundo nos informaram, estaria aberto. Quando chegamos, o pub fechou. Com mil barras de chocolate suíço, estávamos famintos! Foi o que dissemos para o proprietário, mas ele nos mandou atravessar a ponte para procurar o pub Flora. Lá fomos nós.

Achamos o Flora, um pub penumbroso, incrustado no canto de um prédio ainda mais penumbroso. Já na entrada, deparamos com um canadense careca dançando sozinho. O cara se requebrava todo e rebolava até o chão. Numa mesa ao lado, um outro careca e duas mulheres o observavam, sorrindo. Uma das mulheres tinha o nariz igualzinho ao do Marco Antônio Pereira. A outra, em compensação, tinha o corpo igualzinho ao do Marco Antônio Pereira.

Sentamos na mesa situada atrás de uma estátua do demônio do tamanho de um zagueiro do Guarany, de Bagé. Ao nosso lado havia uma mesa com três sérvios, duas mulheres e um rapaz que me pareceu, sei lá, transviado, como diria o Renato Barros, que é um cara antigo. Uma das mulheres bebia e ria sentada no colo do rapaz. A outra também. Veio nos atender um garçom careca, todo mundo era careca naquele bar, até o Feltes. O garçom era do tamanho da estátua do diabo. Falou alguma coisa em alemão. Não sei se ele estava nos xingando ou perguntando o que queríamos. Por segurança, respondemos que queríamos comer algo. Ele nos deu as costas e foi para trás do balcão. Voltou com três cervejas. E para comer? Eat? Comida? Food?

– No food! – respondeu ele.

Não tinha comida? Nada?

– No food! – e depois, em alemão: – Wolfrembaerbtiztchergausgan!

Ou coisa parecida.

Bebemos as cervejas. Foi quando entrou um sujeito de vestido. Não era um travesti tipo esses que ficam nas esquinas da Avenida

Farrapos de calcinha e bota branca. Era um sujeito de vestido, apenas. Vestido, bolsa, sapato de salto alto, o camarada simplesmente deve ter decidido sair vestido de mulher. Ele estacionou no balcão, suspirou e pediu algo para beber. Ficou lá, bebendo, sozinho, meio deprimido. Terminamos nossas cervejas e nos preparamos para sair. Aí o garçom botou mais três diante de nós e em seguida disse:

– Hockeprotesrdamnestewingest!

Ou coisa parecida.

Ficamos nos olhando. Ele apontou para a cerveja. Bebemos. Melhor obedecer.

Suíços selvagens

A média de idade dos moradores de Weggis deve ser uns 75 anos. De manhã bem cedo eles já estão na rua, passeando com seus casaquinhos e guarda-chuvas, como as mães deles devem ter recomendado. A maioria do comércio abre às sete e meia da manhã. Ao meio-dia, porém, muitos fecham as portas para o almoço. Nos dias normais, os restaurantes só atendem até as onze da noite e inclusive os funcionários dos hotéis vão dormir antes da meia-noite. Um tédio.

Mas com a chegada da Seleção à cidade, alguns estabelecimentos resolveram fazer o que estão chamando de "Braziltimes". Caso do bar de um dos trinta hotéis do lugar, o Albana, que segue atendendo até as duas e meia da manhã. Talvez não tenha sido uma boa ideia.

Na noite de quinta-feira, o bar lotou de brasileiros e suíços e sabe-se lá mais quem. Formaram-se filas na porta. De repente, uma briga estourou. Felizmente, para a combalida honra nacional, entre dois suíços. Os dois insultaram-se em alemão, o que torna o insulto muito mais grave. Trocaram socos, uma mesa virou, garrafas quebraram. Os seguranças entraram correndo, apartaram, colocaram os brigões para fora.

Um minuto depois, outro suíço começou a discutir com o porteiro do hotel. Um porteiro que podia jogar na zaga da Suíça, o cara tem uns dois metros de altura, jamais perderia na bola aérea. O suíço xingou o porteiro, xingou, xingou, até que o porteiro perdeu a paciência. Rosnou algo em calão-alemão e partiu para cima do suíço. Que, prudentemente, correu. Rápido aquele suíço.

Os brasileiros que observavam a cena num canto fizeram tsc, tsc e comentaram:

– Selvagens, esses suíços.

Hain?

Precisava achar uma lavanderia. Entrei numa espécie de shopping pequeninho. Aí vi umas máquinas de lavar dentro de um salão de beleza. Será que na Suíça os salões de beleza também funcionam como lavanderias? Sabe-se lá. Entrei. Duas mulheres cortavam o cabelo. Ou pintavam. Ou talvez penteassem, não entendo lhufas de salões de beleza. Perguntei se aquilo era uma lavanderia ou se tinha alguma lavanderia por perto. Elas ficaram se olhando. Hain?

Percebi que ninguém falava inglês no lugar. Então um homem surgiu em meu socorro, do fundo do salão. Perguntou em alemão pela lavanderia. Uma das freguesas começou a explicar:

– Spraetzelkassllerlutzembergerchucrutz!

E fazia gestos com ambas as mãos e continuava:

– Wolfrembaersvierwaldstätterseeknifevalley!

E não parava mais:

– Rosemberwagenerhoffschnitzlerheinskarl!

Eu já estava de olhos arregalados, quase desistindo, mas ela seguia em frente:

– Johamhansfriztzwalterkrisestensenblerghtz!

Parou, enfim. O tradutor olhou para mim, eu de boca aberta. Ele disse:

–Tem uma na esquina.

Fascinante, essa língua alemã.

Amor sem fronteiras

Os suíços preferem as nordestinas. Andar pelas ruas de Weggis é como dobrar uma esquina de Feira de Santana, ou vagar por Juazeiro, ou por Petrolina. Jamais vi tantas nordestinas fora do Nordeste. São baianas, paraibanas, potiguares, pernambucanas, cearenses, todas com aquele jeito amolentado de falar, de estatura baixa, retacas algumas, cabelos negros, às vezes alisados pelo poder da química, vestidas com insinuantes roupas amarelas, camisas 10 do Ronaldinho amarradas sob os seios, jeans justíssimos ou shorts sumários. Vi pelo menos meia dúzia com cocares de índios, elas próprias meio índias, meio negras, cafuzas ou mamelucas, sei lá. São mulheres sorridentes, de pele escura, umas negras retintas, a maioria amulatada. Capturam os suíços já nos aeroportos do Brasil, quando eles vão passar as férias no litoral recortado do Nordeste, namoram com eles, são carinhosas, fogosas, alegres, fazem filhos com eles, encontro dezenas desses menininhos e menininhas pelas ruas de Weggis, a pele café com leite, quase sempre com bastante leite, os cabelos encaracolados, os olhos claros. É uma nova raça que surge na Suíça.

Há mais além das, digamos, moças de família. Porque a Seleção, como um exército em marcha, atraiu lebres em busca de francos fáceis. E também elas são nordestinas, sambam despudoradas pela rua, encantam os suíços. Os suíços parecem não ter preconceito em relação a mulheres. São, talvez, como os portugueses que emprenhavam as escravas africanas ou como os piratas ingleses que se amasiavam com as morenas ondulantes da Indonésia. As suíças são loiras, muito brancas, os olhos de um azul acinzentado, belas mulheres, o tipo físico consagrado nas passarelas. Mas os suíços preferem nossas nordestinas escuras e pequenas.

Conheci uma paulista que fez o trajeto dessas nordestinas, ela própria com o tipo físico de uma nordestina. Encontrou seu atual marido suíço num aeroporto do Nordeste. Casou com ele, mudou-se para a Suíça, vive num castelo próximo a Weggis. Ao casar-se, ela assinou um contrato com o marido: o patrimônio dele vai passando para ela à medida que o relacionamento avança.

Nossa conterrânea já tem uma poupança considerável: o casamento entrou no oitavo ano. Outra cláusula do contrato estabelece férias conjugais de uma semana por ano, para ambos. A semana caiu agora. Ele foi pedalar nos Alpes; ela veio para Weggis, divertir-se com a brasileirada.

Conta a moça que eles dormem em quartos separados e que, na casa nababesca em que vivem, cada um dispõe de sua estrutura própria, TV, DVD, som, tudo para que mantenham a privacidade.

– Na Suíça é assim – diz ela. – No Brasil, acham meu casamento muito largado, mas não é nada disso. Eu amo o meu marido.

Bonito o amor.

A vida suíça

Estamos na Basileia. Agora vou dar uma ideia do que é exatamente este lugar. No século XVI, Erasmo de Roterdã, um dos gênios da Europa pós-Idade Média, veio para cá, mais especificamente para Froben. Leia o que ele escreveu a respeito:

> Pareço estar vivendo em algum santuário encantador das Musas, onde uma multidão de pessoas eruditas aparece com toda a naturalidade. Ninguém ignora o latim nem o grego; a maioria das pessoas conhece o hebraico. Esta se destaca pelo estudo da História, aquela outra é profundamente versada em Teologia, uma é perita em Matemática, outra é estudiosa da Antiguidade, outra é sábia em leis. Positivamente, até agora nunca tive a boa sorte de viver numa sociedade tão aprimorada. Que sinceridade impera entre todos, que alegria, que concórdia!

Que tal?

CREME

Os chocolates suíços, Deus seja louvado!, eles merecem a fama que têm. Alguns deles, oh, ele se derretem na língua como as mulheres finalmente seduzidas, eles se derramam pela boca e espalham seu sabor delicado, sua textura cremosa, seu aroma suave e, ao mesmo tempo, insinuante como o olhar verde-água da mulher amada. Só pelos chocolates suíços já vale a pena conhecer a Suíça.

Mas queijo com buraco ainda não encontrei.

POLÍTICA

Os prefeitos das cidades da Suíça não são remunerados. Ou a maioria deles não é. Têm suas despesas cobertas e tal, mas, salário, não mesmo. O prefeito de uma cidadezinha como Weggis, por exemplo, pode ser um encanador, um dono de loja que, um dia lá, eles decidem que vai ter esse encargo.

O sistema político da Suíça é único – sete ministros comandam o país. A cada ano, um deles é escolhido para o cargo de presidente, ou primeiro-ministro, algo assim. Depois que ele sai, suas obras não são interrompidas pelo seu sucessor, até porque ele continua no governo.

Tudo muito civilizado. Muito suíço.

Como são os dias em Weggis

1º dia – Abri o janelão do meu quarto, respirei fundo e disse para mim mesmo:

"Aaah, que coisa mais linda os picos eternamente nevados dos Alpes, as casinhas de telhado pontudo tão formosas quanto casinhas de bonecas, os vasos de flores coloridas nas janelas, as vacas gordas que dão o leite pastoso para os chocolates, os patos atravessando educadamente na faixa para pedestres, tudo tão belo e limpo..."

2º dia – Abri a janela, olhei e murmurei:

"Bonito isso tudo, os picos eternamente nevados, as casinhas, os vasos de flores coloridas, as vacas opulentas, os patos atravessando na faixa amarela, bonito..."

3º dia – "Olhaí os picos eternamente nevados, as casinhas, os vasos de flores coloridas, as vacas, os patos."

4º dia – "Picoseternamentenevadoscasinhasvacasvasosdeflorespatos!"

5º dia– "Mas que nojo! Malditos picos nevados, casinhas, flores, vacas e principalmente esses patos! Odeio esses patos!"

Um trem para a Suíça

Não existe lugar feio na Suíça. Bom, talvez haja algum banheiro público infecto, algum terreno baldio com grama alta ou, como a minha vó dizia, com inço, mas nunca uma Avenida Assis Brasil com sua arquitetura afoita, por exemplo. Isso não, nada aqui é por acaso. E não só na pequena e adornada Weggis.

Sábado, atravessamos o país. Saímos de Weggis para Lucerna, e em Lucerna tomamos um trem até Genebra. Tenho uma consideração a fazer a respeito dos horários dos trens europeus. Aquela história de 18h37, 22h43. Puro exibicionismo. Primeiro, não é bem assim. Já peguei trem atrasado na Europa. Até na Alemanha, onde eles são... germânicos. Não um atrasão tipo dos que as mulheres de todo o mundo impõem aos seus maridos, nada de grave. O trem estava marcado lá para as 11h19, chegou às 11h21, por aí. Tudo bem, ninguém reclamou, mas, se não é para chegar às 11h19, não bota 11h19! Bota 11h20.

Por que eles botam? Hm?

Exibidos. Querem dizer: aqui é assim, nossa pontualidade é centesimal. Mesma coisa o nosso trem. Podiam botar 20 horas, um horário redondo. Não, estava marcado para as 19h55. E, bem, saiu às 19h55min.

A melhor viagem é a de trem. O único problema é o espaço para bagagem. Ainda mais com um grupo como o nosso, com lentes de fotógrafo e laptops e equipamento de rádio. Na confusão para acomodar a malaria num canto, plof, caiu um pote de vidro no chão. O professor Ruy Carlos Ostermann, comentarista da Rádio Gaúcha, gritou:

– Meu pepino!

De alguma forma, o professor descobriu que os pepinos em conserva weggianos são ótimos, e comprou um vidro para acompanhá-lo até Genebra. Mas o vidro não quebrou com a queda, os pepinos se salvaram, o professor ficou contente.

Embarcamos. Que diferença, do trem para o avião! No avião, cruzcredo, a gente viaja sem poder desgrudar os cotovelos do corpo. Suspeito que as companhias aéreas tentam punir quem não anda de classe executiva. Você não tem dinheiro para pagar o dobro do preço da classe econômica? Prepare-se, você vai viajar amontoado, um sujeito colado no seu ombro esquerdo, outro no direito, gente atrás e na frente, gente por todo lado, espirrando, respirando, fungando, emitindo gases. Pense em 150 pessoas confinadas numa caixa de metal, emitindo eflúvios durante doze horas. Isso é uma viagem na classe econômica.

E eles ainda maltratam o passageiro. As aeromoças não são mais aquelas beldades dos filmes do Tony Curtis. Agora elas parecem síndicas de edifício. E, quando você pensa em se levantar um pouco, dar uma espreguiçada, lá vêm elas com aquele carrinho, trancando tudo, dizendo esquiusime e tentando atropelá-lo.

No trem, não. No trem, há respeito. Respeito, entende? É só o que peço. Respeito.

Pois lá estávamos nós, eu, o professor, o fotógrafo André Feltes e o repórter Serginho Boaz, no trem rumo a Genebra, olhando a paisagem suíça passando pelos janelões. Que lindo. Alguém tem que me explicar como é que é tudo tão limpo na Suíça. Tanto, que até os brasileiros selvagens ficam envergonhados de atirar uma bagana de cigarro no chão.

Beleza. Só que não tinha restaurante no nosso trem. E estávamos com fome, não deu tempo de fazer uma boquinha antes de sair. Que podíamos fazer? Fome, fome... Olhamos para o professor, ele viajava de pernas cruzadas e sobrancelhas levantadas, tecendo comentários acerca da qualidade do vinho suíço. Olhando para ele, tivemos todos a mesma ideia.

O pepino!

O professor não ensaiou reação. Assistiu ao devoramento de seus pepinos conformado e até participou do festim. Não com a mesma fúria que nós, verdade, nós bárbaros famélicos, enfiando os dedos na conserva, mastigando aflitiva, porém alegremente. Uma delícia, esses pepinos weggianos. O professor entende de pepinos.

Nosso trem ia avançando e o país ia se latinizando. Chegamos a Genebra e encontramos uma pequena Paris. Os prédios têm jeito de prédios franceses, com águas-furtadas nos telhados e edifícios de sete andares. As pessoas falam francês, a língua de Genebra é o francês, um alívio para tímpanos latinos que passaram duas semanas vibrando ao som áspero do alemão.

Alguns brasileiros estão maravilhados. O Cosme Rímoli, do JT, disse que moraria aqui. Desde que bem acompanhado. Isso que Genebra tem só uns duzentos mil habitantes. Pequena, para os padrões brasileiros, mas nada provinciana. A cidade é febril de vida e de orgulho. Aqui está a ONU, por exemplo. Importante, embora a sede da ONU tenha me decepcionado um pouco – o prédio do Colégio Piratini, onde estudei o segundo grau, é mais imponente do que o da ONU.

Enfim, isso pouco interessa. Interessa é que a cidade é bela, que o Rio Rhône, pelas margens do qual passeamos ontem, é cristalino como as piscinas do Clube União e que por aqui provavelmente encontraremos pepinos tão bons quanto os de Weggis. Não podemos ir para a Alemanha sem pepinos como aqueles.

Na Alemanha: o castelo de Königstein

Conta-se em Königstein que foi um soldado francês, que tinha o pouco saudável hábito de fumar, o responsável pela destruição do castelo que é o orgulho da cidade. O castelo servia de arsenal, e o soldado, que, além de fumante, era um incauto, largou uma bagana acesa sobre um barril de pólvora. As vetustas paredes do século XIII foram pelos ares.

Hoje, quase quatrocentos anos depois daquela guerra, Königstein explodiu outra vez. Por causa da Seleção. Königstein é uma tranquila estância termal habitada por dezoito mil almas pacatas, conhecida principalmente por suas trilhas para ciclismo e por ser o local onde vivem os homens mais ricos da Europa.

Em Königstein, Herr Ackermann, presidente do Deutsch Bank, dorme todas as noites numa casa de seis milhões de euros. Pode-se ver a mansão dos Rothschilds, família de banqueiros suspeita de ter sido uma das financiadoras de Hitler.

Mas, na Copa de 2006, os bilionários da cidade caíram no esquecimento. Na Copa de 2006, a Seleção Brasileira instalou-se em Königstein, no Hotel Kempinski, um prédio que o kaiser Guilherme II mandou construir em 1909, cinco anos antes da Primeira Guerra Mundial. A cidade desvairou. Até porque era feriado – milhares de pessoas que vivem na região foram tentar ver os jogadores do Brasil.

Na estrada que sai de Frankfurt, um inédito engarrafamento de sete quilômetros irritou os motoristas alemães. Eles desistiam de ir a Königstein e retornavam pela outra mão da rodovia.

As estreitas ruas medievais da cidadezinha se encheram de gente. O hotel e o campo de treinos da Seleção foram cercados por barreiras. A Taunusschule, escola que fica ao lado do gramado, antecipou as provas orais marcadas para junho e deu folga aos alunos para que eles pudessem assistir aos treinamentos.

Nas ruínas do castelo famoso, a Nike organizou uma das finais do seu torneio, o "Joga Bonito". Correu pela cidade o boato de que Ronaldo poderia prestigiar a promoção. Centenas de alemães vestidos com a camisa da Seleção subiram a colina, entraram pelo túnel do castelo, lotaram o lugar para conferir se o melhor centroavante do mundo ia aparecer.

Sorte dos meninos participantes do torneio, que jogaram para grande público. Sorte dos comerciantes de salsichas e chope, que sorriem com as filas de fregueses diante de suas barraquinhas espalhadas pela cidade. E é só começo. É só o primeiro dia da Seleção.

A vida alemã

Na Alemanha o truque da faixa de pedestres também funciona. É só botar o pé na faixa que o motorista para, obediente como um marido domado. No suprassumo da civilização, o pedestre é o rei, é o suserano, o Ronaldinho, o Brad Pitt. Um brasileiro desgarrado, há anos vivendo na Alemanha, contou uma história ocorrida com ele em seus primeiros dias no Velho Mundo. Ele estava apressado para encontrar a namorada, comprou um buquê de flores para ela e estugou o passo. Tinha de atravessar uma rua, mas a faixa de segurança estava lá adiante. Como qualquer brasileiro, nosso amigo cruzou a rua naquele ponto. Um carro que vinha pela via parou. O motorista colocou a cabeça para fora da janela e disse, em alemão:

– Belas flores.

O brasileiro, encantado:

– Obrigado!

O motorista, sardônico:

– São para o seu enterro?

CUSTO ZERO

Tanto na Suíça quanto na Alemanha, a maioria das escolas de primeiro e segundo graus são gratuitas. Escolas de qualidade superior, equipadas, limpas, com ginásios, campos de futebol e professores bem pagos. De graça. Ninguém paga nada. Nichts.

Na Alemanha, o ensino é OBRIGATÓRIO. Todos os cidadãos são OBRIGADOS a ir à escola por pelo menos doze anos. O adolescente que, depois de nove anos de escola, não quiser mais frequentá-la, TEM que fazer um curso profissionalizante.

Por que será que a Alemanha é tão desenvolvida?

NO JARDIM

Os jardins da casa de seis milhões de euros de Wolfgan Ackermann, o presidente do Deutsche Bank, não são quaisquer jardins. São tratados com carinho de mãe. Três vezes por ano, os jardineiros replantam todas as flores, para que Herr Ackermann nunca fique entediado ao fazer seus passeios matinais em sua mansão de Königstein.

BANHO É BOM

Tomamos um táxi para ir ao treino em Offenbach. Entramos no carro e, Cristo!, pensei que ia ter um xiribitz. O motorista não devia tomar banho há pelo menos uma semana. Cada vez que ele levantava o braço para engatar a terceira, oooh, um miasma nauseabundo empesteava o ar e nos mareava. Abrimos todas as janelas, mas ainda assim foram os 22 quilômetros mais angustiantes da minha vida.

Os alemães já tomaram mais banhos. E já tomaram menos, também. No tempo dos castelos, como esses tantos que circundam Königstein, cada alemão só tinha uma peça de roupa. Às vezes, mais uma domingueira, quando muito. Calcinhas e cuecas ainda não haviam sido inventadas. Era a roupa sobre o corpo nu, só. Então, era preciso lavar-se muito mais, o que eles faziam quase que diariamente.

Nos castelos, os nobres tomavam banho na cozinha, uma peça fechada onde estava instalado o fogão, iluminada por uma candeia de sebo animal de fabricação caseira. A família e os agregados tiravam toda a roupa e se reuniam em volta de grandes pedras que eram aquecidas até ficarem em brasa. Criados traziam grandes barricas com água, que derramavam nas pedras incandescentes. O vapor resultante lavava uma dúzia de pessoas ao mesmo tempo. Muito prático.

Mais tarde, lá pelos séculos XVII e XVIII, os alemães tinham mais roupas e as trocavam com mais frequência, o que ajudava a disfarçar o cheiro. Logo, os banhos foram preteridos. Hoje eles são mais limpinhos. Se você pegar o táxi certo, claro.

COM AS MÃOS

Nos tempos sombrios dos antigos germanos, os homens tinham o desagradável hábito de atirar ossos nas cabeças uns dos outros, depois de roê-los nas refeições. Com a influência civilizatória dos romanos, os alemães foram se refinando. Mas, há oito séculos, continuavam comendo com as mãos, mesmo os duques, mesmo as princesas mais diáfanas. Comidas pastosas, como a lentilha, molhavam-nas no pão. Talheres tais quais os que conhecemos hoje ainda não haviam sido inventados. No máximo, os germanos medievos utilizavam um garfo de dois dentes para fisgar pedaços de carne do prato que lhes apresentava a dona da casa. Essa era a única participação das mulheres nessas refeições – elas não se sentavam junto com os homens.

Um jantar alemão do século XII durava às vezes mais de cinco horas. E tinha regras: era falta de educação comer o pão antes que o prato principal fosse servido, e uma gafe terrível, digna de reprimenda da Glória Kalil da época.

GOETHE, O QUE PROFERIA

Duas pílulas de Goethe, o maior dos escritores alemães: a primeira Goethe a proferiu, que Goethe não dizia, proferia, pois ele a proferiu no início do século XIX, quando a Europa vivia a conflagração das Guerras Napoleônicas. É uma frase desesperançada que, tendo sido dita há tanto tempo, acaba por nos trazer esperança:

"Agradeço a Deus por não ser jovem em um mundo tão inteiramente liquidado."

Como se vê, o mundo foi em frente, apesar do desespero de Goethe. A outra frase é uma homenagem aos amigos arquitetos. Na verdade, duas frases. Ó:

"A arquitetura é música congelada. A simetria é ritmo parado."

NAIM, NAIM!

Naim, naim!

Os porteiros alemães, alguém diz para eles: "Aqui ninguém pode entrar". E ninguém entra. No Estádio de Offenbach havia um acesso exclusivo para a imprensa, como em todos os estádios. Mas havia também uma área comum, com uns trailers vendendo aquelas salsichas do tamanho de cassetetes da Brigada. Fui entrar ali para comer uma salsichona e o porteiro:

– Naim!

E me apontou a entrada para a imprensa, uns cem metros adiante. Tentei explicar que, se eu tinha acesso privilegiado, também poderia passar por ali, por onde todos passavam, e que, se entrasse pelo portão da imprensa, também acessaria aquele local, só que teria de dar toda a volta e blá-blá-blá. O porteiro:

– Naim!

Com mil hamschnitzels com batatas a vapor besuntadas na manteiga, tive que dar toda a volta. Se os porteiros alemães são treinados para não deixar passar, eles não deixam passar.

OS BACHS

A família Bach era uma família de músicos.

Entre 1550 e 1850, durante trezentos anos, portanto, os Bachs geraram quatrocentos músicos, sessenta deles ocupando postos importantes.

A história dessa família dá bem a medida da importância da música para a Alemanha. Isso a chamada música culta, porque, nas rádios, é como no Brasil, ou na Colômbia, ou na Coreia, ou na França: a música americana faz com que a gente se sinta em casa em qualquer lugar do mundo.

Nos estádios, então, não há espaço para nenhum outro tipo de música que não a cantada em inglês. E roquenrol! A única exceção até agora aconteceu depois da vitória do Brasil sobre a Austrália: os jogadores saíram de campo ao som da *Aquarela do Brasil.*

UND SALAT

Há um restaurantezinho bem perto do nosso hotel, um lugar em que os königstanianos típicos vão. A gente entra lá e só tem alemão, sempre a mesma turma, uns senhores que bebem chope em volta do balcão. Chama-se Scheep Stubb, o restaurante, e é cuidado pelo dono, como quase todos os estabelecimentos de comércio por aqui.

Ontem, sentei-me, peguei o cardápio e vi o nome daquele prato escrito: Rumpsteak mit zwieben oder kräuterbutter gebackenen kartoffeln und salat.

Uau! Uma comida com nome tão imponente devia ser supimpa. E nem estava tão cara, dezesseis euros. Resolvi pedir isso. Só que não apontei no cardápio, como faria um maldito monoglota. Pedi em alemão, bem alto:

– For me: tumpsteak mit zwieben oder kräuterbutter gebackenen kartoffeln und salat!

Os alemães do lugar desataram a rir. O dono do restaurante riu também. Mas me trouxe o pedido direitinho: um saboroso porém trivial bife com fritas.

Und salat, claro.

OS BÁRBAROS DO OESTE

Fomos para o oeste da Alemanha. Uma terra de bárbaros. Dez séculos antes de Cristo nascer no Oriente Médio, Dortmund já era habitada por seres humanos, e seres humanos ferozes. Aqui viviam os germanos do oeste, uma raça que o imperador romano Marco Aurélio chamou de "os bárbaros mais bárbaros".

Durante uma batalha contra esses germanos do oeste, Marco Aurélio teve uma ideia que julgou genial. Pois Marco Aurélio, "o imperador filósofo", reuniu leões capturados na África e lançou-os contra o bando acampado na outra margem de um rio caudaloso. Os leões atravessaram o rio a nado, chegaram à terra cansados e foram mortos a pauladas.

Os germanos acharam muito curiosos aqueles animais desconhecidos e, mais tarde, em suas crônicas orais, contaram que abateram os "cães amarelos" dos romanos. Não é mesmo à toa que essa região é tão poderosa – os caras estão acostumados a matar leões.

ZUM DIRFCH!!!

Assim que cheguei ao Zum Dirfch, perguntei, aflito:

– Tem lavanderia?

Não tinha. Ah, Zum Dirfch é o nome do nosso hotel em Königstein, um nome muito sonoro, suponho que em alemão queira dizer "caia fora, seu verme imundo, rastejante, figura ignóbil e abjeta e fedentina"! Tem de ser isso. Gostaria de dizer para alguém que estivesse me incomodando:

– Zum Dirfch daqui!

Mas a lavanderia. Tentei achar uma em Weggis, os weggianos se confundiam, achavam que tinha lavanderia ali, acolá, não tinha em lugar algum. E em Königstein? Nichts de lavanderia.

Coloquei as mãos na cabeça, pensei nas minhas roupas todas socadas e sujas na mala e exclamei, em bom alemão:

– Wolfrembaer!!!

A dona do hotel riu. Aí comecei uma conversinha com ela, uma conversinha meio complicada, parte em inglês, parte em mímica, quase nada em alemão, um chalalazinho e tal, e deu certo. Ela concordou em lavar três camisetas minhas. Lavou-as com suas próprias mãozinhas alemãs, no amor, sem cobrar um euro. Horas depois, entregou-me as roupas passadinhas, dobradinhas, cheirosinhas, com um sorriso de mãe.

– Mil dangchens! – exclamei.

No dia seguinte, descobri uma lavanderia. Achei que em Königstein também não havia lavanderia, mas há, e uma bem boa, apesar de bem cara. Bom, eu tinha mais umas quantas roupas para lavar. Só que pensei: puxa, se a dona do hotel me vê levando roupa para a lavanderia, vai se sentir meio que traída. Ela vai dizer: "Se esse cara ia levar as roupas dele na lavanderia, por que me pediu para lavá-las?" Não queria magoar os sentimentos dela, tão gentil que foi. Então, saí meio escondido, com minhas roupas dentro de uma mochila. O problema é que, quando fui buscá-las, já dobradas e tudo, o volume aumentou. Não cabia mais na mochila. E a dona do hotel me viu entrando com as roupas lavadas nas mãos! Me pegou!

Quando nossos olhares se cruzaram, percebi que a decepção ensombreceu o alvo rosto dela. Engoli em seco. Queria explicar algo, queria me desculpar, mas era tarde: ela sumiu atrás do balcão e até julguei ouvir um soluço em alemão, tipo:

– Icht!

Subi para o meu quarto, cabisbaixo. Já ia fechando a porta quando ouvi a voz do repórter Mário Marcos, da *Zero Hora*, dizendo ao Roberto Alves, do *Diário Catarinense*, que ia pedir para ela lavar as roupas dele também. Gritei pelo Mário, tentei avisá-lo. Tarde demais. Ela disse para o Mário algo como:

– Zum Dirfch!

E mandou que ele procurasse uma lavanderia.

Por mil cálices sagrados

Os sinos das igrejas começaram a badalar em Königstein. Maior bateção de sino, uns vinte minutos. Fui saber o que era e um alemão me disse que se tratava do feriado de Corpus Christi.

CORPUS CHRISTI! Não era possível que fosse Corpus Christi. Pelo seguinte: quando cheguei à Suíça, logo nos primeiros dias tinha um feriado: Corpus Christi. Tudo bem, achei normal. Depois, ao me instalar em Königstein, soube que havia outro feriado: de Corpus Christi! Pensei cá com meu laptop Oswaldo: é Corpus Christi demais. Perguntei por que, por mil cálices sagrados, os europeus comemoravam não um, mas dois Corpus Christi. Disseram-me que era um Corpus Christi para a religião católica, outro para a protestante. Tudo bem, explicação convincente, cada um lá com o seu Corpus Christi, melhor não misturar as coisas.

Só que agora me vieram com outro Corpus Christi. Três Corpus Christis num espaço de trinta dias! No começo, suspeitei que os alemães estivessem de gozação comigo, que eles dissessem para os brasileiros que todos os feriados eram de Corpus Christi. Aí eles contaram que essa é uma tradição europeia, que eles fazem feriado também um certo número de dias depois do Corpus Christi e patati e blá-blá-blá e wolfrembaer.

Desconfio que não é nada disso. O que esses alemães querem é fazer feriado. Porque esse é o país que MENOS trabalha no mundo. Uma média de 120 horas por mês, trinta por semana. Ou seja: cinco horas por dia, se trabalharem seis dias por semana. O alemão chega ao trabalho às 8 da manhã e logo depois, à uma da tarde, já está indo para casa, pode assistir à Sessão das Duas e tudo. Trinta horas por semana. E ganhando em euro. Depois o brasileiro é que trabalha pouco...

Os reis de Munique

O rei era obcecado pelos pés de Lola Montez. De pele morena e olhos tornados oblíquos pela malícia, Lola era filha de mãe espanhola e pai irlandês. Assumiu-se como espanhola, virou bailarina e entregou-se a uma quantidade de homens escandalosa, para a pudicícia do século XIX. Até que, finalmente, conheceu Ludwig I, rei da Baviera. Ludwig tinha 60 anos, 34 a mais do que Lola. E não se podia dizer que fosse um exemplo de beleza: no meio da testa, trazia um caroço que lhe renderia apelidos impagáveis, se ele não fosse rei.

Mas ele era. E, assim, podia satisfazer todos os desejos de sua jovem amante. Desde que, claro, Lola permitisse a Ludwig abocanhar seu pezinho trigueiro. Há quem diga que Ludwig praticamente não fez sexo convencional com Lola. Apenas sugava o dedão da moça, sôfrego feito um escoteiro que ganhou sua primeira *Playboy*. A corroborar esta versão existe uma carta do rei para Lola, dizendo o seguinte:

"Levo seus pés à minha boca, onde nunca houve outros, pois me teria sido repugnante".

Lola ensandeceu o rei de paixão, enquanto Munique se assombrava com os gastos do erário para satisfazer as veleidades da bailarina. Ludwig pouco ligava para a opinião pública. Continuava cobrindo Lola de mimos. O maior deles: ordenou que fosse condecorada com o Grande Cordão de Abadessa da Ordem de Santa Tereza.

Lola, uma reles cortesã, transformada em abadessa. Era demais para o rígido espírito alemão. Os protestos se acentuaram. Para se proteger, Lola formou um corpo de jovens de Munique chamado Alemânia. Esses rapazes, fortes, bem-apessoados, identificavam-se com um gorro vermelho e juravam defender Lola até a morte. Havia suspeitas de que muitos deles se cevavam nas carnes morenas da espanhola, mas o rei, bonzinho que era, nunca acreditou em tais boatos.

Os estudantes da Universidade de Munique, não tolerando mais a situação, passaram a espancar qualquer um que vissem pela rua usando gorro vermelho. Lola foi se queixar ao rei e ele decretou o fechamento da universidade por um ano. Os alemães, como se sabe, prezam muito a educação. Não admitiram o fechamento da universidade, rebelaram-se, Lola foi exilada. Mas nem isso salvou o rei: Ludwig terminou abdicando.

Esse foi um dos reis extravagantes da cidade onde o Brasil jogou contra a Austrália. Houve outro, muito mais excêntrico, um rei que se tornou símbolo de Munique e da Baviera e que se inscreveu na eternidade. Foi o neto de Ludwig I, também chamado Ludwig, porém II.

Entre um Ludwig e outro houve Maximiliano, filho do primeiro e pai do segundo. Maximiliano era um governante sábio e ponderado. Quando morreu, Ludwig tinha dezenove anos. A rainha, que sabia o filho que tinha, escreveu em seu diário: “Max morreu cedo demais”.

No entanto, mal Ludwig foi empossado e o povo já se lhe rojou aos pés, fascinado. Alto, esguio, olhos azuis, cabelos negros e encaracolados, ele era um rei de sonho. Arrancava suspiros das alemãzinhas, que escreviam sonetos sobre o monarca e os enviavam à corte. Só que Ludwig não gostava muito disso, mulher. Bastava-lhe a companhia dos amigos, vários deles, tão formosos quanto os rapazes que serviam Lola Montez.

Como a Baviera inteira insistisse para que se casasse, Ludwig chegou a noivar com uma prima, uma princesa linda como devem ser as princesas. O país se agitou: era o casamento perfeito. Mas, com a proximidade das núpcias, Ludwig desistiu. E declarou que preferia se afogar no lago a se casar.

Como ele era rei e tudo podia, suas esquisitices começaram a robustecer. Ludwig dormia do meio da tarde até a meia-noite. Depois, saía a cavalgar com seus amigos ou a passear num trenó puxado por quatro cavalos brancos. Em 1867, viajou à França para conhecer o Palácio de Versalhes. Maravilhou-se. Planejou, então, a construção da obra que o tornaria imortal: o castelo de Neuschwanstein, no qual os estúdios da Walt Disney se basearam para desenhar o castelo da Branca de Neve. Ludwig disse que o castelo seria "o lugar onde os deuses ultrajados terão sua vingança e descansarão conosco no cume, refrescados pelas brisas celestiais".

Ludwig construiu outros dois castelos ostentosos. O quarto, deixado incompleto, teria o dobro do tamanho de Versalhes. Fosse apenas a mania de construir castelos, Ludwig talvez tivesse fim mais glorioso. Mas ele começou a ficar estranho. Engordou, perdeu o viço, não permitia que ninguém se aproximasse a menos de 45 centímetros e nenhum ser humano podia olhar para seus alimentos. Comunicava-se atrás de portas fechadas ou só por escrito. Afastou-se do mundo. Escutava vozes, cumprimentava árvores. Ao mesmo tempo, seu irmão, Otto, enlouqueceu a ponto de latir como um pastor alemão.

Ludwig II foi deposto como seu avô e, com a unificação da Alemanha, a Baviera terminou incorporada à Prússia de Bismarck e do kaiser Guilherme. Um dia, a comissão que interditou o rei foi visitá-lo no castelo onde estava detido. Seu médico, o doutor Gudden, saiu a passear com ele pelos amplos jardins do lugar. Não voltaram mais. Os corpos de ambos foram encontrados boiando no Lago Stanberg, perto de Munique. Ninguém jamais descobriu o que aconteceu. Ludwig morreu em mistério, assim como viveu.

Tagarela alemão

Pedir informação em alemão é um troço complicado. Não estou falando de nós, brasileiros, pedindo informação para um alemão. Não. Estou falando de um alemão pedindo informação para outro alemão. É sempre uma falaçada que não para mais, no mínimo cinco minutos de chalra em alemão incompreensível e áspero como a desilusão. Dá uma angústia...

Só que nada se compara ao taxista que conhecemos dias atrás. Entramos no táxi, olhamos para ele e, puxa, o cara era igualzinho ao Moe, dos Três Patetas, só que loiro. O Moe não conhecia o lugar para onde queríamos ir. Esbravejou:

– Catatôfa!

E começou a pedir informação pelo rádio. O operador do rádio falava lá em alemão, ele respondia em alemão também, o operador retrucava, ele contra-argumentava. Em meio a esse diálogo todo, vez em quando ele repetia:

– Catatôfa!

Por Deus, estavam falando há uns dez minutos e não paravam mais. O carro andando devagarinho, e o Moe:

– Hamschnitzellwolfgangmoeller! Catatôfa!!!

O operador do rádio:

– Iáááá! Telefunkemmorgengutentag!

Ele:

– Iáááááá! Catatôfa!!!

Sem pausa, isso.

Não era possível que fosse só um passando informação para o outro. Deviam estar conversando, combinando o churrasco para o fim de semana, falando mal de brasileiros. Parecia que estavam brigando, mas isso sei que não era: quando eles falam em alemão, sempre parece que estão brigando. Finalmente, o Moe desligou o rádio. Só que então ele não parou mais de dizer catatôfa. Foi repetindo catatôfa, catatôfa, catatôfa durante todo o trajeto. Surpreendentemente, nos deixou no lugar certo. Paguei, ele olhou para mim, encolheu os ombros e gemeu, num lamento:

– Catatôôôôfa...

E foi-se embora.

Já procurei no dicionário, já consultei o Google, já perguntei e perguntei, e não descobri. Alguém um dia vai ter que me dizer o que é catatôfa.

O GRITO DA NOITE ALEMÃ

No nosso último dia de Königstein, enviamos o material para Porto Alegre e saímos pela cidadezinha em busca de algo para comer, eu, o Mário e o Feltes. Não tínhamos muitas esperanças, passava das onze da noite. Entramos numa ruazinha, cruzamos por baixo de um portão de pedra que deve ter 627 anos, e, aí, surpresa!, um pub. Bem pequeninho, meio escondido, escuro, como devem ser os pubs. Entramos. Havia umas quatro ou cinco mesas, nenhuma livre. Todos ali eram alemães, ninguém tinha menos de quarenta anos. Sentavam-se em bancos compridos como os de galpões e bebiam grandes canecos de cerveja.

Como hesitássemos, à procura de um lugar, o dono do pub pediu licença a umas senhoras que estavam numa mesa, elas se apertaram um pouco e nós sentamos ao lado delas. Eram cinco alemãs corpulentas, de cabelos curtos, que não se sentiram nada incomodadas com a nossa presença. O dono do pub disse que só havia pão com carne de porco, então pedimos pão com carne de porco. E cerveja, lógico.

Na mesa em frente sentavam-se uns tipos sisudos, homens e mulheres já entrados em anos, graves, via-se que deviam ser executivos e tal. Só que o seguinte: estavam com os rostos pintados com as cores da Alemanha, e um deles, de bigode discreto, camisa fechada até o último botão e óculos de tartaruga, usava cabelo moicano colorido de amarelo, vermelho e preto.

Eles estavam tranquilos, conversando em voz baixa, quando o dono do pub chegou com uma bandeja com drinques. Fiquei observando: um líquido claro e liquoroso preenchia um terço do copo. No meio desse líquido, dentro do copo, havia sido colocada uma garrafinha do tamanho de um isqueiro. Os alemães gritaram algo em coro, sentaram o copo no queixo e beberam tudo de um único gole, o conteúdo do copo e o da garrafinha juntos. Depois, limparam os lábios com as costas das mãos e sorriram, faceiros.

Chamei o dono do pub.

– Quero aquilo! – apontei.

Ele olhou para mim, em dúvida. Perguntou, em inglês trêmulo:

– Tem certeza?

– Sim! Aquilo!

O Mário e o Feltes me olharam:

– Tens certeza?

– Ouié!

O dono do pub deu de ombros, foi para trás do balcão e voltou com o drinque posto numa bandeja. Serviu-me, mas não foi embora. Ficou ao lado, de pé. Esperando. Os que haviam tomado o drinque também pararam de falar e se viraram para mim, na expectativa. As mulheres na nossa mesa, da mesma forma, silenciaram e se viraram para mim.

Todo o bar me observava. A tensão era sólida como as paredes da catedral de Colônia. Olhei para um lado. Para outro. Vacilei. Tinha sido boa ideia mesmo, pedir aquele drinque? Talvez devesse desistir... Não! Era tarde demais. Se desistisse, seria a vergonha brasileira da Copa. Tomei a decisão. Ia beber. Ia! Pela honra da pátria. Um arrepio percorreu-me a espinha. Respirei fundo. Fechei os olhos. Empunhei o copo. E engoli tudo de uma só vez!

O líquido rolou pela minha garganta, oleoso e incandescente, e bateu no estômago com o peso de um paralelepípedo. Abri os olhos, fiz aterrissar o copo na mesa e urrei:

– WOLFREMBAER!!!

Os alemães aplaudiram, o bar inteiro aplaudiu, eu estava consagrado. Gol do Brasil.

– Outro! – pedi.

O Feltes se empolgou:

– Pra mim também!

E o Mário, conformado:

– Então também quero um...

Bebemos, os três, e depois bradamos:

– WOLFREMBAER!!!

O Feltes repetiu, WOLFREMBAER!, levantou o indicador e gritou:

– Outro! Outro!

O Mário, um pouco mais animado:

– Tudo bem, outro.

E outro, e mais outro, e ainda outro. E wolfrembaer, wolfrembaer, wolfrembaer! Lembro que, depois, tudo ficou enevoado. Lembro do Mário perguntando ao alemão de bigode como se usava cabelo moicano. Lembro de ter pego as garrafinhas para descobrir que bebida era aquela. Mas não lembro onde as guardei. Agora, fiquei sabendo que existe chance de a Seleção voltar para Königstein. Exultei. Se voltarmos, entrarei naquele pub, pedirei um único drinque daqueles, gritarei uma única vez WOLFREMBAER!, e então descobrirei o que bebemos naquela noite de sexta-feira.

Ensinamento de Krok

Os vândalos que no Brasil cometem, bem, vandalismos, eles ganharam esse nome por causa de um povo chamado Vândalo. Que eram alemães louros, altos, corpulentos, brigões e indisciplinados. Foram os antigos romanos que transformaram o nome daquele povo num adjetivo. Porque os vândalos viviam invadindo o império romano e destruindo tudo à sua passagem.

Alguns dos vândalos mais selvagens eram os alamanos, que moravam mais ou menos nesta área onde o Brasil decidirá seu destino na Copa, o Oeste da Alemanha. O mundo tremia diante dos alamanos.

Certa feita, Krok, um poderoso chefe alamano, levou seu filho ao alto de uma das sete colinas de Roma e, mostrando-lhe a faustosa cidade a seus pés, ensinou-o, como bom pai que era:

– Vê, meu filho, tu não podes esperar igualar os romanos construindo. Mas podes superá-los pela destruição.

O café do Freud

Vou contar agora a história da minha última noite na Europa. Estava em Viena e decidi que tinha de jantar no café que o Freud frequentava. Chama-se Landtmann, fica a umas cinco quadras da casa onde ele viveu até fugir do nazismo, um ano antes da Segunda Guerra. Fiquei ali, sorvendo um creme de espinafre, o que achei muito fino, e imaginando o Freud sentado num canto, fumando seu charuto, pensando na mãe, o Freud pensava demais na mãe.

Depois, atravessei a rua e não caminhei mais de cem metros para entrar num parque onde se realizava uma espécie de quermesse, só que uma quermesse em estilo vienense. A comida, se me dissessem que era de autoria do chef de um três estrelas do Guia Michelin, eu acreditaria. E era servida em pratos de porcelana, e a bebida que a acompanhava vinha em copos de cristal. Os austríacos apanhavam suas refeições e iam desfrutá-las sob caramanchões floridos. O parque, esse, na verdade é o paço municipal. Ali adiante está o imponente prédio da prefeitura de Viena, a Rathaus, um edifício gótico do tamanho de três catedrais de Porto Alegre alinhadas, com uma torre que se eleva ao céu como se fosse decolar.

Em frente à prefeitura estavam dispostas duas ou três mil cadeirinhas de madeira e, na fachada do prédio, havia sido instalado um telão duas vezes maior do que o de qualquer cinema. Os vienenses sentaram-se nas cadeirinhas, alguns com seus pratos e copos. Quem não encontrou cadeira vaga, acomodou-se no chão mesmo. Muito dignos e silenciosos, passaram duas horas assistindo à projeção... de uma ópera.

Terminada a ópera, a maioria se dispersou calmamente, mas umas quinhentas pessoas continuaram na praça. No supertelão, como encerramento do programa, a orquestra de Viena executava

O Danúbio Azul, e foi com essa imagem e essa trilha sonora que me despedi do Velho Mundo.

Saí de lá chocado com tanta civilização, um pouco deprimido com nossas mazelas aqui abaixo do Equador, mas com uma certeza cristalizada: de como vou votar nas eleições. Estou pouco ligando para as suspeitas de corrupção, estou pouco ligando para o programa econômico dos candidatos, estou me lixando para os impostos, a taxa de juros, o nível de emprego ou a fome zero. Quero, apenas, educação. Só a educação vai nos redimir, ainda que jamais troquemos o pagode pelo *Danúbio Azul*.

CHINA

Os chineses são supersticiosos. Acreditam em um milheiro de deuses e demônios, estão sempre atentos a presságios e pressentimentos. O número 4, para eles, é aziago. É o número da morte. O número 8 é o da sorte. Por isso, eles decidiram que a cerimônia de abertura da Olimpíada de Pequim seria realizada em 08 de 08 de 08.

Para eles, provavelmente, deu sorte. A Olimpíada foi um modelo de organização perfeito como só uma ditadura implacável pode oferecer.

Para mim deu sorte também. Eu estava lá, na Pequim cinzenta e buliçosa, pude fazer algumas matérias de que gostei muito, como as com o homem submarino Michael Phelps, com o homem mais rápido do mundo, Usain Bolt, e com a sensual e ágil Yelena Isibayeva. Além disso, subi a Muralha da China, visitei a Praça da Paz Celestial e experimentei um pouco dessa civilização que está conquistando o mundo com seu bilhão e meio de habitantes.

Tudo tão diferente, tudo tão igual

Brasileiro acha que chinês é tudo japonês. Não é. Os chineses só parecem que são parecidos. Na verdade, eles são diferentes entre si e mais diferentes ainda dos outros. Agora, nada é mais diferente de tudo do que a língua. A escrita, essa nem os próprios chineses conhecem direito. Imagine que cada ideograma tem um significado próprio, podendo chegar a quarenta mil, se se for levar a coisa a sério mesmo. Algumas palavras têm mais de um significado, dependendo da forma como são entoadas. O vocábulo I pode representar 69 coisas diferentes, shi 51 e ku 29! A maioria do povo sabe apenas uns quatrocentos ou quinhentos caracteres, com os quais se comunica razoavelmente. Pouco para quarenta mil, mas um absurdo para quem, como nós abençoados, só precisa decorar as 23 letras do alfabeto ocidental.

O fato é que algumas ideias ocidentais simplesmente não têm tradução para o chinês. Sacerdotes budistas e cristãos sofreram para adaptar suas religiões à língua chinesa simplesmente porque não havia caracteres que expressassem os conceitos de Buda e Cristo. Na revolução comunista, os teóricos tiveram de fazer adaptações de alguns termos-chave do marxismo. O proletariado urbano, por exemplo, tinha importância secundária na China, no tempo da revolução maoísta. O importante era o campo e o camponês, todo mundo morava no campo, na China, até os anos 70. Então, o proletariado, conceito basilar do marxismo, transformou-se em wuchan jieji, que significa "classe sem propriedade".

O termo "feudal" também não tinha significado para os chineses. O feudalismo é próprio da Europa. Assim, o feudalismo, no conceito maoísta, tornou-se o período de fragmentação ocorrido antes da unificação da Dinastia Qin, em 221 a.C.

Conto tudo isso para explicar de onde vem a resistência dos chineses ao inglês, ao português, a qualquer língua que não seja a chinesa, já complicada por ela própria. Mesmo nos hotéis é difícil encontrar um chinês que fale a língua de Shakespeare e Angelina

Jolie. Você tenta falar inglês com um chinês, ele balança a cabeça, faz que entendeu e vai embora sem atendê-lo, sem entendê-lo, sem dar a menor bola para aquele maldito estrangeiro. E, se você tenta falar chinês, o desastre pode ser ainda maior. Por mais que você se esforce, é muito difícil a pronúncia. O Marcos Castiel, do *Diário Catarinense*, chegou a Pequim cheio de boa vontade, com um dicionário básico de chinês-português nas mãos. Entrou num táxi e foi testar seus conhecimentos com o motorista. Pronunciou pausadamente no chinês lá dele:

– Você fala inglês?

O motorista virou de leve a cabeça por cima do ombro, lançou-lhe um olhar amendoado porém inexpressivo, depois se voltou para frente e seguiu caminho, em silêncio. Às vezes é impossível ser simpático com os chineses.

O centro do centro do mundo

A chegada da tocha olímpica à Praça Tiananmen, em Pequim, converteu-se num evento repleto de significados. A começar pela frase que os chineses repetiam à passagem dos corredores:

– Jia you, Zhong Guo! Jia you, Zhong Guo!

Algo como "força, China!", mas não exatamente isso. Porque os chineses não chamam o seu país de China. Zhong Guo quer dizer "Reino do Centro". De fato, com seus 1,3 bilhão de habitantes e seu crescimento médio, durante três décadas, de 9,6 por cento ao ano, a China é, cada vez mais, o centro do mundo. E o centro da China é a região do entorno da Praça Tiananmen, a Praça da Paz Celestial.

Ao ouvir ou ler esse nome, o ocidental de imediato lembra do massacre dos estudantes de 1989. Mas o significado da Tiananmen para a China é muito mais antigo e profundo. Muito do que há de mais importante para os chineses está nessa região. Atrás da praça fica o belo Parque Jinshan; no lado leste, o Museu Nacional; a oeste, o Grande Salão do Povo, o congresso chinês, tão imponente quanto inútil, já que se reúne apenas uma vez por ano e só para chancelar as decisões do partido. Ao sul da praça eleva-se o mausoléu de Mao Tsé-tung, construção em estilo grandioso que abriga o corpo embalsamado do ditador morto em 1976.

O doutor Li Zhisui, médico particular de Mao por 22 anos, emigrou para os Estados Unidos no fim da década de 70 e lá revelou as trapalhadas ocorridas no processo de embalsamamento do presidente chinês. Na mesma noite da morte de Mao, o politburo decretou que o corpo devia ser mumificado nos moldes que os soviéticos empregaram com o de Lênin, bem conservado desde os anos 20. O problema era que nenhum médico chinês sabia como fazer a mumificação e, na época, a China não mantinha boas relações com a União Soviética.

O jeito que os médicos encontraram foi consultar manuais de embalsamamento às pressas e agir por conta própria. Os manuais mandavam que se injetassem dezesseis litros de formol no corpo. Por segurança, os chineses injetaram 22. Péssima ideia. "A cara do presidente ficou inchada, redonda como uma bola, e o pescoço ficou da largura da cabeça", relatou o doutor Li. "A pele brilhava e de seus poros o formol transpirava como se fosse suor. As orelhas também estavam inchadas, formando dois ângulos retos com a cabeça. O cadáver estava um horror. Até os guardas e funcionários ficaram estarrecidos.

Zhang Yufeng, um dos dirigentes, reclamou:

– Que diabo vocês fizeram para o presidente ficar desse jeito?

Desesperados, os médicos passaram a massagear o rosto e o pescoço com toalhas e bolas de algodão a fim de empurrar o formol para baixo. O rosto do presidente ficou aceitável, mas o corpo continuou inchado e o paletó teve de ser rasgado atrás.

Até a Olimpíada começar, o mausoléu de Mao permanecerá fechado. A famosa foto de Mao sobre o Portão da Paz Celestial, na entrada da Cidade Proibida, olha justamente para o prédio do mausoléu. A Cidade Proibida, portanto, situa-se no lado oposto da praça, ao norte. Sob esse célebre portal só podia passar o imperador. Qualquer outro chinês que o cruzasse era decapitado. Mais de duzentos mil operários construíram os 720 mil metros quadrados da Cidade Proibida, com seus nove mil quartos. Isso oitenta anos antes de os portugueses descobrirem o Brasil, quando Pequim ainda se chamava Ta-tu. Foi o imperador Zhu Di que lhe mudou o nome e a reinaugurou em 2 de fevereiro de 1421, no dia do ano-novo chinês. Foi um evento internacional. Chefes de Estado de todo o mundo compareceram e foram obrigados a praticar o know-tow – prostrar-se e tocar no chão com a testa, aos pés do imperador.

Pequim recebeu 26 mil estrangeiros, mais do que os 10,5 mil atletas que competem na Olimpíada de 2008. No jantar foram servidos dez pratos na mais fina porcelana. A concubina favorita de Zhu Di usava joias com cornalinas da Pérsia, rubis do Sri Lanka, diamantes da Índia e jade do Turquestão. Seu perfume era de âmbar cinzento do Pacífico, mesclado com mirra da Arábia e sândalo da Ilha das Especiarias. O exército chinês tinha um milhão de homens munidos com armas de fogo.

Três semanas depois da inauguração, o rei Henrique V casou-se com Catarina de Valois, em Londres. Receberam seiscentos convidados, aos quais serviram pão e peixe seco. Catarina vestia-se modestamente, não usava nem meias, e o exército de Henrique não passava de cinco mil homens armados de arcos, flechas, espadas e lanças. Os imperadores da China, suas imperatrizes, concubinas, eunucos e servidores viveram na Cidade Proibida durante quinhentos anos. Hoje, qualquer um, mesmo os bárbaros ocidentais, passam sob seus portais e passeiam por seus jardins. O lugar é limpo, mas está malconservado. A tinta do portal está descascando e os bares que vendem arroz em bandejas, tigelas de macarrão com carne e chá verde gelado são lúgubres e acanhados, com suas vulgares mesas de fórmica e cadeiras de plástico. Salas pequenas, guarnecidas por encardidas cortinas vermelhas, expõem fotos de antigas imperatrizes, funcionários imperiais, roupas de época e quadros que contam histórias dos gloriosos tempos das dinastias celestiais. Pequenas bancas vendem estatuetas do Buda, chaveiros, pilhas, bugigangas, peças baratas de camelô.

A Cidade Proibida merecia mais solenidade.

A CIDADE CINZA

Pequim é cinza. A começar pelo céu. A capa de fumaça cinzenta e suja não permite que se veja o azul do céu nem os raios amarelos do sol. Parece cerração. Não é. É poluição mesmo.

Às vésperas da abertura das Olimpíadas, a cidade ficou o dia inteiro coberta pela fumaça encardida e malcheirosa, das seis da manhã às seis da tarde. Isso, combinado a um calor tão abafado quanto nos piores dias do verão do Nordeste brasileiro, isso faz a gente se sentir meio angustiado.

O cheiro do ar pesado lembrou-me o cheiro que senti logo ao chegar a Criciúma, nos anos 80. Naquela época, a cidade ainda era a Capital do Carvão, ainda havia morros de pirita no seu entorno. A pirita é o rejeito do carvão. Quando em contato com a água, libera uma substância com odor de enxofre, que, como se sabe, é como cheira o inferno. O rejeito na atmosfera causa problemas respiratórios em quem vive por perto. Fui atacado por uma violenta sinusite que tornou minha existência infeliz por algumas semanas, mas tive sorte – muitos não se recuperam de seus males de pulmão.

Os mineiros que passavam mais de dez anos trabalhando no subsolo não conseguiam se recuperar. Eram atacados por pneumoconiose, uma doença que transforma o pulmão em pedra. Peguei nas mãos um pulmão atacado por esse mal, certa feita. Era como ter nas mãos metade de um paralelepípedo negro.

Não sei se os pequineses sofrem com algo parecido, mas é impossível que essa poluição não lhes afete a saúde ou, no mínimo, o espírito.

Conversava sobre o problema com o repórter Eduardo Maluf, do *Estadão*, e o Maluf veio dizer que nem se importava tanto assim com a poluição, que estava acostumado por viver em São Paulo e bibibi. Bobagem. São Paulo é ruim, mas Pequim é pior. Os paulistas querem se exibir até na poluição.

Mas não é só pelo céu que Pequim é cinza. Os prédios são cinzentos, ou pintados em tons pastel. As ruas são cinzentas. Os carros, cinza, prata, brancos ou pretos. E as pessoas só se vestem com cores sóbrias.

– Chineses não gostam muito de cores – disse-me a Lan, nossa tradutora.

Que pena.

Os chineses sumiram

Seis horas antes da cerimônia de abertura dos Jogos Olímpicos, a região do Estádio Ninho do Pássaro parecia aqueles cenários de filmes de tragédia atômica. Depois da tragédia atômica. As ruas estavam desertas, limpas, imaculadas. Por elas não passava nenhum carro, a não ser os oficiais. Nelas não caminhava nenhum ser vivo que não estivesse credenciado ou que não fosse policial ou soldado do Exército.

O governo chinês tirou das ruas todos os que não estavam diretamente envolvidos com a Olimpíada. Mas todos mesmo! Não se via ninguém nem nas fachadas dos prédios residenciais.

Como conseguiram fazer esse prodígio?

Onde se esconderam todos os milhares de chineses que moram naqueles bairros, que foram inúmeros os bairros interditados? Trancaram-se em casa? Não precisam sair para ir à farmácia, ou ir até a venda comprar leite, ou para ir tomar um chope com os amigos? Esses chineses que, todos os dias, aos milhões, engarrafam as ruas, esbarram-se nas calçadas, correm daqui para ali, para onde foram todos?

Só mesmo um Estado que se serve do cidadão, e não o serve, para realizar tal façanha de ordem e organização.

O nosso hotel

Eu merecia estar hospedado no Pangu Hotel. Sim, senhor, merecia. O Pangu Hotel é o conjunto de prédios que fica em frente ao Cubo D'Água e ao Ninho de Pássaro. Aquele que tem telões gigantes decorando-lhe a fachada e uma torre de 36 andares com o topo em forma de tocha, para mim, e em forma de dragão, para os chineses.

Trata-se de um hotel sete estrelas. Sete! A diária mais barata, de um apartamento muquirana de 84 metros quadrados, está em onze mil reais. A mais cara, a da suíte presidencial, que, aí sim!, tem 480 metros quadrados, eleva-se a cem mil reais. Quem tem dinheiro para pagar cem mil reais por dia por hospedagem? Na China, muita gente. Há cada vez mais bilionários na China, desde que Deng Xiaoping decretou:

– Enriquecer é glorioso.

Claro, ele também ressalvou que alguns iriam enriquecer mais depressa do que os outros, mas o Pangu Hotel não tem nada a ver com isso. Se você fez reservas no Pangu Hotel, a imigração chinesa facilitará a sua entrada no país e, ao sair do aeroporto, um Rolls Royce estará à sua espera, para que você não entre em fila de táxi, que é coisa de chinelo. Ao chegar à sua suíte, você provavelmente pensará em assistir às competições de luta greco-romana. Relaxe. Deite na sua cama king size revestida com seda chinesa, ou abolete-se num dos sofás italianos da sala, e ligue um de seus dois telões de oitenta polegadas para não perder nenhum detalhe desse esporte emocionante. Se preferir ver como está o movimento lá fora, no complexo olímpico, basta levantar e dar uma olhada pelo janelão. O Pangu oferece a melhor vista que se pode ter dos superestádios pequineses.

Realmente, eu e você merecíamos estar hospedados no Pangu Hotel.

O HOMEM FEIO

Michael Fred Phelps II tem um segredo. Tem de ter. Ou não seria, como é, o atleta mais premiado da história dos Jogos Olímpicos, o campeão invencível de todas as piscinas, o maior nadador do mundo de todos os tempos. Sua colega brasileira Joanna Maranhão desenvolveu uma tese a respeito. Joanna afirma que nadador, para fazer sucesso, tem que ser feio.

Bem, Phelps é um homem feio.

Vê-lo de perto, a metro e meio de distância, se não chega a ser assustador, também não é o que se poderia chamar de uma experiência agradável. Phelps tem gogó encaroçado, nariz do tamanho de um celular, orelhas de abano, caninos de vampiro e queixo de cinzeiro. O corpo não ajuda, se o critério for harmonia: com os braços abertos (a envergadura), Phelps mede dois metros e três de uma mão à outra, dez centímetros a mais do que seus um metro e noventa e três de altura, quando o normal é o contrário. Parece um gorila. Phelps caminha desajeitado por sua cidade natal, a distante Baltimore, em cima de pés número 47, o equivalente a trinta centímetros. E suas pernas de 81 centímetros são mais curtas do que o corpo. Phelps é todo desproporcional e inadaptado à terra firme, a ponto de seu técnico, Bob Bowman, proibir que faça corridas para não se machucar.

Em resumo: feio, definitivamente, ele é. E sucesso, definitivamente, ele faz. Como faz!

Esperava-se, na Olimpíada de Pequim, que Phelps quebrasse o recorde do seu compatriota Mark Spitz e conquistasse oito medalhas de ouro, mas o ex-nadador brasileiro Gustavo Borges garantiu que ele já é maior do que Spitz.

– Phelps já superou Spitz mesmo que não ganhasse as oito medalhas – assegurou Borges, assistindo ao nadador americano receber a sua quinta medalha de ouro na Olimpíada. – Até porque – continuou – a natação de hoje é bem mais competitiva do que a dos anos 1970.

A revista *Time* concorda. Classificou Phelps, em uma reportagem de agosto, como o maior atleta da História. Não se trata apenas de ufanismo ianque. A respeitada jornalista brasileira Dorrit Harazim, editora da revista *Piauí*, emocionou-se ao ver Phelps dando braçadas na piscina de cinquenta metros do Cubo d'Água.

– A gente tem que degustar cada prova dele – recomendou Dorrit. – Isso é uma coisa para contar para os netos.

Feiura e sucesso combinados, portanto. A tese de Joanna Maranhão está comprovada?

Não.

Não é esse o segredo de Phelps. Na terça-feira, depois de conquistar o ouro nos duzentos metros livre, ele jurou que seu trunfo é comer pizza e massa, e dormir muito.

Brincadeirinha, óbvio. O segredo de Phelps está homiziado em seu passado. Se bem que a fisiologia descrita anteriormente ajuda: Phelps é dotado de um corpo que parece ter sido desenhado para nadar. Os braços compridos são remos; os pés enormes, nadadeiras. E nadadeiras perfeitas, com flexibilidade de quinze graus além da média. Mais: o diretor de fisiologia da equipe de natação dos Estados Unidos, Genadius Sokolovas, examinou nada menos do que cinco mil atletas e atestou que ninguém se recupera do cansaço como Phelps, entre um treino e outro.

– É isso, mas não é só isso – analisa Gustavo Borges. – Phelps tem a fisiologia ideal para nadar, mas alia essa vantagem a muito trabalho, à atitude positiva, à alta dose de confiança e à concentração.

Verdade. Phelps trabalha duro o dia inteiro. Acorda às seis da manhã, o que odeia, e chega a nadar dezesseis quilômetros até a noite, além de levantar peso e fazer exercícios aeróbicos. Parte do treino é realizada na altitude do Colorado a fim de dar ainda maior capacidade pulmonar ao nadador.

Quanto à concentração ressaltada por Gustavo Borges, esse é um predicado que pode ser constatado a cada prova. Phelps sempre se comporta da mesma forma.

Sempre.

Repetiu-se, sem a mínima variação, nas cinco vezes em que caiu na piscina para uma final na Olimpíada. Assim:

1. Quando os alto-falantes anunciam a prova, Phelps dirige-se para a plataforma com as orelhas de abano cobertas por fones de ouvido. Está ouvindo rap ou hip hop. Anda devagar, sem sorrir jamais, com a boca entreaberta.

2. Ao chegar à sua posição, tira os fones e ajeita a touca por cima das orelhas. Caminha até a plataforma e seca-a criteriosamente com uma toalha.

3. Dobra a toalha com simetria e deita-a ao lado da plataforma.

4. Apoia a perna direita na plataforma para alongá-la. Em seguida, a esquerda. Massageia as nádegas. Parece calmo. Calmo. Solta os braços.

5. No momento em que os alto-falantes anunciam seu nome, não faz saudação alguma, não sorri, não move um músculo do rosto. Dá as costas à câmera, como quem dá as costas a uma gôndola de supermercado.

6. Caminha lentamente para a cadeira, tira o roupão, ajeita os óculos, a touca e o maiô LZR Racer confeccionado com tecnologia da Nasa. Acomoda os tênis, o abrigo e o roupão na caixa e volta para a plataforma. Continua se alongando.

7. Sobe na plataforma. Balança os braços como se quisesse voar, uma, duas, três vezes.

8. Ao ouvir o sinal de largada, salta n'água para mais uma vitória.

O ritual nunca muda. Inclusive na parte da vitória. Bob Bowman treina Phelps desde que ele tinha onze anos de idade. Destes doze anos para cá, Bob calcula ter visto o pupilo perder vinte vezes, no máximo.

– Detesto perder – enfatizou Phelps, na entrevista coletiva de terça-feira. – Definitivamente, detesto.

Não é exagero. Certa feita, no Mundial de Natação, ele foi derrotado por seu colega de equipe e amigo Ian Crocker. Inconformado, colou um retrato de Ian na porta do seu armário até derrotá-lo duas vezes, em Atenas e Melbourne.

Tamanha determinação desvenda um pouco do tal segredo de Phelps. Mas há mais.

Muitos de seus mistérios se revelam quando quem o analisa olha para fora da piscina, para a arquibancada do ginásio. Lá está Deborah, uma professora de Maryland, morena, cabelos curtos e encaracolados pintados de preto, com 57 anos de idade. É a mãe do nadador. Como a mãe do brasileiro Thiago Pereira, ela faz questão de acompanhar o filho sempre que tem chance.

Não é de hoje que Deborah dispensa cuidados especiais para o filho caçula. O pequeno Michael era um menino irrequieto, com dificuldades de concentração. Os problemas se agravaram depois que o pai, Fred, um policial da guarda montada de Maryland, abandonou a família quando Michael tinha sete anos. Na escola, o menino só se interessava por educação física. As professoras se cansavam de sua energia excessiva e falta de atenção às aulas. Uma delas chamou Deborah e sentenciou:

– Ele não tem nenhum talento.

Foi diagnosticado que Michael era hiperativo. A fim de acalmá-lo, os médicos passaram a ministrar-lhe três doses de Ritalina por dia. Os outros meninos viam-no ir à enfermaria da escola para tomar o remédio e caçoavam dele. Michael sentia-se humilhado. Um dia, chegou em casa e disse para a mãe que não queria mais saber do remédio.

– Eu posso lidar com isso – garantiu.

Deborah consultou os médicos, e eles concordaram em suspender a medicação. Foi quando Bob Bowman surgiu.

Bowman é um técnico de grande prestígio nos Estados Unidos, responsável por levar sessenta nadadores ao primeiro lugar da natação do país. Michael já era ligado ao esporte. Suas duas irmãs, Hilary, hoje com trinta anos, e Whitney, com 28, chegaram a conquistar títulos importantes em campeonatos nacionais. Empolgado com as irmãs, Michael competiu algumas vezes na escola, Bowman viu e ficou impressionado. Procurou Deborah, disse que seu filho precisava começar a treinar imediatamente e vaticinou:

– Na Olimpíada de 2012 ele se transformará no maior medalhista da história.

Phelps antecipou a previsão em quatro anos. No meio da Olimpíada, ele conquistou sua 11ª medalha de ouro (foram seis na última Olimpíada), façanha inédita na história dos Jogos. Não é à toa que até o magnata Bill Gates e o ex-presidente americano George W. Bush sentaram nas arquibancadas do Cubo d'Água, bandeirinha com listras e estrelas na mão, a fim de torcer por Phelps. Eles sabiam que Phelps ia vencer. Todo mundo sabia. Inclusive os adversários. O húngaro Laszlo Csech, medalha de prata nos duzentos metros borboleta, se impressiona:

– Quando você pensa que está chegando, ele tira um coelho da cartola...

O japonês Takeshi Matsuda, bronze na mesma modalidade, se conforma:

– Eu conheço Phelps e espero aprender com ele. Eu e Laszlo sabíamos que estávamos disputando o segundo lugar.

Antes da disputa desses duzentos metros borboleta, a assessoria de imprensa distribuiu um comunicado avisando: "Coletiva de 10 minutos com Phelps, no caso de medalha de ouro". O "no caso" era mera formalidade. Os jornalistas já preparavam as perguntas que iriam fazer ao nadador antes de ele cair na água.

Na hora da entrevista, Phelps chegou sorridente e tranquilo, caminhando sem pressa ao lado do colega de equipe Peter Vanderkaay. Respondeu a cada questão com voz baixa e grave, simpático, atencioso. Um jornalista chinês formulou uma extensa pergunta, e o equipamento de tradução falhou. Phelps olhou para o assessor de imprensa que comandava a coletiva, pedindo auxílio. O assessor não havia prestado atenção à pergunta e, para se livrar do problema, virou-se para outro jornalista, determinando:

– Próxima questão!

No mesmo instante, outro jornalista chinês se dispôs a traduzir a pergunta. Phelps insistiu em ouvi-lo. O jornalista traduziu, Phelps não entendeu nada, ninguém entendeu. Pela segunda vez, o assessor deu o caso por encerrado:

– Próxima pergunta!

Mas, também pela segunda vez, Phelps fez questão de ouvir uma chinesa que, agora sim, traduziu a indagação do primeiro repórter de forma compreensível. Terminada a coletiva, alguns jornalistas cercaram-no para conversar. Embora puxado pelos assessores, Phelps parou, deu atenção a todos e só foi embora depois de os voluntários pedirem que os repórteres se dispersassem.

Os dois, Phelps e Peter, sumiram nos corredores do Cubo d'Água. A voz de Peter não se ouviu. Nenhuma pergunta lhe foi feita. Depois, alguém quis saber como ele se sentia tendo que viver sempre ofuscado pela luz da estrela de Phelps.

– Faço o possível para não me importar com isso – suspirou. – Penso só em cair na piscina e fazer o melhor que puder.

Não deve ser difícil. Phelps age como um bom companheiro. Frequentemente é visto rindo e brincando com os colegas de equipe, e o único momento em que se permite vibrar são as provas de revezamento. Aí ele grita, torce, pula.

– Isso é um perigo – adverte Gustavo Borges. – A vibração em excesso pode fazer o nadador gastar energias de que ele vai precisar nas provas seguintes. É importante ficar sempre calmo, sempre relaxado.

Phelps fica. Nem no pódio se permite perder a concentração. Enquanto espera a medalha ser pendurada em seu pescoço, ele alonga as pernas, solta os braços, distensiona a musculatura.

Eis o segredo: Phelps está sempre pensando na vitória. Mesmo no pódio, mesmo fitando a bandeira americana e ouvindo o hino com a mão no peito, Phelps não está satisfeito.

Phelps quer sempre mais. Phelps quer, sempre e sempre, e mais do que tudo, vencer.

Como pode um peixe vivo?

Outro dia, eu, o repórter Tulio Milman e o famoso fotógrafo Maionese fomos a outro restaurante chinês, esse também extremamente chinês, em Pequim. Pedi um peixe que julguei apropriado para o meu apetite naquele momento em que me recuperava da árdua labuta.

A atendente saiu e, cinco minutos depois, voltou lá de dentro com um caixote de plástico. Parou ao meu lado, com o caixote na mão. Virou o caixote para mim. Lá dentro havia dois dedos d'água.

E um peixe.

Não sei qual era a raça do peixe, mas achei que restava uma centelha de vida em seu corpo frio. Ou ainda vivia ou falecera havia um minuto.

– Ele está vivo? – perguntei.

– Não sei... – disse o Maionese, espiando dentro da caixa.

– Mortinho – arriscou o Tulio.

Olhei para ele. Tive a impressão de que olhou para mim. De que em seu olhar de peixe bailava um brilho de compreensão desesperada. Como se implorasse:

– Não me coma! Não me coooomaaaa!

Tive ganas de responder:

– Bem, meu velho, não comê-lo-ia, se você pelo menos estivesse em um aquário ou em um viveiro, na companhia de seus bons amigos peixes ou de sua amorosa família de peixes, mas olhe a sua situação, aí no fundo dessa caixa, a vida se lhe esvaindo escamas afora. Você não conseguirá, rapaz. Não. Não conseguirá.

Quase disse isso tudo para o peixe. Mas como poderia argumentar com um peixe chinês? Sinalizei para a atendente:

– Esse mesmo.

E ela o levou para a cozinha.

Voltou envolto em molho agridoce. A melhor refeição que comi até agora, no Oriente Longínquo. Mas, da próxima vez, prefiro não ver minha comida viva. Não gosto que minha comida se mexa.

Como falar em mandarim

O negócio aqui na China é dizer ni hao.

Se você souber dizer ni hao estará tudo legal, com o perdão da rima. Ni hao em mandarim é uma saudação. Olá, oi, essas coisas. Falamos ni hao o tempo todo, até porque é muito difícil balbuciar outras palavras em chinês. A pronúncia é toda enviesada. Eu mesmo, só agora, duas semanas depois de ter chegado, aprendi outro truque: sei dizer bom dia. Assim: você olha para um chinês de manhã cedo e manda:

– Tsassarróu!

Funciona, juro. Eles sorriem, faceiros porque um laowai está se esforçando para se comunicar com eles, e devolvem:

– Tsassarróóóu!!!

Mas não tente isso em casa. É preciso muito treino antes de dizer um bom tsassarróu. É que essas palavras em chinês, o significado delas depende da forma como a gente as entoa. As pernas do eme um pouco mais compridas, do tamanho das pernas da Isinbayeva, podem representar uma amenidade pastoril, como o vento que enverga os trigais fazendo lembrar dos cabelos ondulantes daquela sueca que um dia incendiou a imaginação dos varões do Império do Meio. Um esse mais sibilante é capaz de simbolizar o negro dos olhos amendoados da donzela amada que numa manhã fria de inverno o fitaram com ardor sob as sombras dos ciprestes de seiscentos anos de idade do Templo do Céu.

É por aí.

Quer ver? Pequim mesmo. O nome "Pequim" significa "capital do Norte". Bom. Só que não se diz Pequim, aqui na China. Diz-se "Beijing". A cidade tem dois nomes. Perguntei para alguns chineses o porquê de tamanha abundância. Eles responderam que Pequim é o nome para estrangeiros. Para facilitar a vida dos laowais, manja?

Considero isso, ao mesmo tempo que uma deferência, uma subestimação. Será que os chineses acham que não vou saber dizer Beijing?

Claro que algumas palavras são difíceis, de fato. O nome do Mao: Tsé-tung. Muitos ocidentais agora o escrevem Zedong. Porque é como os chineses o pronunciam, aquele Ts tem som de zê. Portanto, é bem complicado falar em mandarim. Donde, nós estrangeiros saímos por aí dizendo ni hao. É ni hao o dia todo. Ontem, o famoso fotógrafo Maionese contou quantos ni haos disse desde que desceu para o café até voltar ao quarto para tomar banho: um ni hao para o porteiro, dois ni haos para as camareiras que vinham pelo corredor, outro ni hao para o vigia do prédio do café e quatro ni haos em sequência para todos que o atenderam no restaurante. Oito ni haos em 35 minutos.

Assim a gente passa o dia. Em dezesseis, dezessete horas de trabalho, os ni haos podem se elevar às centenas. Centenas de ni haos num único dia! Já estou cheio de dizer ni hao. Além disso, não duvido que esse troço de ni hao seja sacanagem dos chineses. Já os vi rindo à socapa depois de ter dito um ni hao todo animado na entrada do Ninho de Pássaro.

De repente ni hao pode significar, sei lá, "adoro bombeiros". Estou realmente desconfiado com esses chineses. Não vou mais dizer ni hao.

A Muralha da China ocupada

Raridade: o sábado amanheceu azul em Pequim. Pensei: eis um bom dia para irmos à Muralha da China. Até porque vir à China e não conhecer a Muralha da China é como... não. Não há nada como vir à China e não conhecer a Muralha da China.

Fomos, eu, o famoso fotógrafo Maionese, o Castiel, do *Diário Catarinense*, e o tradutor Li, um chinês que morou um ano em Porto Alegre. O Li tem 21 anos, é muito educado e pacato, como sói acontecer entre os chineses. E magro. Os chineses são um povo de magros. Um bilhão e trezentos milhões de chineses, alimentados a peixe e arroz, juntos devem pesar menos do que trezentos milhões de americanos vermelhos e robustos, eles com seu bacon no café da manhã.

O Li, esguio, gentil, tem saído mais com o Castiel do que comigo e com o Maionese, ainda vou revelar a verdadeira e assustadora razão do apelido do Maionese. Por ora, o drama de Li. Ocorre que, tendo vivido apenas um ano no Brasil, o Li ainda encontra compreensíveis dificuldades em entender plenamente o português, sobretudo quando se fala rápido com ele. Mas o Castiel, ansioso por fazer um trabalho eficiente e rápido, às vezes acumula informações para o Li traduzir. E o Li sofre.

Com a orientação de Li, chegamos à Muralha. Nada complicado. Há três trechos que distam a menos de uma hora de Pequim, e as estradas são ótimas. Importante esclarecer que a Muralha não é uma construção única, como muitos imaginam. Lá por 220 a.C., o legendário primeiro imperador da China aproveitou estruturas já existentes e montou o corpo do que seria a Muralha, um complexo de muros e fortalezas erguido ao longo de dois mil anos. Esse primeiro imperador, chamado de Imperador Amarelo, é conhecido por vários nomes. Normal num país que é chamado de China e Chungkuo.

Seu nome mais conhecido é Qin Shihuangdi, o que explica a necessidade de apelido. Era um dos imperadores que Mao mais admirava, apesar de ele não ser muito popular, principalmente porque executou 260 mestres confucianos e mandou queimar livros clássicos. De qualquer forma, Qin unificou o país, expandiu o território e estabeleceu um sistema de pesos e medidas.

Era obcecado pela longevidade. Certa feita, enviou um sacerdote taoísta e quinhentas virgens mar afora para que eles procurassem o elixir da vida eterna. Não encontraram elixir nenhum, mas, no caminho, as virgens deixaram de ser virgens e, diz a lenda, delas descendeu o povo japonês. A lenda não explica como foi a vida do monge taoísta no meio de todas essas ex-virgens, mas garante que Qin alcançou seu objetivo: tornou-se imortal ao fazer amor com mil moças virgens (não aquelas do monge, outras). Portanto, você já sabe: se quiser ser imortal, é só encontrar mil moças virgens e fazer amor com elas.

Mas lá fomos nós, Muralha acima. No caminho, havia um camelo. Um enorme camelo com suas duas grandes corcovas e seu pescoço curvo. As pessoas pagavam trinta yuans, uns sete reais, e subiam no camelo. O famoso fotógrafo Maionese e o Castiel montaram no camelo – um de cada vez. Ficaram lá sentados, segurando na corcova. Preferi continuar em solo firme, observando-os. Não confio em animais com duas corcovas.

Não precisamos caminhar muito para atingir a Muralha propriamente dita. Um moderno teleférico nos levou até lá. Isso me fez lembrar de algo que havia lido sobre as críticas que Deng Xiaoping recebeu por abrir a Muralha ao turismo. O velho Deng era um capitalista convicto, realmente. Não só instalou bondinhos para facilitar a vida dos turistas como mandou cobrar ingressos. Essas medidas certamente foram responsáveis pela preservação da Muralha, mas como o capitalismo chinês ainda é um tanto embrutecido, alguns dos blocos de pedra foram recolocados no lugar com cimento.

Óbvio que a muralha é imponente, três mil quilômetros arrastando-se pelas montanhas. Mas igualmente é óbvio que ela não poderia ser vista a olho nu da Lua, como se acreditava – há menos de três metros entre um muro e outro. A ironia é que a Muralha, construída para defender a China dos invasores estrangeiros, hoje é totalmente ocupada por estrangeiros. Gente de todas as esquinas do planeta se pecha sobre aquelas pedras milenares. A Muralha, monumento ao isolacionismo chinês, é agora o símbolo da internacionalização e do capitalismo. Sobre a Muralha passeiam loiras italianas de short e negros americanos de dois metros de altura. Sobre a Muralha há celulares, câmeras, flashes, gente ouvindo rock'n'roll.

Ao descer da Muralha, o turista cai no meio da areia movediça dos turistas: tendas, tabuleiros, barracas de vendedores. Oferecem todo tipo de bugiganga, de camisetas a pepinos de trinta centímetros de comprimento conservados em... açúcar! Vendem-se mochilas e camisetas onde está impresso o rosto sorridente de Mao, pequenas estatuetas do Grande Timoneiro, quepes da Guarda Vermelha, o maoísmo é pop!!! Você vai andando e os vendedores oferecem aos gritos:

– One dolar! One dolar!

Tudo é um dólar. Ou não. Na verdade, é uma cilada. Se você para, o vendedor começa a negociar, o preço lá em cima, já esperando a cansativa atividade da barganha. Não gosto de pechinchar, mas estava no clima buliçoso daquele Paraguai chinês. Interessei-me por uma camiseta pela qual o vendedor pediu 150 yuans. Comprei por doze.

Na barraquinha ao lado, o Castiel tentava comprar lembrancinhas para toda a família. A negociação era mais dura e sofisticada, intermediada pelo bravo Li. O Castiel apontava para uma mercadoria e dizia para o Li com aquela voz sonora que o Castiel tem:

– Pergunta pra ele quanto é aquela caneta, Li!

O Li começava a traduzir para o vendedor, mas nesse ínterim o Castiel já se interessava por outro produto e mandava:

– E aquela camiseta, Li? Quanto é aquela camiseta?

O Li olhava para a camiseta, rearranjava o raciocínio, ia falar, mas o vendedor fazia uma observação em mandarim e, ao mesmo tempo, o Castiel gritava para o vendedor, que tinha uma pilha de camisetas na mão:

– Amarela, não! Não quero camiseta amarela!

E o vendedor rosnava algo para o angustiado Li. Antes que o Li pudesse traduzir para o Castiel o que o vendedor dissera, o Castiel já examinava nas mãos duas ou três bugigangas. O vendedor, ansioso, queria cobrar imediatamente por elas. Repetia, sem cessar com a mão estendida:

– Money, money, money!

O Castiel:

– Diz pra ele se acalmar, Li!

O Li ia dizer, mas o próprio Castiel dava nova ordem:

– A camiseta, Li! Perguntei quanto é a camiseta, Li!

– Money! Money!

O Li virava-se para a camiseta, mas já o Castiel mudava de ideia:

– E a bonequinha, hein, Li? Quanto ele pede pela bonequinha???

– Money! Money! Money!

– Ele que se acalme, Li! Por que tu não diz pra ele se acalmar, Li?

– MONEY!

– A camiseta, Li!

– Moooney!

– Li! Li!

O Li balançava a cabeça e gemia baixinho:

– O infelno, o infelno...

Definitivamente, os estrangeiros ocuparam a Muralha da China.

Lá em cima

Antes de cada nova façanha no salto com vara, Yelena Isinbayeva precisa refugiar-se dos olhos do mundo. Justamente nesses momentos em que os olhos do mundo estão postos nela, como ao quebrar mais um recorde da modalidade, pela 24ª vez, saltando 5m05, conquistando a medalha de ouro e enlevando quase até a paixão os noventa mil espectadores do Ninho do Pássaro, em Pequim.

É no mínimo extravagante o ritual de Isinbayeva. Ela já pisa no estádio como que pretendendo esconder algo da multidão. Entra com um boné enterrado na cabeça.

Seus faiscantes olhos azuis estão à sombra. Ninguém os vê. Mas pouco antes de seu nome ser citado pelos alto-falantes ela já está sorrindo. Sabe que as outras competidoras são coadjuvantes. Sabe que todos esperam por ela, e só por ela. Ontem, no Ninho do Pássaro, foi assim. Ela foi a última a ser anunciada, o público uivou de alegria. Isinbayeva levou as mãos ao rosto, como que envergonhada, e depois acenou, sorridente.

Com a competição em andamento, Isinbayeva pôs-se de lado. Deitou de costas na grama, vestida com o agasalho da equipe russa, ainda debaixo do boné, e, como se fosse tirar uma soneca, cobriu o rosto com uma toalha. Assim permaneceu, alheia ao esforço das outras competidoras que sofriam para saltar 4m65cm, muito, muito distante da última marca que ela, Isinbayeva, havia alcançado: 5m04cm, até ontem o recorde mundial.

Metade das competidoras já havia sido eliminada quando Isinbayeva deu seu primeiro salto. A bela levantou-se, despiu o agasalho, sacou o boné, andou alguns passos e voltou para o local onde estivera. Sentou-se outra vez e cobriu a cabeça com uma toalha. Ficou ali, agachada, fazendo sabe-se lá o quê. Depois saltou 4m70cm, bem mais do que as outras haviam conseguido. E voltou para o seu lugar, outra vez deitou com a toalha no rosto.

De vez em quando, levantava a toalha e espiava para conferir. Finalmente, ela se ergueu. Isinbayeva tirou o agasalho e mandou beijos para a plateia, que gemeu nas arquibancadas. Isinbayeva puxou o cabelo com força para trás, arrumou o rabo de cavalo e retornou ao seu lugar. Agora, tapou-se com um edredom branco. Ficou completamente encoberta, como numa barraquinha. A medalha de ouro já lhe pertencia.

Mas ela queria mais. Finalmente, ousou: colocou o limite em 5m05cm. Se conseguisse, seria o histórico recorde mundial. Tinha três saltos para atingi-lo. No primeiro, ainda havia outros atletas no Ninho do Pássaro. Isinbayeva errou.

No segundo, a última cerimônia de entrega de medalhas estava se encerrando. Isinbayeva errou de novo. Faltava apenas um. Será que conseguiria? Ou decepcionaria, falhando? O mundo inteiro agora olhava para Isinbayeva. E ela repetiu o ritual.

Despiu-se. Suas longas pernas douradas, sua barriga de pedra, suas nádegas mal-escondidas pelo short azul sumário, seus olhos d'água, suas unhas pintadas de preto, ela toda estava em exposição e era examinada por noventa mil pares de olhos no estádio e outros tantos milhões nas telas de TV ao redor do planeta. E Isinbayeva mais uma vez refugiou-se sob o edredom. E de lá saiu para a vitória. Saltou os 5m05cm, caiu no colchão já sorrindo e sorrindo fez a volta olímpica, enfeitiçando o Ninho do Pássaro com sua alegria, com seu charme. Com o mistério que só uma mulher que sabe que é bela é capaz de fazer.

Uma Tzindao bem gelada, por favor!

Às vezes eu gostaria apenas de sentar em uma mesa de bar, aqui no Oriente Longínquo, e pedir uma cerveja Tzindao bem gelada e apenas ficar ali, vendo chineses por todo lado, aqueles chineses magros dizendo ni hao uns para os outros. Mas isso é algo realmente difícil de se fazer por aqui. Não apenas porque é preciso produzir textos sobre a Olimpíada, textos, textos, textos, mas também porque não se encontra cerveja Tzindao gelada com facilidade.

Os chineses não tomam bebida gelada. Dizem que faz mal à saúde. Por favor! Como é que uma cerveja Tzindao bem gelada fará mal à saúde??? Mas os chineses são assim. Queijo, por exemplo. Eles acham muito estranho que nós ocidentais comamos queijo. Consideram o queijo um alimento gorduroso demais. Ora, será que os chineses não sabem que uma vida sem um pouco de gordura não vale a pena ser vivida? Francamente.

Claro que em Pequim os hábitos já estão se ocidentalizando. A cultura americana é irresistível. O tal american way of life. Porque os Estados Unidos construíram a civilização que mais se aproxima do ideal de bem-estar do ser humano. Uma civilização erguida em nome dos princípios elevados da liberdade do indivíduo e da democracia, sim, mas cimentada pela forma como os americanos solucionam os problemas comezinhos da vida. E, como a maior parte da vida é feita de problemas comezinhos, não há nada mais importante do que eles, afinal.

Pois os americanos tentam tornar a vida prática, confortável e barata. São esses os seus três princípios fundamentais. Assim, aqui em Pequim as pessoas usam jeans, tênis e camiseta, as pessoas ouvem rock'n'roll, veem *Friends* na TV, bebem Coca-Cola, comem McDonald's. Nunca vi uma cidade ter tanto McDonald's. As pessoas vivem como os americanos e não fazem tudo isso porque é bonito agir como um americano. Fazem porque é prático, confortável e barato. Os chineses podem ser mais de um bilhão e provavelmente dominarão a economia do planeta em pouco tempo, mas a cultura americana os envolverá, já os está envolvendo, e os modificará, já os está modificando, e cada vez mais a China se parecerá com o resto do mundo.

É evidente, também, que as megalópoles da China não são toda a China. A maioria da população ainda vive no campo. Lá, os chineses fazem como faziam os porto-alegrenses do século XIX: suas refeições são realizadas às dez da manhã e às quatro da tarde. Lá ainda não existem privadas com assento, equipamento usado no Ocidente desde os antigos romanos.

Mao Tsé-tung mesmo, quando em viagem, inclusive nas viagens a Moscou, levava sua própria cama de madeira e exigia latrinas em que o usuário ficasse agachado. Uma vez, estando no Kremlin, ficou com vontade de ir ao banheiro e se desesperou: todas as privadas tinham assento. Fez os assessores soviéticos buscarem um penico para que pudesse obrar em paz.

Mao era um típico camponês do interior da China. Como tal, jamais escovava os dentes. Ao acordar, enxaguava a boca com chá e depois comia as folhas. Seus dentes eram como que cobertos por uma camada de musgo verde. O doutor Li, seu médico particular por 22 anos, ao examinar os dentes do Grande Timoneiro, espantou-se: alguns estavam moles, prestes a cair, e da gengiva escorria pus.

Mao também não tomava banho. Seus servidores o esfregavam com toalhas quentes, enquanto ele lia documentos do governo. No livro que escreveu sobre seu paciente mais famoso, o doutor Li revelou até detalhes íntimos do Grande Timoneiro. Disse que o testículo direito de Mao não havia descido para o saco escrotal. Resolveu examinar o esperma do ditador de todos os chineses e escreveu o seguinte a respeito:

"Seu pênis era pequeno e macio. Massageei até extrair a secreção e mandei-a para o laboratório".

Para ver como às vezes pode ser desalentadora a profissão de médico. Há uma história de Mao na URSS que mostra à perfeição o quanto ele era inadaptado aos costumes ocidentais e, por extensão, como mantinha a China igualmente inadaptada. Deu-se em 1957. Krushev o levou para ver o Lago dos Cisnes. Sentado no camarote, Mao começou a se impacientar. Virou-se para Krushev e comentou:

– Eu nunca poderia dançar desse jeito. E você?

Cordial, Krushev concordou que provavelmente não conseguiria dançar na ponta dos pés. No fim do segundo ato, Mao foi embora, aborrecido. Saiu reclamando:

– Por que eles tinham de dançar daquele jeito, se empinando de um lado para o outro na ponta dos pés? Aquilo me deixou nervoso. Por que eles não podiam dançar de um jeito mais normal?

É evidente que, com seu líder pensando assim, os chineses permaneceriam encasulados atrás da Grande Muralha enquanto ele se mantivesse no poder. Mas Mao morreu em 1976, Deng Xiaoping decretou que enriquecer é glorioso e, hoje, embora se veja o retrato sorridente do Grande Timoneiro pendurado na porta principal da Cidade Proibida, embora esse mesmo retrato encare quem quer que pegue uma nota de yuan, qualquer nota de yuan, Mao tornou-se apenas um símbolo. Os jovens de Pequim, esses jovens que mais tarde comandarão a China, não compreendem exatamente o que Mao representou e o que ele pensava. Esses jovens já foram capturados pelo capitalismo e pelos confortáveis costumes americanos. Hoje, vestem jeans e ouvem rock; amanhã talvez adotem a democracia. E, quem sabe, será mais fácil de encontrar uma Tzindao bem gelada.

Como chamar o táxi na China

Chamar um táxi na China é uma operação sofisticada. Primeiro porque aqui táxi não é táxi, como em todo lugar. Se você falar a palavra táxi na Espanha, nos Estados Unidos, na Alemanha, na França, na Itália, todo mundo vai entender que você quer um táxi. Na China, não. Na China, eles até tentaram traduzir táxi para o mandarim. Falam dishi, só que não se diz dixi, como você deve estar pensando. Não: é dshãã. Agora vá dizer isso. Não é fácil.

Outro problema é dar o endereço para o taxista. Como dizer "Vamos para a Getúlio Vargas" em mandarim? A pronúncia é toda enozada, você tem que colocar a língua entre os dentes e tudo mais. Nenhum taxista em toda a imensa China entende um ocidental tentando falar em mandarim. E escrever o endereço também não adianta, porque eles só leem aqueles ideogramas.

Jogo duro.

O único jeito de tomar um táxi aqui é chamar um chinês que fale inglês e pedir a ele que diga em mandarim o endereço para o taxista. Aí você entra no táxi e o motorista o leva em silêncio absoluto. Ontem, fui pedir ajuda a um voluntário para tomar um táxi. Só queria isso: que ele chamasse o táxi e desse o endereço para o motorista. Mas o voluntário ficou nervoso com a responsabilidade, começou a convocar outros voluntários e logo havia doze (eu disse doze!!!) voluntários para chamar o táxi para mim. Depois de grande alvoroço, felizmente eles conseguiram. Entrei no táxi, agradeci penhoradamente a todos e fui embora, me sentindo o presidente da China.

Um pedido esquisito

Caminhava tranquilo como um Phelps à frente da minha mochila pelas ruas da velha Ta-tu, séculos atrás promovida a Pequim, a Capital do Norte, quando uma chinesa de óculos e roupa azul de voluntária da Olimpíada disse esquiusime e me parou. Ué?

Chineses não são de parar gente nas ruas. Ela parecia envergonhada, mas ainda assim falou o que queria. Pediu para tirar uma foto minha. Não comigo: de mim. Aceitei, que fazer? Ergui o dedão em sinal de positivo e ela clicou. Agradeceu e foi-se, contente por ter capturado mais uma imagem exótica desse período tão agitado de Pequim.

Nós ocidentais comedores de queijo devemos ser muito estranhos mesmo.

Os pés das chinesas

Desde que os nacionalistas de Chiang Kai-shek tomaram o poder, no começo do século XX, os pais chineses não enfaixam mais os pés das meninas, felizmente para as meninas.

Li relatos horrendos a respeito de guriazinhas que passaram a vida sentindo dores quase insuportáveis, tudo para satisfazer um não admitido fetiche sexual masculino chinês. Os pés, amarrados para trás com faixas bem apertadas, ficavam deformados, transformavam-se em garras de oito centímetros de comprimento, os chamados "pés de lótus". Esse costume teve início na corte do século XI. A menina que não tivesse os pés enfaixados era considerada uma camponesa grosseira e dificilmente conseguiria um bom casamento. Por oitocentos anos, as mulheres da China sofreram por causa dessa tradição.

Estava curioso para observar os pés das chinesas. Afinal, calculei, se os chineses apreciam pés pequenos e delicados, as chinesas devem se empenhar para satisfazê-los, tanto quanto as brasileiras não medem esforços para ressaltar o que os brasileiros mais gostam, ou seja: o derrière, a região glútea, o traseiro, a famosa bunda.

Assim, por interesse jornalístico, observei com atenção os pés das chinesas. E, olha, não são diferentes dos das brasileiras. Há pés pequeninos tamanho 35, dos quais poder-se-ia confeccionar meigos chaveiros, mas também há os standard 36 e 37 e até os tipo Gisele Bündchen, bitola 39. A calçá-los vi de tudo, das abomináveis rasteirinhas aos elegantes escarpins.

As chinesas, ou pelo menos as pequinesas, têm pés definitivamente internacionais. Um poema do começo da dinastia Song, do poeta político Su Shi, que viveu de 1036 a 1101, exalta beldades de pés enfaixados. Mas reconhece sua dor:

Ungida com fragrância, ela tem passos de lótus;
Ainda que sempre triste, caminha com rápida leveza.
Ela dança como o vento, sem deixar vestígios
Outra furtiva, mas alegre, veste-se ao estilo do palácio,
Mas sente tal sofrimento ao andar!
Olha para eles na palma de sua mão, de tão incrível pequeneza que
Desafiam a descrição.

Os reis de Pequim

O triunvirato de Pequim não é formado por monarcas modestos. Simpáticos e atenciosos, todos os três. Acessíveis até. Modestos, definitivamente não.

Michael Phelps, Usain Bolt e Yelena Isinbayeva sabem que são os melhores. E exigem que o mundo os reconheça como tal.

Os três saíram de seus países, Estados Unidos, Jamaica e Rússia, com o mesmo objetivo: vir à China, ver e vencer.

Cumpriram-no de sobejo.

Phelps ganhou oito medalhas de ouro na natação e transformou-se no maior medalhista olímpico de todos os tempos, Bolt bateu recordes mundiais nos cem e duzentos metros rasos e consagrou-se como o homem mais veloz da história humana, e Isinbayeva quebrou pela 25ª vez seu próprio recorde no salto com vara, atingindo a vertiginosa marca de 5m05cm. Ninguém, nos quarenta mil quilômetros de circunferência da Terra, é maior do que eles, em qualquer esporte.

É o que eles fazem questão de ressaltar.

USAIN BOLT

O jamaicano Usain Bolt também é admirado até por quem não gosta dele. Ou por quem não aprovou o que ele fez nos cem metros rasos. Foi tamanha a facilidade com que Bolt venceu a prova que a terminou dançando, abrindo os braços e batendo no peito antes mesmo de cruzar a linha de chegada. Ainda assim, quebrou o recorde mundial (que era dele) e cravou a marca de 9s69.

– O que ele fez não foi uma atitude de um campeão. Aquilo foi contra o espírito olímpico – criticou ninguém menos do que o presidente do Comitê Olímpico Internacional (COI), Jacques Rogge.

Mas Rogge foi forçado a reconhecer que Usain Bolt é "um fenômeno do atletismo".

– Ele está em outra dimensão. Ele está no nível de um Jesse Owens nos anos 30 – admitiu o presidente do COI.

Jesse Owens é o famoso atleta negro americano que provou a Adolf Hitler, na Olimpíada de 1936, em Berlim, que nenhuma raça é superior a outra. Talvez não por coincidência, Owens chegou à Alemanha munido de confiança semelhante à que demonstram Phelps, Bolt e Isinbayeva.

– Sem querer ser presunçoso, acho que vou ganhar três medalhas de ouro – previu Owens.

Ganhou quatro.

Usain Bolt, da mesma forma, disse que veio a Pequim para vencer. Negro alto, forte, espadaúdo, Bolt eleva-se a 1 metro e 96 de altura e pesa 86 quilos, compleição física que já lhe conferia vantagens quando jogava críquete na sua cidade natal, Trelawny, e agora ainda mais, no atletismo. Cada passada de Bolt equivale a passada e meia de um mero mortal. Ele ganhou o ouro nos duzentos metros, com um tempo de 19s30, no final da noite de 20 de agosto, véspera do seu aniversário de 22 anos. Comemorou a data apresentando-se para o planeta.

– Espantei o mundo. Meu nome é Relâmpago Bolt – festejou.

MICHAEL PHELPS

Depois de superar o recorde de seu compatriota Mark Spitz, que havia conquistado sete medalhas de ouro em 1972, Michael Phelps, bom filho que é, disse que só o que desejava, naquele momento, era ver sua querida mãe e abraçá-la. Mas, em seguida, acrescentou:

– Não quero ser um segundo Mark Spitz. Quero ser o primeiro Phelps.

Já é. Os adversários o reconhecem, inclusive. O brasileiro Thiago Pereira viu de posição privilegiada (de dentro da piscina) o americano ganhar uma de suas medalhas de ouro, a dos duzentos metros medley. Ao sair da água, Thiago disse estar feliz por ter participado daquela prova, embora tivesse chegado em quarto lugar. Por quê?

– Porque daqui a vinte ou trinta anos, quando alguém pensar em Pequim, vai pensar no que o Phelps fez. E eu vou fazer parte dessa história – raciocinou o nadador brasileiro

YELENA ISINBAYEVA

O palco em que Usain Bolt relampejou, o belo Ninho do Pássaro, só foi de fato enfeitiçado por Yelena Gadschiyevna Isinbayeva, uma ex-sargento do exército russo de 26 anos de idade que fascina o mundo com sua barriga pétrea, suas longas pernas douradas, seus cintilantes olhos azuis e seu poder de voar a mais de cinco metros de altura no salto com vara.

Yelena Isinbayeva ofereceu ao público o maior show dessa Olimpíada. Um show de carisma, segurança, autocontrole e magnetismo. Isinbayeva hipnotizou um estádio inteiro, reduziu todos a súditos obedientes. Antes de bater o recorde, ela esperou com paciência de campeã que os outros atletas subalternos encerrassem suas participações. Atrasou o desfecho da prova em mais de uma hora.

Com a cena enfim limpa, quando o estádio e o mundo observavam a ela, e tão somente a ela, Isinbayeva demonstrou toda a confiança que tem em si mesma. O gênero de confiança que faz o estofo de um vencedor. Ergueu os braços torneados e, com palmas ritmadas, comandou a torcida. Os milhares de espectadores atenderam, dóceis. E Isinbayeva deu a eles o que queriam: o novo recorde mundial. Um minuto depois, saiu comemorando pela pista atlética.

Medalha de prata com um salto de 4m80cm, a americana Jennifer Stuckzynski havia arrostado, antes da prova, que Isinbayeva não era imbatível. A russa, claro, não gostou.

– Não vou nem citar o nome dela. Ela me desrespeitou. Mas não está no meu nível. Eu sou invencível – disse Isinbayeva na entrevista após a prova, empinando ainda mais o nariz já empinado.

Por que os chineses são como são

Os brasileiros que cobrem a Olimpíada não compreendem o porquê de os chineses serem tão orgulhosos de seu governo, mesmo vivendo sob ditadura.

Tem explicação.

No século XI, por exemplo, havia o déspota Zhou, da dinastia Shang. Se alguém se rebelasse contra o seu poder, Zhou não vacilava. O rebelde desaparecia e só era visto de novo quando bem morto, seu corpo mutilado exposto nas ruas da cidade. Outro hábito que tornou Zhou célebre foi o de encher sua piscina particular com vinho. Entendo Zhou. Meu sonho era de, um dia, ver uma piscina cheia com toda a cerveja que já bebi na vida.

Já o imperador Sui Yangdi, do século VII, gostava de mulheres, de beber e vivia na opulência. Devia ser divertido o imperador Sui. Seu chamado "barco dos prazeres" era remado por belas moças presas com fitas de seda. Achei muito estimulante isso de belas moças presas com fitas de seda. Aliás, a seda pode ter diversos significados na velha e boa China. Em 1858, um nobre chinês estava na Europa, negociando tratados com as potências estrangeiras – Inglaterra, França e Estados Unidos. Sabedor do resultado das negociações, o imperador não ficou feliz e enviou um arco de seda ao embaixador. Ao recebê-lo, o nobre estremeceu: queria dizer que, naquele momento, ele tinha autorização para se suicidar com ajuda dos servos. O embaixador acatou a sugestão imperial.

Acerca de suicídios: o Partido Comunista simplesmente os proibia para os seus militantes, na época de Mao. Se o integrante do partido descumprisse o interdito, seus familiares sobreviventes é que sofriam: carregavam o rótulo de parentes do traidor pelo resto da vida e não conseguiam mais cargos públicos, problema sério numa economia estatizada, como era a chinesa então.

Também tem a história do imperador Hongwu. Um homem perigoso, aquele imperador. Na verdade, chamava-se Zhu Yuanzhang, mas ele mesmo adotou o nome de Hongwu, que significa "extenso poder militar". Existem retratos pintados de Hongwu, e eles não são agradáveis de se ver. Sua feiura era cantada em toda a extensão da Grande Muralha. Seus contemporâneos diziam que tinha "olhos de fênix, mandíbulas de dragão e sardas espalhadas por todo o rosto".

Sardas espalhadas por todo o rosto sou capaz de imaginar, mas alguém aí por favor me diga como seriam esses olhos de fênix e as mandíbulas de dragão. Enfim. Hongwu foi um imperador importante, a despeito de sua aparência. Fundou a Dinastia Ming, que quer dizer "brilhante". Essa dinastia durou trezentos anos, do século XIV ao XVII. Foi um período de estabilidade na China, a ponto de o número de habitantes do país duplicar de 80 para 160 milhões, quase a população atual do Brasil.

O problema com Hongwu é que ele era paranoico e agressivo, duas características que, quando reunidas na mesma personalidade, tornam-se explosivas. Uma vez, o imperador descobriu que um ministro conspirava contra ele. Mandou decapitá-lo e, por garantia, também a todos os membros próximos ou distantes da sua família. O total de execuções chegou a quarenta mil, o que mostra que esse ministro tinha família grande.

Quando desconfiava de alguém, Hongwu valia-se desse eficiente método da decapitação. O número de oficiais e funcionários públicos que ele mandou decepar chegou a cem mil. E ainda assim a população chinesa aumentava, veja como são prolíferos os chineses. Para as faltas menos graves, Hongwu bolou um engenhoso sistema de punições por meio de espancamento com varas de bambu.

Funcionava assim: o infeliz condenado era agarrado por mãos e pés. Suas nádegas nuas eram fustigadas com a tal vara de bambu, enquanto um auxiliar do carrasco, que ganhava só para fazer isso, contava em voz alta:

– Uma bastonada com vara de bambu!

– Duas bastonadas com vara de bambu!

– Três bastonadas com vara de bambu!

Era chato. A pele das nádegas rachava e infeccionava. Muitas vezes a vítima morria. Muito chato.

Hongwu era centralizador, defeito de inúmeros chefes inseguros. Aboliu vários cargos de ministros e assumiu suas funções. Conta a história chinesa que o imperador examinava mil e seiscentos despachos em oito dias, numa média de duzentos documentos em dez horas de trabalho diário. Ou seja: cada documento merecia três minutos da atenção de Hongwu, mais ou menos a carga de trabalho de alguns juízes de direito no Brasil.

Essas histórias todas, quem queria contá-las era Sima Qian, o maior historiador da antiga China, filho de outro grande historiador, Sima Tan. Como seu pai, Qian era astrólogo da corte e tinha acesso irrestrito à grande biblioteca imperial. Por conta de tais facilidades, pôs-se a escrever a história da China. O imperador resolveu conferir como andava o trabalho e descobriu que o historiador queria... contar a verdade! Mandou castrá-lo, o que é ainda mais chato do que ter as nádegas espancadas com varas de bambu.

Como se pode ver, autoridades chinesas não costumam tolerar oposição ou desobediência. Em cinco mil anos de história, porém, nunca a China respirou tanta liberdade. Os chineses podem estudar, ler livros estrangeiros, ver filmes e seriados de TV, viajar e enriquecer à vontade, que muitos enriquecem. O dinheiro está libertando os chineses. Por que iriam se importar com pormenores como o direito de escolher e criticar seus governantes?

O DESERTO DA MORTE

O deserto de Taklimakan traz a morte desde o nome.

Taklimakan significa "aqueles que entram já não saem". É um dos lugares mais inóspitos da Terra, localizado na China ocidental. Nem essa advertência impediu o arqueólogo britânico Sir Aurel Stein de penetrar no Taklimakan no começo do século XX e lá descobrir o mais antigo livro da civilização, o Sutra-Diamante, emparedado por mil e duzentos anos num mosteiro budista. Hoje o Sutra-Diamante reluz no Museu Britânico, a dez mil quilômetros do Império do Meio, mas continua sendo um atestado da criatividade milenar dos chineses.

Foram os chineses que inventaram o papel com o qual são feitos os livros. No ano 105 da Era Cristã, Tsai Lun informou ao imperador que conseguira confeccionar um material leve e barato para receber a tinta, que, aliás, também havia sido inventada pelos chineses. O papel pioneiro era feito de casca de árvore, cânhamo e trapos. O imperador deu títulos e honorários a Tsai Lun, mas conta a História que um dia ele se envolveu numa intriga com a imperatriz. A História não esclarece que tipo de intriga, mas não duvido que Tsai tenha dado em cima da imperatriz, porque o imperador ficou furioso e mandou prendê-lo. Ante à desgraça iminente, Tsai foi para casa, tomou um banho demorado, vestiu sua melhor roupa e ingeriu veneno mortal.

A despeito do infausto destino de Tsai, o que importa é que cabe aos chineses a glória de ter inventado a tinta, o papel e, esse sim, o maior invento da história humana, o tipo móvel. Os chineses imprimiam livros pelo menos quinhentos anos antes de Gutenberg.

Os chineses também são responsáveis por outra criação que, sem ela, o mundo definitivamente não seria o mesmo: o macarrão.

Claro que os italianos aperfeiçoaram divinamente essa invenção, temperando-a com densos molhos de tomate, carbonara ou matriciana, salpicando-a com fresco queijo parmesão, servindo-a com tintos capitosos, mas a primazia é dos chineses.

Graças ao infeliz Tsai, os chineses puderam inventar também o papel-moeda. Muito prático, porém, com esse instrumento, os governos podiam fabricar dinheiro e, fabricando dinheiro, inventaram a inflação.

Agora, o invento do qual eles realmente se valeram com maestria e sem economia, nas cerimônias de abertura e encerramento dos Jogos, foi a pólvora. Estou aqui entre as 42 mil toneladas de aço do Ninho do Pássaro, vendo o céu negro de Pequim ser iluminado por 2.547 canhões de luz e uma tempestade de fogos de artifício. Os fogos se espalham em chafariz , caem em cascata, embasbacam os 91 mil espectadores do grande estádio.

Não há dúvida: os chineses aprenderam algo na poeira dos séculos.

A FAVOR DA DITADURA

Um mês na China e voltei convencido do tanto que a democracia é supérflua. Porque esses valores subjetivos, como liberdade individual e solidez das instituições, são exatamente isto: subjetivos. Freud dizia que tudo se resume a casa, comida e sexo. De fato, se a pessoa morar bem, se tiver trabalho, segurança, saúde e diversão, pouco se lhe dá escolher quem será o vereador ou o presidente da República.

Na China é assim. A China vive sob o tacão de uma ditadura feroz, mas os chineses estão muito satisfeitos com seu governo. Afinal, a abertura capitalista lhes proporcionou algum conforto material, a perspectiva de enriquecimento e, tão curioso quanto contraditório, as maiores doses de liberdade que eles já experimentaram em 50 séculos de história. Hoje os chineses viajam para onde quiserem, leem livros ocidentais, ouvem rock'n'roll, ganham o seu dinheiro. Se o governo é de um único partido e é corrupto, eis uma minudência de somenos importância.

É que o governo em relação ao povo é como o homem em relação à mulher: precisa ter autoridade. O povo exige ser tratado com autoridade. Tanto que, muitas vezes, prefere a arbitrariedade à omissão. Vide a Lei Seca brasileira: trata-se de uma lei exagerada, rigorosa em excesso. Mas é uma lei que funciona porque PUNE o infrator de forma administrativa. Ganhou o apoio do país inteiro, mesmo de quem a considera injusta.

Agora: o crime mais grave que pode ser cometido, o crime contra pessoa, com esse tipo de crime a legislação brasileira é leniente. Dizem que o rico não fica preso no Brasil. Não é verdade: NINGUÉM fica preso no Brasil. O sujeito agride, fere ou mata e, ainda que detido, está livre em dois dias. A não ser, claro, que ele seja pai da Isabela Nardoni.

Os parlamentares não se arriscam a propor uma lei mais dura porque, no Brasil, a repressão, mesmo que seja a repressão ao crime, é confundida com autoritarismo de direita. Não sabem que o brasileiro, assustado e, pior, acuado pela violência, já está reivindicando o autoritarismo, por enxergar aí uma forma de autoridade.

É que o Brasil já atingiu o patamar do insuportável. Quando a gente faz uma viagem longa como a que fiz, quando se fica algum tempo fora daqui, chega-se à constatação aterradora: o Brasil se transformou no pior país do mundo. Talvez nem no Iraque, talvez nem nos países paupérrimos da África o cidadão conviva com tanta violência como no Brasil. O brasileiro vive com medo, e quem vive com medo reage: torna-se agressivo, intolerante e violento também. É no que se tornou o brasileiro – um povo impaciente e mal-educado.

Por tudo isso, o brasileiro não aguenta mais. O brasileiro clama por uma solução e já não acredita mais nessa lenta e custosa democracia. O brasileiro, a maioria dos brasileiros, aceitaria até a ditadura, se a ditadura livrasse o país do medo. E, realmente, há que se admitir: a ditadura é bem mais eficiente e rápida. Eu também prefiro a ditadura. O problema, no caso, é só um: quem. Quem será o ditador? Eu só confiaria num único ditador para o Brasil: eu. Todos os outros 180 milhões de brasileiros seriam insuportavelmente tiranos, não aceitaria obedecer-lhes e tenho certeza de que seriam injustos e inaptos. Quer dizer: tenho que me contentar com a democracia. E torcer que, algum dia, o brasileiro compreenda que democracia e autoridade, democracia e ordem, democracia e respeito não são valores excludentes. Algum dia o Brasil entenderá isso. Espero que não tarde demais.

VENEZUELA

Chávez gostaria de ser Fidel Castro, mas, na verdade, é um Sílvio Santos de farda. Falastrão, populista, ambicioso, ele mudou a vida na Venezuela, não necessariamente para melhor. Vi um pouco dos efeitos das ações de Chávez durante uma semana em Caracas, em meados de 2009.

E também vi como o mundo sentiu a crise econômica que havia estourado na Europa e nos Estados Unidos.

No Brasil, a crise foi mais amena. Os brasileiros se inquietaram com os problemas de sempre.

Viagem ao reino de Chávez

Do verde profundo da selva amazônica, ao sul, às areias de branco imaculado das praias do Mar do Caribe, ao norte, todos, na Venezuela, são chavistas.

Ou antichavistas.

Não existe meio-termo. Não há espaço para ponderação. A vida, na Venezuela, é um Gre-Nal.

Como se fossem torcedores de futebol, todos (todos!) têm opinião sobre o assunto. Balconistas, motoristas de táxi, guardas de trânsito, camareiras de hotel, médicos e enfermeiras, professores e alunos, não há quem não fale a respeito do governo do presidente Hugo Chávez com argumentos poderosos e definitivos, uns radicalmente contra, outros visceralmente a favor. E parece que todos têm razão. Ou que ninguém tem.

– Chega a ser cansativo. O tempo todo os venezuelanos estão falando em política, a todo momento, sem parar, com posições sempre muito radicais – admite Leandro Estevão, adido da embaixada brasileira em Caracas.

A Venezuela, hoje, é um país dividido. Sua capital, Caracas, simboliza tal divisão. Tudo em Caracas é contraditório. Ao norte, a imponente Montanha Ávila, do alto dos seus 2,6 mil metros, como que assiste a esse drama maniqueísta. A leste da Ávila podem ser contemplados os bairros elegantes da cidade. "Elegantes" não se trata de mera força de expressão. A Caracas que Chávez chamaria de "burguesa" é elegante mesmo. E requintada. Em Caracas as ruas são amplas, com seus leitos recobertos por camadas de asfalto impecável e suas margens agradavelmente arborizadas. Há, na região central de Caracas, túneis verdes semelhantes ao da Rua Gonçalo de Carvalho, em Porto Alegre. Os bares da cidade são floridos pela beleza das mulheres que mais conquistam faixas de miss no planeta. Há restaurantes internacionais em Caracas, e um aprazível country club, e salas de cinema que exibem ciclos de filmes franceses, e shoppings refinados, e caminhonetes importadas. Enfim, em Caracas há o que de melhor e mais caro pode proporcionar o mundo capitalista tão combatido por Chávez.

NO LESTE DE CARACAS

Do outro lado, a oeste da grande montanha, incrustam-se os barrios, as favelas da cidade. Encarapitam-se nos morros, imitando as favelas cariocas. São pobres, infectos e perigosos. É ali que vive a maioria da população.

Vive com medo.

Pesquisas de opinião apontaram a segurança como a maior preocupação da população. Pudera. Em 2008 ocorreram 13.780 homicídios no país, isso em uma população de 27,7 milhões de pessoas. A média de assassinatos na Venezuela beira 58 por 100 mil pessoas. No Brasil é de 26 por 100 mil.

Na Venezuela, a maioria dos homicídios, como no Brasil, se relaciona ao tráfico de drogas. Todos os índices de violência têm aumentado na era Chávez, de acordo com os órgãos oficiais. Nenhum como uma modalidade de crime relativamente nova no país: o sequestro. Em 2008, segundo o Ministério do Interior, 627 pessoas foram sequestradas na Venezuela, 52 por cento a mais do que no ano anterior. Em 1999, as vítimas foram 44.

– Eu já fui sequestrado duas vezes. Achei que Caracas seria tranquila em comparação com Rio e São Paulo, mas não é – conta Daniel Chalap, argentino que trabalha como gerente geral da TAM na Venezuela.

Chávez bem que tenta tomar medidas para melhorar a vida nos barrios. Lançou um curioso telefone celular popular em um acordo com os chineses. O telefone passou a se chamar vergatario. Vergatario, na Venezuela, é um termo que, em português do Brasil, seria como definir algo como "do cacete". Então, os venezuelanos agora estão falando em "cacetes". Todo mundo tem telefone celular na Venezuela.

Chávez tomou outras medidas de cunho social importantes. São as chamadas "Missões Barrio Adentro", equipes volantes de médicos, enfermeiras e dentistas cubanos que vão até as favelas para tratar dos doentes. Há mais de dezoito mil profissionais de saúde cubanos morando na Venezuela.

Outra ação de destaque do governo na área social foi a constituição do Mercal, supermercado estatal que vende produtos alimentares subsidiados, a preço tabelado. Existem vários supermercados desse tipo pela cidade. Um Mercal é um supermercado tosco, sem sofisticação ou apelo ao consumo. Os funcionários dos Mercais são funcionários do Estado, trabalham de camisa vermelha e ficam muito nervosos se avistam um jornalista estrangeiro.

– Fotos são proibidas! – avisam.

Pudera, a imagem de um Mercal é a imagem da melancolia. Prateleiras meio vazias, clientes desanimados, atendentes mais ainda. As coisas boas do reino de Chávez não são tão boas assim.

O Sílvio Santos venezuelano

Hugo Chávez é uma espécie de Sílvio Santos venezuelano. Como o Sílvio Santos dos bons tempos, Chávez começa o seu programa, *Alô, Presidente*, às oito ou nove da manhã de domingo e só termina às três ou quatro da tarde. Mas não se comporta como o seu ídolo Fidel Castro, que fala sem cessar durante seis horas. Não. Comporta-se exatamente como SS. O *Alô, Presidente* é um programa produzido, com entrevistas e atrações, com trocas de cenário e até algumas surpresas.

No dia 28 de maio de 2009, uma quinta-feira, o *Alô, Presidente* completou dez anos no ar. Em comemoração, Chávez decidiu que faria um programa especial, com quatro dias de duração. Não chegou a tanto. No fim do primeiro dia, ele já parecia cansado, mas interrompeu as transmissões, no sábado, alegando problemas técnicos. O início, porém, foi promissor. Abriu o programa às onze da manhã de quinta. Vestia jaqueta marrom sobre camiseta vermelha, traje um tanto pesado para o eterno calor amazônico da Venezuela.

Usava microfone de lapela. O som ambiente era captado por um microfone direcional. Chávez visitava uma usina termoelétrica que inauguraria nova fase. Estava no pátio, ao ar livre, em meio aos operários, todos com suas camisas vermelhas.

É inegável: ele sabe se comunicar. Fala didaticamente, com clareza, empregando imagens que suavizam o discurso. Mal iniciado o programa, já comparava o capitalismo ao *Exterminador do futuro*, provocando sorrisos nos funcionários da usina. Logo depois, filosofou:

– As ideias são como as nuvens, que fazem chover e fertilizam o campo.

Após entrevistar alguns operários, deslocou-se até outra parte do pátio da empresa para assistir à apresentação de um coral de crianças da região. As crianças, obviamente vestidas de vermelho, perfiladas em duas fileiras, cantaram uma música típica da Venezuela. Chávez se empolgou, juntou os polegares com os indicadores e, como se fosse um regente de orquestra, balançou os braços e cantou também. Em trinta segundos estava postado no centro do coral, junto das crianças, abraçando-as, cantando com os olhos fechados, concentrado. As crianças sorriam, alegres.

Chávez sabe se valer do fascínio que emana do poder. Durante o tempo em que falou da usina, volta e meia abordava um funcionário, fazia-lhe uma pergunta ou brindava-o com uma observação. Uma gordinha, ele a tomou pela mão e saiu caminhando com ela. A funcionária o olhava com devoção. Em seguida, Chávez parou diante de uma menina do coral e perguntou:

– Tu, negra, de onde tu és?

Antes que ela respondesse, acrescentou:

– Sim, porque tu és negra. Temos que ter orgulho das nossas origens. Sou negro com índio. O povo venezuelano é assim, uma mescla de índios, negros e brancos, temos que ter orgulho disso.

A menina parecia orgulhosa.

Chávez não ficou o tempo inteiro no ar. De vez em quando, o programa apresentava uma matéria especial. Chávez reaparecia uma hora depois, em outra locação. Numa delas, surgiu sentado atrás de uma mesa no Palácio Miraflores, sede do governo. Discorria sobre a primeira vez que permitiu que o maquiassem antes do programa.

– Eu não queria, mas aí me explicaram que era preciso maquiar para tirar o brilho. Eu disse: "Mas se brilha é muito melhor!".

A plateia riu. Eram trabalhadores sentados em cadeiras postas em frente à mesa de Chávez, como se estivessem em uma sala de aula. Vestiam, claro, camisas vermelhas. O presidente-apresentador continuou falando. Sobre Fidel, a quem considera um sábio, "e mais sábio fica a cada dia, enquanto envelhece". Sacou uma lata cilíndrica de sardinhas. Contou que a empresa que produz aquelas sardinhas havia sido encampada pelo Estado.

– Era uma empresa falida, e o Estado a salvou – disse.

Mostrou a lata para a câmera:

– As melhores sardinhas do mundo!

Chávez usa o *Alô, Presidente* para tudo, inclusive para despachar com seus ministros. Não existe reunião ministerial no governo bolivariano. Pelo menos não a portas fechadas. Chávez delibera com seus auxiliares diante das câmeras e, vez por outra, os censura acidamente. Um dos ministros descompostos ao vivo e a cores para todo o país foi o próprio irmão do presidente, Adán Chávez, que era ministro da Educação. Adán não fez uma boa gestão e acabou demitido.

A ONIPRESENTE PROPAGANDA OFICIAL

Percebe-se já no aeroporto de Caracas: algo está acontecendo na Venezuela. Quem anuncia é o próprio Hugo Chávez. Ou, antes, a imagem dele estampada em um grande cartaz no saguão. O presidente aparece de pé à frente do satélite venezuelano Simón Bolívar. Seu dedo indicador direito aponta para o alto, provavelmente para o porvir. Ao lado, a frase: "A Venezuela se libertou, e se libertou para sempre".

Chávez é ubíquo em Caracas. Seu sorriso surge em todo lugar, em cartazes anunciando as mudanças da chamada Revolução Bolivariana. Bonequinhos de plástico tipo "joão-bobo" com o rosto de Chávez, vestidos de camisa vermelha, boina vermelha e portando a "Constituição Bolivariana" são vendidos no Centro. Os vendedores pedem trinta bolívares fortes (27 reais) pelo boneco, mas, regateando, pode-se comprar um por doze (onze reais). O boneco é chamado "El intumbable". Lógico: um joão-bobo não cai quando batem nele.

O presidente não é o único personagem da propaganda oficial. Alguns poucos outros o acompanham. Simón Bolívar, claro – é difícil encontrar um canto da Venezuela em que não haja algo que lembre o herói da independência. Também Che Guevara. No "Centro de Formação Socialista" há uma foto do Che Guevara sem camisa, empurrando um carrinho de mão em Cuba. Chávez aparece ao fundo. Entre eles, o lema do Che: "Pátria, socialismo ou morte! Venceremos!".

Outros cartazes que podem ser vistos espalhados pelos bairros e pelo Centro de Caracas são os da campanha "Venezuela de verdade". Trata-se de uma provocação às classes altas do país. Os personagens desses cartazes sempre são trabalhadores que exaltam as ações do governo. Para Chávez, eles são a Venezuela de verdade, não a burguesia que critica o presidente. Em um dos outdoors, a trabalhadora Maria Dassisi aparece identificada e com uma frase entre aspas: "O Barrio Adentro (programa social do governo) salvou o meu papai".

Não é de hoje que Chávez anuncia que pretende transformar a Venezuela em um país socialista. De certa forma, vem cumprindo a promessa. Pelo menos é o que asseguram seus próprios opositores, muito bem organizados em associações que fazem campanhas em todos os setores da sociedade. Uma delas, contra as modificações no sistema educacional, se chama "Com meus filhos não se meta".

A área mais sensível para os antichavistas, evidentemente, é a da propriedade privada. Para defendê-la foi fundada a Apiur, Associação dos Proprietários de Imóveis Urbanos. A Apiur tem alertado que, além das expropriações oficiais, o mecanismo que o governo usa para atacar a propriedade privada é o incentivo aos invasores de imóveis. E fornece números das invasões em Caracas: são 154 edifícios, mais 800 casas, terrenos e galpões. Desde 1999, 22 mil imóveis foram invadidos em toda a Venezuela, além de 188 edifícios alugados expropriados pela prefeitura da capital e ainda sem indenização. Outros 53 edifícios vazios foram expropriados. Dos proprietários destes edifícios, apenas doze foram indenizados.

– Acho que agora as expropriações começaram de verdade – especula Elziane Coutinho, mineira que reside há três anos em Caracas.

Elziane, o marido – engenheiro da Odebrecht – e o filho moram em um belo apartamento em Valle Arriba, zona nobre da capital. Ela não chega a temer que o socialismo bolivariano altere a boa qualidade de vida da família, mas acredita que grandes transformações estão a caminho.

– Até 2008, Chávez dizia que ia fazer. Agora ele está fazendo – conta.

Fazendo mais a cada dia. O que não é necessariamente uma boa notícia.

ÁFRICA

Existe um mago no Sul do continente africano. É um homem de quase dois metros de altura, sempre sorridente, chamado Nelson Mandela.

Mandela conseguiu algo inédito na África do Sul: depois de décadas de regime racista, ele apaziguou os negros oprimidos e os brancos opressores, conseguiu fazer com que uns aceitassem os outros, com que todos vivessem em paz, sem ressentimentos, sem revanches.

É claro que a África do Sul tem problemas, todo o continente tem. Mas Mandela provou que a concordância entre os homens é possível. Foi o que vi durante a cobertura da Copa do Mundo de 2010.

E muito mais.

A TERRA DA LIBERDADE

Na primeira metade do século XIX, um grupo de americanos decidiu montar uma associação para ajudar os ex-escravos dos Estados Unidos. Acreditavam, esses senhores brancos de leite, que os negros libertos deveriam ser mandados de volta à pátria de seus pais, a África, onde viveriam entre irmãos, longe da discriminação americana. Reuniram dinheiro, embarcaram em um navio, vazaram o Atlântico e tentaram comprar terra à beira-mar. O rei local não compartilhava das generosas intenções dos americanos e não quis lhes ceder terra nenhuma. Os bons brancos, então, encostaram-lhe o cano de uma pistola na cabeça. Com o que, o rei viu-se tomado de súbito espírito de caridade e lhes vendeu um naco da margem ocidental africana em troca de três mosquetes e uma caixa de contas de vidro. Parece pouco, mas os mosquetes funcionavam e o vidro era bem colorido.

Feito o negócio, os americanos passaram a lotar navios com alforriados e filhos de escravos a fim de enviá-los para o novo país, que recebeu o apropriado nome de Libéria, ou "terra da liberdade". Os homens da associação julgavam que os libertos, ao chegar à mãe África, retomariam o estilo de vida de seus antepassados, e que os nativos os receberiam em júbilo:

– Eles voltaram! Eles voltaram!

Nada disso aconteceu. Os líbero-americanos, como se autodenominaram, reproduziram no novo país a sociedade que os oprimia. Só que, agora, os opressores eram eles. Chamaram sua moeda de dólar e sua capital de Monróvia em homenagem ao presidente Monroe, dos Estados Unidos. As casas de Monróvia eram réplicas das dos seus antigos senhores do Sul americano. E, apesar do calor africano, vestiam-se com fraque e cartola, e as mulheres com vestidos farfalhantes armados por corpinhos. Assim enfarpelados, os líbero-americanos se diferenciavam dos nativos, que eles consideravam selvagens. Para assegurar a distância, confinaram os membros das tribos nativas a determinados territórios. Ou seja:

foram os precursores do Apartheid. Vez em quando, eles faziam incursões militares ao interior para... caçar escravos! Isso mesmo: os antigos escravos e filhos de escravos, levados à terra da liberdade, instituíram a escravidão.

Muito tenho lido sobre essa estranha Libéria, sobretudo às vésperas de embarcar para a Copa da África. Demonstra, o caso dos liberianos, uma verdade antiga: que o ser humano, salvo exceções especialíssimas, não consegue se libertar da sua própria história. Que as pessoas fazem aos outros aquilo que lhes foi feito. Que um homem só dá aos outros homens o que um dia lhe foi dado.

Quando penso nessa verdade, lembro da eleição.

Espero que o brasileiro, quando for escolher seu candidato, compreenda que os adultos já estão perdidos no passado. E que um país só se torna uma nação de verdade, justa e forte, quando cuida de suas crianças. As crianças, mais do que qualquer índice econômico, é que dão a medida da grandeza de um país.

TANZÂNIA: PAÍS DOS EXTREMOS

Se há um lugar que pode ser chamado de terra de extremos, esse lugar é a Tanzânia.

Na Tanzânia eleva-se o teto da África, o Monte Kilimanjaro, com quase seis mil metros de altitude e suas neves eternas que já renderam um romance de Hemingway no qual se baseou um clássico da Hollywood dos anos 50, estrelado por Gregory Peck e Susan Hayward. As neves eternas do Kilimanjaro, porém, estão a cada verão menos eternas. Elas vêm derretendo devido ao aquecimento global e, segundo os cientistas do clima, logo serão só literatura.

Na Tanzânia se espraia o maior lago da África e segundo maior do mundo, o lago Victoria, assim denominado por um explorador inglês chamado Speke em homenagem à sua gorducha rainha do além-mar. O Victoria só é menor do que o Cáspio, que não é chamado de lago, mas mar.

Os 39 milhões de seres humanos que vivem na Tanzânia falam 120 línguas diferentes.

Os 1,5 milhão de gnus que vivem no fabuloso Parque do Serengeti alimentam mais de dois mil leões, entre outros grandes felinos. A Tanzânia é a terra dos maiores animais caminhantes do planeta. Não por acaso o símbolo do país é a girafa.

A Tanzânia é um dos países mais miseráveis da África e, por conseguinte, um dos mais miseráveis do mundo. Os índices para cada mil habitantes em 2006 eram os seguintes: um automóvel, doze celulares, quatro telefones fixos, três computadores, vinte televisores e 0,04 médicos. Até o ano passado, 6,5 por cento da população estava contaminada com o vírus HIV. A média de vida é de 48 anos.

Na Tanzânia será realizado o jogo de futebol mais caro da história da África, o amistoso da seleção local contra o Brasil, pelo qual o torcedor terá de desembolsar até duzentos mil xelins, o equivalente a 185 dólares.

Os dirigentes da Federação do país justificam o preço explicando que a cota da Seleção Brasileira é cara. E é. Alcança os dois milhões de dólares. Mas os governantes acham que vale a pena. Na semana passada, o ditador do igualmente paupérrimo Zimbábue, Robert Mugabe, auferiu pontos de popularidade ao levar a Seleção Brasileira para jogar lá. Os zimbabuanos fizeram festa para os jogadores do Brasil, por eles chamados de Samba Boys. Na Tanzânia, os brasileiros foram promovidos. Agora eles são os "Samba Kings". Como serão chamados no fim da Copa, isso talvez só os feiticeiros das selvas da Tanzânia são capazes de adivinhar.

"Doutor Livingstone, eu presumo"

Há um coração europeu enterrado no solo negro da Tanzânia. É o coração do doutor David Livingstone, médico escocês, missionário a serviço da coroa britânica e um dos maiores aventureiros do século XIX.

Livingstone havia sido encarregado pela Coroa britânica de descobrir a foz do Nilo. Durante a missão, foi abandonado por seus guias africanos, que fugiram levando-lhe os mantimentos e os remédios indispensáveis à sobrevivência na selva. Por cinco anos o paradeiro de Livingstone foi um mistério debatido com paixão na Europa e nos Estados Unidos, até que o *New York Herald* decidiu enviar o seu melhor repórter à África para descobrir onde estava o explorador.

O jornalista Henry Stanley atravessou o Atlântico para se transformar, ele próprio, em outra lenda. Depois de oito meses embrenhado no interior malárico do continente, Stanley deparou com o escocês macilento e doente, às margens do lago Tanganica. O encontro entre os dois entrou para a história.

– Doutor Livingstone, eu presumo – disse Stanley, e o doutor sorriu:

– Sim!

Livingstone poderia voltar à Europa e viver da fama. Não quis. Preferiu abastecer-se com os mantimentos e os medicamentos que lhe trouxe Stanley e seguiu em sua busca. Morreria pouco tempo depois acreditando ter descoberto a foz do Nilo. Estava errado. Descobrira a de outro grande rio, o Congo.

No mesmo chão onde Livingstone ajoelhou-se para morrer pisou um homem que rivalizava com ele em façanhas aventurosas. Sir Richard Burton foi um personagem inverossímil. Era uma espécie de Leonardo da Vinci do século XIX, com a diferença de que Leonardo da Vinci era Telecine Cult e Richard Burton era Telecine Action. Burton falava trinta línguas, fora os dialetos. Era mestre de disfarces, escritor profícuo, historiador, jornalista, espião, diplomata, linguista e por aí afora. Cobriu a Guerra do Paraguai, morou no Brasil e escreveu um alentado livro sobre algumas regiões do país. O livro foi dividido em dois tomos e lançado pela USP: *Viagem do Rio de Janeiro a Morro Velho* e *Viagem de canoa de sabará ao Oceano Atlântico.* Burton foi o primeiro não muçulmano a peregrinar a Meca, traduziu o *Kama Sutra* e as *Mil e uma noites* para o inglês e, finalmente, infiltrou-se no interior da África como só Livingstone era capaz de fazer.

As histórias desses controvertidos heróis do século XIX revelaram a Tanzânia ao mundo, mas também fizeram dela um lugar envolto pelo mistério. Os Samba Kings não penetrarão no seio selvagem da Tanzânia. Permanecerão confinados aos limites da capital Dar Es Salaam. Providencial: Dar Es Salaam, em árabe, significa "refúgio de paz". Talvez o último que tenha a Seleção até a Copa começar.

A ILHA MALDITA E O LAGO DA SOLIDÃO

A Tanzânia são dois países em um. "Tan" vem de "Tanganica", a parte continental da nação, onde se situa o lago do mesmo nome. Na língua nativa, "tanga" significa "navegar" e "nyca", "solidão. Tanganica, pois, é navegar na solidão.

"Zan" vem de "Zanzibar", palavra de raiz árabe. "Zenj" é "negro" e "barr", "terra". Ou seja: terra dos negros.

Zanzibar é uma ilha tão bela quanto amaldiçoada. Tornou-se tristemente célebre por ter sido entreposto do comércio de escravos durante trezentos anos.

Os escravos capturados no continente eram levados a Zanzibar para serem vendidos aos europeus e aos árabes. Uma criança valia um dólar, uma bela jovem podia alcançar o valor de doze dólares. Como o sultão de Zanzibar cobrava impostos de acordo com o número de escravos que possuía o traficante, os velhos e doentes que não encontravam comprador eram deixados em uma pedra onde eram devorados vivos por cães ferozes.

No século XX, Zanzibar recuperou o bom nome ao se tornar terra natal de Freddy Mercury, vocalista do grupo de Glamour Rock Queen.

Outra ilha pertencente à Tanzânia chama-se Pemba, palavra que, em suaíli, quer dizer "chifre", desvendando assim o significado de uma enigmática canção de Marisa Monte na qual ela pedia com

inglês, alguns de seus mais famosos versos, colhidos do imortal poema "Mar português":

Oh, mar salgado
Quanto do teu sal
São lágrimas de Portugal?

Por essa poesia, bem como por tantas outras, nota-se a força do sentimento lusitano de Fernando Pessoa. Mas será que torceria para Portugal, se estivesse vivo e assistisse à partida de hoje? Afinal, ele disse que sua pátria era a língua, e o Brasil é o maior país de língua portuguesa do mundo.

Mas talvez o poeta não estivesse sendo completamente sincero. É possível. Foi ele mesmo quem um dia escreveu:

O poeta é um fingidor
Finge tão completamente
Que chega a fingir que é dor
A dor que deveras sente.

Há lógica nesta hipótese, porque Fernando Pessoa alfabetizou-se em inglês e até escreveu poesias em inglês. Como:

A kiss is more than a touch of lips –
it is a touch of two hearts,
of two souls,
of two glowing portions of the life spirit.

Na tosca tradução de minha lavra:

Um beijo é mais que um encontro de lábios –
É um encontro de dois corações
De duas almas
De duas luminosas porções de espírito da vida.

Fernando Pessoa, portanto, sabia amar em inglês. Mais do que isso: soube morrer em inglês. Precisamente às oito e meia da noite de 30 de novembro de 1935, aos 47 anos de idade, o poeta deve ter pressentido que não resistiria aos efeitos da cirrose hepática que o afligia. Pediu os óculos redondos e, pouco antes de expirar, escreveu:

I know not what tomorrow will bring.
Eu não sei o que o amanhã trará.

Dunga também não sabia.

Nigerianos? Tome muito cuidado

Se um nigeriano chamá-lo assim:

– Êh, buda!

Saia correndo.

Esse "buda" para os nigerianos, na verdade, é brother. Mas eles misturam inglês com francês, então sai:

– Êh, buda, come here...

Não vá, não vá. O nigeriano está com péssimas intenções a seu respeito. Talvez ele queira até mesmo... abusar de você.

Lembre-se de que os estupros são um flagelo da África do Sul. Há uma média de 55 mil estupros por ano, fora os que não são registrados. Muitas vezes, uma moça é sequestrada e levada para uma casa na periferia. Passa o fim de semana confinada, sendo usada por seis, sete homens. Depois de dois ou três dias eles a matam. Ou a deixam infectada com HIV, o que, na África, é quase a mesma coisa que assassiná-la.

O meu amigo Sérgio Rangel, da *Folha*, ficou doente aqui em Jo'burg e foi levado a um hospital privado. Espantou-se com a modernidade do lugar. Para medir a febre, meteram-lhe a ponta de uma pistola na orelha, apertaram um gatilho, CLEC, e:

– Trinta e sete e meio.

Mas outros colegas que também adoeceram foram para hospitais públicos e saíram deles igualmente espantados com o que viram: moribundos atirados pelos corredores, os rostos encovados tipo o Cazuza no fim da vida. Vítimas da AIDS.

A AIDS é outro flagelo da África do Sul, e não só da África do Sul: de todo o continente. Em lugares como o Zimbábue, quarenta por cento da população estão contaminados pelo HIV. Na África do Sul, vinte por cento. Supõe-se que entre as profissionais do sexo esse índice chegue perto de cem por cento. Pudera: os africanos relutam em aceitar o uso de camisinha. O presidente que sucedeu Mandela, Thabo Mbeki, achava que, se o homem se lavasse depois do sexo e comesse beterraba, não seria contaminado pelo vírus da AIDS. Lavar-se tem lógica: limpeza e talicoisa. Mas beterraba? Por que a beterraba?

Enfim.

Os zulus, por exemplo, conhecidos como guerreiros desassombrados, passaram anos acreditando que temer a AIDS era coisa de afeminado. Um povo bravo não ia se submeter a colocar aquela afrescalhada proteção de plástico.

As prostitutas, sabendo que os africanos não gostam de usar camisinha, cobram um preço para trabalhar com e outro para trabalhar sem preservativo. Preço baixo, ressalte-se. Jo'burg é uma cidade grande. De uma ponta a outra, estende-se por inacreditáveis cem quilômetros. Em meio a essa área há de um tudo. Aqui e ali, se visitar os escaninhos certos, o homem necessitado pode conseguir uma prostituta que o alivie por trinta rands. O equivalente a oito reais. Um chope e meio ali no bar do meu amigo Atílio.

Nesses lugares sombrios, onde as prostitutas do bas-fond fazem o trottoir, zanzam os nigerianos. Passei por alguns desses locais. São certas esquinas do Downtown, certos nichos do Soweto. De dentro do carro, reconheci os nigerianos. É fácil identificá-los. Usam compridos sapatos de bico fino, feitos de couro de crocodilo. Usam argolas de ouro nas orelhas. Usam colares sobrepostos no pescoço. Caminham indolentemente, como quem se sabe dono do seu pedaço de mundo. Eles param, equilibrando o peso do corpo em um só pé. Eles olham para você. Chamam:

– Eh, buda...

Os africanos têm fama de serem bem-dotados em todo o mundo, certo?

Certo.

Pois os africanos dos africanos são os nigerianos. Quando um africano quer dizer que um homem dispõe de avantajado instrumento sexual, ele fala que o dito cujo deve ser um nigeriano.

Mas não é só por isso que os sul-africanos temem os nigerianos. São eles, os nigerianos, os principais chefes do tráfico de drogas e das gangues que atormentam Jo'burg.

Especialistas em segurança calculam que cada sul-africano será assaltado três vezes na vida, em média. Assaltos à mão armada, roubos, fora os furtos. Muitos deles praticados por nigerianos. Donde aquela revolta dos sul-africanos, meses atrás, contra nigerianos e outros estrangeiros. Era uma revolta por postos de trabalho, sim, mas também por segurança, também por medo. Os sul-africanos, que por tanto tempo sofreram com a discriminação, de certa forma, discriminam.

O mundo dá voltas, realmente. E nem sempre para o lado certo.

Melhor seria não classificar ninguém. Não rotular. Mas, de qualquer maneira, se um nigeriano me chamar "Eh, buda!", tchau mesmo.

O medo da Noite da Faca

A Noite da Faca é uma lenda que alguém, de alguma forma, conseguiu entranhar nos corações sul-africanos. Reza que, no dia em que Mandela morrer, os negros buscarão vingança pelos anos de opressão a que foram submetidos pelos brancos. Então, assim que o sol se deitar na savana africana, homens negros sairão às ruas armados de punhais. Só de punhais, não de armas de fogo. E até que o sol se levante outra vez os negros vão invadir as casas dos brancos, e os arrancarão do conforto e da segurança do lar, e os esfaquearão sem dó, e enfim terão a desforra só postergada em nome de Mandela, o líder da concordância e da paz.

Ontem, eu conversava com o motorista Schumacher e o guia Diogo, ambos africanos. Schumacher, um homem negro; Diogo, branco. Perguntei-lhes se acreditavam na Noite da Faca. Se tal lenda se tornaria realidade. Entreolharam-se.

– Acho que não... – disse Diogo.

– É. Acho que não... – concordou Schumacher.

Acho. Acho é talvez. Não é não reto nem sim firme. Acho pode acontecer.

Seja como for, vida longa a Nelson Mandela.

A NOITE DAS LONGAS FACAS

Já houve uma Noite da Faca na história. Foi a Noite das Longas Facas, deu-se na Alemanha dos anos 30, no intestino do regime nazista.

Hitler sentia-se ameaçado pelo poder paralelo criado pelas S.A., pelotões paramilitares comandados por Ernst Röhm, um gordote que apreciava rapazes arianos altos, loiros e espadaúdos. Os soldados das S.A. chegaram a somar três milhões de homens. Eles vestiam camisas pardas e saíam batendo seus coturnos pelas ruas. Gostavam de torturar bêbados, quebrar bares e espancar quem não se parecia com eles, que eram todos os outros alemães.

Na noite de 30 de junho de 1934, Hitler decidiu acabar com a farra das S.A. Ladeado por seus oficiais, rebenque na mão, meteu o pé na porta do quarto de Röhm e o despertou com um grito em alemão, que é muito mais assustador:

– O senhor está preso!

Röhm, estremunhado, esfregando os olhos, tartamudeou um "heil, mein Führer". Hitler girou nas botas e marchou para fora do quarto. Os soldados se encarregaram da prisão de Röhm, levaram-no para uma cela, botaram uma Luger na mesa à sua frente e sugeriram que se suicidasse em dez minutos. Saíram da sala. Passado o prazo, nenhum som de tiro foi ouvido. O oficial encarregado voltou à cela e deparou com Röhm de pé, completamente nu. Deve ter sido uma cena assustadora. Sei disso porque, na Copa de 2002, vi o Pedro Ernesto pelado no corredor do hotel no Japão. Parecia uma ricota gigante. Por Deus. Imagino que tenha sido algo do gênero, o Röhm sem roupa. Então o oficial, apavorado, disparou-lhe um tiro à queima-roupa. Ainda bem que eu não estava armado lá no Japão.

Outros tantos membros da S.A. foram mortos, mais alguns detidos, e assim Hitler consolidou o seu poder. Foi num 30 de junho. Não falta muito para o aniversário.

A mais famosa bunda do mundo

Daqui, da velha África, partiu muito do melhor que há no Brasil. Partiu em amaldiçoados navios negreiros, partiu a ferros, mas aí, do outro lado do Mar Tenebroso, vigorou e vicejou e, agora, encanta o mundo.

Falo da bunda.

A formosa bunda das brasileiras é herança da África. Vá à Europa e você saberá do que falo. As europeias têm bundas melancólicas. As brasileiras, não. As brasileiras são dotadas de joviais e empinadas bundas africanas. Pedi que o fotógrafo Emerson Souza registrasse alguns exemplares que ondulam pelas sedes da Copa para ilustrar o que digo. Ele cumpriu a pauta com gosto.

Pois bem. Agora farei uma afirmação forte, que pode motivar intensa polêmica. A seguinte:

A bunda mais famosa do mundo é da África do Sul.

Refleti muito antes de escrever isso, por saber que há centenas de bundas célebres rebolando por aí. Eu mesmo conheço algumas de fazer marejar os olhos. Nenhuma, porém, foi tratada como a de Sarah Baartman, a chamada "Vênus Hotentote".

Os hotentotes são um povo nativo da África do Sul. Bem. As mulheres hotentotes são dotadas de bundas pronunciadas que muito agradam aos europeus, em especial aos portugueses, esses malandros.

Aliás, foram eles, os portugueses, que inventaram a palavra bunda. Inventaram no Brasil, por causa das africanas. É que as escravas chegavam ao Brasil com suas belas e luzidias e redondas nádegas, e os portugueses olhavam e diziam oh.

Ora, os povos negros da África, em geral, diz-se que eles falam a língua "bundo". Logo, os portugueses os chamavam de "bundos". Mas as bundas dos bundos era o que mais atraía a atenção dos portugueses. De certa forma, eles viam aqueles bundos, ou, antes, as mulheres dos bundos, como imensas bundas. Só que aí aconteceu algo curioso: os portugueses não passaram a chamar aquele povo de "os nádegos". Em vez disso, renomearam todas as nádegas do mundo e passaram a denominá-las "bundas", o que, de certa maneira, é uma homenagem dos portugueses aos bundos, afinal, mesmo as bundas das portuguesas, por sem graça que sejam, são, hoje, chamadas de bundas.

Mas voltemos às bundas em questão, no caso às das hotentotes. Ocorre que elas, as hotentotes, são conhecidas por suas enormes bundas, além de outros atributos dos quais falarei em seguida. Só que essa moça, Sarah Baartman, tinha uma bunda ainda maior. Tanto que um médico inglês convenceu-a a embarcar com ele para Londres, sob a promessa de que, na Europa, ela faria carreira artística e enriqueceria com aquela bunda. Sarah, como muitas brasileirinhas do século XXI, acreditou e atravessou o oceano. Em Londres, foi exposta no circo como uma aberração. Os ingleses faziam fila para examinar suas nádegas. Se pagassem algumas libras a mais, podiam afagá-las e boliná-las à vontade.

Aquela pelotense que venceu recentemente o concurso de melhor bunda do planeta (mais uma façanha do Rio Grande amado!), Melanie, ela proferiu uma frase imortal:

– Eu não pertenço à minha bunda, ela é que me pertence.

Percuciente e delicioso raciocínio. Que não se aplicava a Sarah. Sarah pertencia à sua bunda, que, segundo medições britânicas, estendia-se por cinquenta centímetros. Como tinha um metro e meio de altura, um terço de suas medidas eram de bunda, que espetáculo.

Sarah possuía outra característica das hotentotes: sua genitália era bem maior do que a das europeias. Os pequenos lábios das hotentotes, quando elas estão de pé, podem chegar a dez centímetros, que coisa. Os empresários que exploravam Sarah queriam expor também essa sua peculiaridade, mas isso ela nunca topou.

Depois de ser exibida para os londrinos, Sarah foi levada para Paris. Passados alguns meses, os franceses se cansaram dela e Sarah caiu na prostituição. Morreu em 1815, provavelmente de sífilis, aos 25 anos de idade.

Nem morta ela descansou. Os médicos conservaram seu corpo e puderam, enfim, exibir sua genitália em museu. Quando Mandela foi eleito, conseguiu repatriar o corpo de Sarah Baartman e ela foi sepultada em sua terra natal, onde, depois de duzentos anos, finalmente encontrou a paz.

É daqui, portanto, a mais famosa bunda do mundo. Pena que tenha sido uma bunda triste. Como jamais devem ser as bundas.

A HORA DO RUGIDO DO LEÃO

É no meio da noite que o leão ruge e, com seu rugido, faz estremecer a savana africana. Todos os animais do entorno se agitam, aterrorizados. Menos um. Menos o elefante, que não encontra predadores sobre a terra. Os animais sabem o que aquele urro significa. Significa que os leões estão partindo para a caçada. Normalmente, o leão macho não participa da emboscada. Limita-se a anunciar a matança, beber o sangue quente da vítima abatida pelas leoas e devorar as partes mais nobres de seu corpo ainda pulsante da vida que se esvai. Depois, ele se retira para descansar, deixando os restos para as fêmeas e os filhotes.

A intervenção do macho só se dá quando a presa é muito forte ou quando surge algum problema, como um bando de hienas cobiçando a caça tão duramente capturada. Os leões, se saciados, são praticamente inofensivos ao homem. Quer fazer um teste? Vá ao Parque Kruger e, quando vir um leão, desça do jipe e se aproxime dele. O leão vai se levantar do local onde estiver deitado e se afastará calma e elegantemente, sem lhe dar muita bola. Faça isso e depois me conte para eu escrever um texto a respeito. Eu não faço porque não gosto de me aproximar de bichos que mordem. Sabe-se lá. O leão torna-se realmente perigoso depois de velho. Porque os leões jovens, filhotes ingratos, o expulsam do bando. Então o velho leão fica vagando solitário pelas savanas, não tem mais leoas que cacem por ele, e ele mesmo sente-se muito enfraquecido para perseguir uma zebra apetitosa, porém veloz. Qual é a saída? Comer gente. Seres humanos são fracos, lentos e macios. Tempos atrás li sobre um leão da Tanzânia que, em dois anos, matou e comeu 35 seres humanos, um recorde. Depois que ele foi abatido, os cientistas descobriram que o leão tinha uma grande cárie no molar. Deduziram que era por isso que ele comia pessoas com suas carnes tenras, em vez de um gnu com seus músculos duros. Um leão que passeasse pela Padre Chagas e deparasse com aquelas loirinhas amaciadas a creme comprado na Sephora, de Paris, ah, esse seria um leão feliz. Mas o que importa é que um velho leão é o mais perigoso dos leões. Porque, mesmo que não possa mais lutar com um leão jovem, ainda tem muita força, ainda é feroz. Ainda é um leão. Como o Verón. É velho, é lento, não tem mais o mesmo vigor. Mas ainda é Verón. Ainda é um leão.

Além da cor da pele

Depois de alguns dias de África, comecei a me sentir meio estranho. Algo me incomodava no lugar. Ou não exatamente no lugar. Tratava-se de algo... nas pessoas. Não havia lógica, os africanos são gentis, são educados, são boa gente. O que podia ser? Levei tempo para descobrir.

Descobri.

Era o racismo.

O racismo está impregnado na alma dos africanos. Não me refiro ao racismo óbvio, motivado pela cor da pele, brancos versus negros. Para esse racismo estava preparado. O que me chocou foi como o fator racial é importante para os africanos, como está presente no dia a dia deles. Um africano sempre sabe qual é a tribo do outro africano. É uma informação basilar. A partir dela, ele constrói a imagem do outro.

Mesmo Mandela, um santo acima de quaisquer questionamentos, ninguém esquece que ele é um xhôsa. Já seu sucessor, Thabo Mbeki, não era bem aceito pelos zulus exatamente por ser xhôsa. O atual presidente, Jacob Zuma, é um zulu. Os zulus ficam satisfeitos, mesmo que ele não faça uma grande administração. Os xhôsas nem tanto.

Os outros africanos que chegam à África do Sul também são identificados por suas tribos. Você não é só de Ruanda ou do Burundi. É um tutsi ou um hutu, e ser uma coisa ou outra faz toda a diferença.

Em pouco tempo, eu mesmo, ao conhecer alguém, perguntava qual era a sua tribo. Para quê? Que importância tinha aquilo para mim? Que importância tem isso para qualquer pessoa? O horror: eu também via distinções raciais.

Os africanos acreditam que isso é fundamental. Não é, claro que não é, e esse desvio ainda será a causa de muita dor no continente africano. Porém...

Existe um porém. E é fundamental.

Porém, na África do Sul veem-se negros atrás de volantes de carrões, veem-se negros em restaurantes internacionais, há uma classe média-alta de negros que moram em bairros elegantes, que dirigem empresas, que são astros de TV.

E isso também me intrigou. Como é que os negros estão ascendendo tão vertiginosamente naquele país em que o racismo era oficial há quinze anos e que ainda hoje pulsa, e pulsa mesmo entre eles, negros? E como é que aqui, no país mais miscigenado do mundo, os negros têm tanta dificuldade em escalar os degraus sociais?

A resposta está no Estado.

No Brasil, as fronteiras raciais são difusas. Mas, no Brasil, quando o Estado age para diminuir as diferenças não o faz na base. Não o faz na formação. Na África do Sul, a educação básica se tornou prioridade. A partir da educação básica, uma nova classe negra se formou.

Em meros quinze anos.

É a partir daí que se resolvem os problemas, mesmo os mais viscerais, como o racismo. A África do Sul, onde a raça ainda significa algo para as pessoas, onde a desigualdade está na alma do povo, a África do Sul planeja o futuro. Um futuro de um povo só. E o Brasil, onde todos somos brasileiros, até quando a igualdade será protagonizada pelo povo, só?

IMPRESSÃO:

GRÁFICA EDITORA
Pallotti
IMAGEM DE QUALIDADE

Santa Maria - RS - Fone/Fax: (55) 3220.4500
www.pallotti.com.br